서기골 로반

서기골 로반

@GD편집부 2018

초판 1쇄 인쇄 | 2018년 04월 01일
초판 1쇄 발행 | 2018년 04월 01일

지은이 | 김정애 · 이지명
총괄 | 이은항
펴낸이 | 이호림
디자인 | 정재수 · 박동화
펴낸곳 | 도서출판 글도
출판등록 | 제128-90-10700호(2008. 3. 15.)
전화 | 031-765-6137
팩스 | 031-766-6137
주소 | 경기도 광주시 초월읍 현산로69 106-406
이메일 | snowangel1@naver.com
홈페이지 | http://cafe.naver.com/ilnp2
ISBN | 979-11-87058-298 03810

이 도서의 국립중앙도서관 출판예정도서목록(CIP)은
서지정보유통지원시스템 홈페이지(http://seoji.nl.go.kr)와
국가자료공동목록시스템(http://www.nl.go.kr/kolisnet)에서
이용하실 수 있습니다.(CIP제어번호: CIP2018009267)

*책값은 뒤표지에 있습니다.
*파본은 구입하신 서점에서 교환해 드립니다.

서기골 로반

김정애 · 이지명

작가의 말 김정애

 나는 평범한 탈북여성이다. 탈북민이면 누구나 겪었을 '고난의 행군'과 탈출, 그리고 중국을 거쳐 한국에 입국한 북한여성이다. 북한의 번화한 도시에서 태어난 나는 시골 오지에 시집가서 두 아이의 엄마가 되어 탈출하기까지 나름 사연도 많고 할 말도 많다. 그렇다고 여느 사람처럼 북송당하거나 감옥에서 고문 받은 적은 없다. 그냥 부모님 모시고 남편을 섬기며 두 아이를 키운 보통의 여성인데 내 안에 말하지 않고는 견딜 수 없는 깊은 충동이 있다.

 그래서 글을 썼다.

 한국소설가협회에서 나의 첫 단편소설 「밥」에 소설신인상을 주었다. 북한에서의 삶을 그대로 쓴 것뿐인데 소설계에 등단한 것이다.

아마도 한국에선 북한 주민의 평범한 일상조차 아주 낯설고 생소하여 놀라운 모양이다.
그래서 나를 통한 북한 주민의 삶을, 밖에서는 상상할 수 없는 북한을 계속 쓰기로 했다. 그것이 「밥」이든 「오두막」이든.

글도출판사에서 나의 단편소설을 책으로 출판하자는 제의를 해왔다. 나에겐 더없이 고맙고 감사한 기회다.
가슴에 묻은 사연을 터놓으려 쓰기 시작한 글이 독자들을 만나게 된다니 가슴이 설렌다.
내가 만난 대한민국, 나의 소설을 마주한 독자들에겐 과연 어떤 세상일까.

2018년 3월 김정애

작가의 말 이지명

  이 소설집에 실린 나의 여섯 편의 소설은 2013년부터 지금까지 여가시간을 틈타 창작 발표한 소설들이다. 모두 북한 현실 속 이야기다. 주인공들은 너나없이 실재한 인물들임을 밝혀둔다. 작품을 통해 하고 싶었던 말은 가혹한 독재 속에서도 북한주민들 역시 인간으로 인간에게 부여된 의무와 책임에 충실했고 사랑과 가족의 안전을 위해서는 목숨도 불사하는 우리와 똑같은 사람들임을 말하고 싶었다.

  소설 한 편 한 편씩 탈고할 때마다 즐거움보다는 허탈했고 무겁고 죄스러운 감정에서 좀처럼 헤어날 수 없었다. 다시 생각하고 싶지 않은 북한에서의 일상 속에 어느새 내가 들어가 앉아 있었고 그곳 사람들과 같이 숨을 쉬고 밥이 아닌 풀뿌리가 섞인 죽을 먹고 허기진 배를 쓸며 잠을 잤기 때문이다.

  끼니마다 그쪽에서 보면 진수성찬을 차려먹는 현재의 일상마저 즐거울 수가 없었다. 한국에 입국한 많은 탈북자들이 겪는 일상이긴 하지만 나라 밖에 나와서야 그곳의 일상이 말 그대로 참상으로 안겨오는 것은 어쩔 수 없다.

  작년 봄 중국을 통해 압록강 유역을 한국의 저명한 작가

들과 탐사할 수 있는 기회가 있었다. 강 건너 19세기에서나 볼 수 있는 물동이를 인 여자들과 뙈기밭을 일궈 벌거벗겨진 산들, 이른 봄 찬 강물 속에서 다슬기를 줍느라 허리 한 번 펼 새 없이 허덕이는 사람들, 풀풀 연기를 날리며 달리다가도 서고 섰다가 간신히 움직이는 목탄차들을 바라보는 작가들의 표정은 씁쓸했다.

그들은 이구동성으로 말했다. 슬프다고, 한민족이 당하는 곤욕에 마음이 아프다고, 어떤 분들은 눈물까지 흘렸다.

하지만 나는 분노에 몸을 떨었다. 언제까지 그쪽 사람들은 누려야 할 초보적 권리마저 빼앗긴 채 죽지 못해 살아야 하는지.

이 소설집에 실린 소설들을 읽으며 독자들도 분노했으면 한다.

그것이 필자의 바람이다. 분노가 아니면 끝낼 수 없는 가혹한 북한 현실을 이 소설집을 통해 조금만 더 가까이 봐줬으면 한다. 그들도 우리의 형제이며 자유대한의 국민들이다. 많은 애독 부탁드린다. 아울러 이 소설집을 출판해 주신 글도 출판사 사장님과 편집인 선생님께 깊은 감사를 드린다.

2018년 3월 이지명

차 례

김정애 소설 작가의 말/4

밥/11

소원/41

서기골 로반/71

오두막집 안주인/106

이지명 소설 작가의 말/6

복귀/135

안개/172

인간향기/203

금덩이 이야기/229

확대재생산/259

환멸/290

김정애

… 아마도 한국에선 북한 주민의 평범한 일상조차 아주 낯설고 생소하여 놀라운 모양이다.

그래서 나를 통한 북한 주민의 삶을, 밖에서는 상상할 수 없는 북한을 계속 쓰기로 했다. 그것이 「밥」이든 「오두막」이든…

밥

1

창으로 들어온 햇살이 거실 식탁 위에서 반짝인다. 접시에 조금씩 담긴 음식들이 마음껏 자태를 뽐낸다. 일요일이다. 모처럼 딸 향이와 식탁에 둘러앉아 늦은 아침을 먹는다. 젓가락으로 밥을 조금 떼어 입에 넣으며 향이가 눈을 지그시 감는다.

"엄마, 흰쌀밥이 참 맛있지?"

벌써 고등학생이 된 아이가 오늘 처음 쌀밥을 먹는 것처럼 애교를 떤다. 오목하게 파인 보조개에 미소를 가득 가두고 입을 오물거리는 모양이 햇살 아래서 한가로이 풀을 뜯어먹는 토끼 같다.

"아직도 그렇게 흰쌀밥이 맛있니?"

향이의 마음을 다 알면서 나는 묻는다. 따져보니 고향 청진을 떠난 지 어느덧 10년이 되었다. 고향을 떠난 뒤로는 단 한 번도 밥을 굶은 적이 없다. 한 끼쯤 굶는 것은 대수로운 일이 아니다. 그런데도 향이나 나나 악착스럽게 끼니를 찾아 먹었다. 그것도 대부분 흰쌀밥으로만. 이곳 사람들은 건강에 좋다고 흰쌀에 현미나 보리쌀을 섞어 먹는다. 그것도 모자라 이름도 생소한 렌틸콩이니 퀴노아니 하는 외국에서 들여온 잡곡도 섞는다.

"흰쌀밥은 죽을 때까지 먹어도 싫지 않을 것 같아. 이보다 더 맛있는 건 세상에 없을 거야."

"그렇지? 더 맛있는 건 없지?"

나는 향이의 말을 수긍한다. 고향을 떠날 때 다섯 살이던 향이는 지금에 이르러서도 밥을 실컷 먹었으면 하던 그 시절에 머물러 있다.

"그래도 수저로 팍팍 퍼서 먹어. 네가 아무리 먹어도 이곳에서는 쌀이 떨어지는 일이 없을 테니까."

나는 늘 하던 소리를 또 한다. 미소를 머금은 향이의 보조개가 더 깊이 파인다. 다 큰 처녀가 되었다. 제 아버지보다 키가 더 큰 것 같다.

"향이야."

나는 가만히 향이를 부른다. 평소보다 다감하게 묻는 나를 향이가 물끄러미 바라본다.

"아버지한테 연락해볼까?"

향이의 눈빛이 잠시 흔들린다. 또 그 소리냐는 힐난이 숨은 듯하다. 하지만 오늘만은 내게서 다른 분위기를 느끼는지 바로 눈길을 거둬가지 못한다. 내 표정에서 그냥 하는 소리가 아니라는 점을 깨닫고 있을 것이다.

"연락을 해도 오시지 않을 거예요."

향이는 단정적으로 말한다. 하지만 말꼬리를 흐리는 것을 보니 아쉬움이 가득 담겼다. 내 생각 또한 향이와 다르지 않다. 그래서 지금까지 연락을 미뤄왔던 것이다.

헤어진 지 10년이나 됐으니 이젠 남편의 생각이 바뀌지 않았을까? 최근에는 탈북이 북한사회에서 마치 출세의 한 수단처럼 됐다는 소문을 들었다. 백두산 줄기가 한라산 줄기에 밀린다는 말이 떠돈다고 한다. 기회가 주어진다면 남편도 마음을 돌리지 않을까? 여기 형편과 아이 소식을 전하면 혹시 한달음에 달려오지 않을까? 나는 오래전부터 마음속으로 그런 기대를 품어왔다.

어느 날 남편을 두고 슬그머니 사라졌던 죄스러운 마음

이 울컥 솟구친다. 남편은 우리가 죽었는지 살았는지 모른 채 애를 태우며 지난 10년 동안 찾고 또 찾았을 것이다.

2

"튼실하게 생긴 숱한 농촌 처녀들을 놔두고 하필 일할 줄도 모르고 출신성분조차 나쁜 도시처녀를 데려왔누? 고르다 고르다 생쥐를 고른 격이로구나."

시어머니는 가끔 남편 상철에게 작고 보잘것없는 며느리에 대한 불만을 터트렸다.

"어머니, 작은 고추가 맵다지 않아요? 일을 배우면 괜찮을 거예요."

상철은 이런 말로 시어머니를 안심시키려고 애를 썼다.

내가 청진 교외에 사는 상철과 결혼한 것은 94년이다. 우리는 15평짜리 작은 주택에서 시어머니와 정신지체자인 시아주버니 상진과 함께 살았다. 스무 살에 지나지 않던 나는 손바닥만 한 작고 하얀 얼굴을 가진 앳된 소녀와 다르지 않았다. 밥물을 맞추고, 아궁이에 불을 지피고, 나무를 하고, 김을 매고, 아이를 키우는 일 중 뭐 하나 제대로 할 줄 아는 것이 없었다. 시어머니는 30대에 남편을 잃고 딸 여섯을 혼자서 키우고 출가시킨 억척 여인이었다. 그런 그녀의 눈에 나는 바람이 불면 날아갈 것 같고, 큰소리 한 번 치면 금방 울음을 터뜨릴 것 같은 존재에 지나지 않았다.

 내 친정은 월남자 가족이었다. 사회에서 가장 문제시되는 성분이었다. 출세는 꿈도 꿀 수 없었다. 그 탓에 성실하게 생활해야 한다는 강박관념을 가지고 사느라 남들보다 더 가난하게 살았다. 집에서 먹는 입을 하나라도 줄여 주는 것이 효도라고 여겨야 할 정도였다. 그래서 나이가 아홉 살이나 많지만 촌에서 살아도 당성 하나는 남이 따라올 수 없다는 상철에게 나는 감지덕지하여 서둘러 시집을 왔던 것이다.

 상철은 힘세고 일 잘하는 농사꾼과는 거리가 먼 나를 머저리라고 불렀다. 그러면서도 서툴게나마 일을 배우려고 노력하는 나에 대한 미안함 때문인지 나를 각별히 위해 주었다. 차차 그의 입에서 튀어나오는 머저리라는 호칭조차 정감 있게 들렸다. 상철의 격려에 힘입어 나는 가정일과 농사일을 열심히 배웠다. 곧 호미, 낫, 도끼, 지게를 사용할 수 있게 되었다. 바다에 나가 새우도 잡고, 집 근처 호수에 가서 물고기도 잡을 수 있게 되었다.

 그런 한편으로 나는 정신지체자인 시아주버니 상진을 보살폈다. 상진의 정신상태는 다섯 살 아이 수준이었다. 그는 키가 작은 내가 신기한지 날만 밝으면 내 주위를 빙빙 돌며 히히거렸다. 다행히 나를 고분고분 따랐다. 앉으라면 앉고 서라면 섰다. 내 손길이 분주히 닿은 덕분에 그는 깨끗이 다듬어진 턱수염과 단정한 머리를 갖게 되었다. 말이빨처럼 길고 누런 치아는 점차 흰빛을 띠어 웃는 그의 모습에서 생동감이 보이기도 했다.

하지만 아무리 상진이 나를 따른다 해도 속을 썩이는 일이 심심치 않게 발생했다. 밥을 적게 준다고 내 잔등을 사정없이 내려치는 일도 적지 않았다. 그럴 때면 두 눈이 빠지듯 아팠다. 눈보라 치는 산에 땔나무를 하러 가서는 도착하기 바쁘게 달아났다. 배가 고파서 그런다고 했다. 처음 보는 사람들은 그가 무서워 뒷걸음질 쳤지만, 나는 시간만 나면 옆에서 그를 보살폈다.

되든 안 되든 상진과 자주 대화도 나누었다.

"형님, 옛날 얘기를 하나 해주세요."

그는 시아주버니라는 호칭을 이해하지 못했다. 그래서 남편처럼 그를 형님이라 불렀다. 내 청에 신이 난 그가 두 손을 휘휘 내저으며 입을 열었다.

"흠, 흠, 옛날에 내가 고동골에 살 때 비행기가 떴단 말이야. 방공호 있지? 거기 들어갔는데…."

전쟁시기엔 분명 젖먹이로 어머니 등에 업혀 있었으련만 그는 신통하게도 자신이 겪은 것처럼 이야기를 엮어냈다.
"예, 예. 그래서요?… 형님이 정말 그랬어요?"
앞뒤 없는 그의 장광설을 들으며 나는 집에 없는 남편 상철에 대한 그리움을 달랬다. 그 무렵 건설기술자인 남편 상철은 평양 부근에 있는 김일성의 특각 건설공사장에 나가 있었다. 초급당에서 자신의 입당 비준을 심의하는 시기여서 다른 때보다 더 열성적으로 일에 매달렸다. 한 달에 한 번 정도나 집에 들어왔다. 그런 중에도 생활 여건은 점차 나빠졌다.

90년대 중반을 넘기면서 개구리 뜀뛰듯 자주 빼먹던 배급이 아예 뚝 끊겼다. 소련이 자본주의로 이전하고 동구권의 사회주의제도가 무너지자 그 여파가 공화국에까지 밀어닥쳤다고 당에서는 변명했다. 갓난아이까지 딸렸는데 배급을 받지 못하니 생활이 말이 아니었다. 여름을 맞아 함초롬해진 들판에서 한가히 새김질을 하는 소와 그 주위에서 폴짝이는 송아지를 보노라면 참 부러웠다. 저놈처럼 풀이나 뜯어먹고 살 수 있다면 좋겠다는 생각이 들었다.
나는 더 이상 좋은 아내, 좋은 며느리일 수 없었다. 월남자 가족인 나를 아내로 받아준 남편에게 보란 듯 착실한 아내가 되고 싶었지만, 녹록하지 않은 생활은 그런 내 뜻을 차츰 꺾었다. 당성이 강한 남편의 뜻을 헤아리다 보니 우리 집은 돈 될 만한 일에 손을 대지 못했다. 자연 다른 집에 비해 생활이 더 어려웠다.

식구들은 아침부터 무밥을 먹었다. 직장에 나가는 남편 상철의 도시락에만 간신히 밥을 싸주었다. 옥수수쌀과 무를 골고루 섞어 밥을 하면 누런 무밥이 되었다. 하지만 옥수수쌀만으로 도시락을 싸면 결국 집에 남겨진 시어머니와 시아주버니는 삶은 무만 먹게 되었다.

그때 나는 시오 리 떨어진 부업지에서 김을 매는 일을 했다. 작업반 노처녀인 정숙은 자기보다 어린 나이에 출가한 내가 안쓰러웠던 모양이었다. 자기 맡은 작업량을 다하고는 곧바로 내가 맡은 고랑으로 왔다. 작업량을 감당하느라 나는 밭고랑에 풀풀 먼지를 일구며 바삐 움직였지만, 토박이 농촌사람들의 일솜씨를 따를 재간이 없었다. 그러다 보니 먼저 일을 끝낸 작업반원들이 으레 내 고랑으로 와서 도와주곤 했다. 정숙이 그중 대표적인 사람이었다.

"선옥이, 오늘은 점심밥을 바꿔 먹기요. 내 맛있는 거 싸왔소."

어느 날 정숙이 말했다.

"뭐 싸왔게요? 고기?"

맛있다는 것이 고기밖에 더 있을까? 밥이래야 기껏 이밥일 테고. 이밥이래야 금방 꺼지니 오히려 강냉이밥만 못하지 않은가. 나는 그런 짐작을 하며 물었다.

"다 있소. 이밥에 물고기, 돼지고기 반찬도 있소. 도시로 시집간 우리 언니들이 어머니 생일에 오면서 가져온 건데 내가 선옥이 생각나서 많이 싸왔지."

"와, 맛있겠다! 빨리 끝내고 먹어야지."

말만 들어도 군침이 돌았다.

"다 끝나가는데 먼저 손 씻어요. 내가 마저 하고 뒤따라갈게요."

나는 정숙에게 말했다.

"그럼 내가 먼저 가서 식사준비할 게 이내 와요."

정숙은 별찬을 챙겨온 점심이 기다려지는 모양이었다.

나는 부지런히 나머지 일을 마쳤다. 샘터의 시원한 물에 손과 발을 씻고 산 언덕바지에 있는 막으로 들어섰다. 막 안에 가득 빙 둘러앉은 작업반원들이 막 들어서는 내게 일제히 동정 어린 눈길을 던졌다. 아차 싶었다. 밥을 바꿔 먹자던 정숙의 말이 이제야 떠올랐다. 아이구. 내가 왜 정숙의 말을 미처 새기지 못했지? 작업반원들 속에 끼어 있는 정숙의 손에 벌써 내 도시락이 들려 있었다. 그녀는 금방 눈물이라도 터뜨릴 것 같았다.

"벌써 다 펼쳐놨네."

나는 어색하게 웃었다.

"아기 젖을 먹이는 사람이 지금까지 이런 밥을 싸들고 다녔소?"

도시에서 시집온 티를 제법 내며 농촌 사람들의 걸쭉한 농담도 곧잘 받아 넘기던 나다. 하지만 이 대목에서는 아무 말도 떠오르지 않았다.

"오늘은 내가 밥을 푸다 보니 그렇게 됐어요. 여느 땐 시어머니가 도시락을 준비하니까 이런 일이 없었거든요… 왜들 이래요. 사람 무안하게."

나는 억지로 얼굴에 미소를 만들었다. 하지만 작업반원들의 표정은 여전히 우울했다. 멀지 않은 자신들의 미래를 보는 것 같아서 더욱 그랬을 것이다.

"그래, 알았소. 오늘은 나와 밥을 바꿔 먹기로 약속했으니까 내 밥을 먹소."

다른 집에 비해 형편이 좀 넉넉한 것으로 알려진 정숙은 옥수수 알갱이가 한 겹 살짝 얹힌 무밥을 처음 본 모양이었다. 어이없는 얼굴로 한 숟갈을 떠서는 이리 보고 저리 보기를 반복했다. 나는 죄인이 된 것처럼 귀뿌리가 빨갛게 달아올랐다.

"아니, 싫어요. 난 이젠 흰쌀밥 먹는 이빨을 다 뺐어요."

얼핏 웃으며 분위기를 돌리려 하는데도 표정을 잃은 정숙은 내 도시락을 둘러앉은 작업반원들 앞에 내보였다.

"이게 강냉이밥이요? 무밥이지."

정숙이 애써 용감한 척하며 무밥을 한 숟갈 푹 떠 제 입에 넣었다. 이내 야릇한 표정을 지었다. 못 먹을 것을 먹는다는 느낌이 아니었을까? 그럴수록 나는 민망해서 어쩔 줄을 몰랐다.

"선옥이, 내일부터는 밥 싸오지 마오. 우린 선옥이네가 그렇게 어려운 줄 몰랐소. 우리가 한 숟갈씩만 더 싸오면 되니까 미안해 말고 그냥 오오."

정숙과 바꿔 먹는 밥과 반찬이 내 집 김치 한 쪽을 넘기는 것보다 힘들었다. 설움이 북받쳤다. 정숙이 건넨 밥을 먹는 것이 아니라 구차한 눈물을 먹고 있었다. 지금껏 그들에게 보인 내 미소가 무밥 도시락으로 인해 궁핍을 감추기 위한 연기가 된 셈이었다.

식사를 하는 내내 반원들은 말이 없었다. 힘들 때마다 우스개로 활기를 채우던 광철이마저 고개를 푹 숙인 채 구석에 앉아 있었다. 소달구지를 끄는 명수 아바이도 일찌감치 일어나며 마라초(연초잎을 종이에 말아 만든 담배)에 불을 붙였다. 나무 등걸에 걸터앉아 자꾸 헛기침을 해댔다. 식사를 마치고 돌아가면서 이구동성으로 늘어놓던 이야기도 그날은 멈췄다.

다음 날 점심시간에 정숙은 가운데 놓인 그릇에 가장 먼저 흰쌀밥을 크게 한 숟갈 떠놓았다. 빌어먹는 밥에 배 터진다고 했던가. 여러 명이 떠놓은 밥은 누구 것보다 많았다. 하지만 나도 체면이 있었다. 도시락을 싸오지 말라고 반원들이 성화를 부려도 나는 매일 무밥을 싸왔다. 물론 먹지는 못하고 저녁에 그대로 가져가곤 했다.

무밥이 되돌아오는 것을 제일 좋아하는 사람은 시아주버니 상진이었다. 매일 길목에서 기다리다 어깨를 들썩이며 다가와서는 내 가방부터 살폈다. 상진은 우물가에 모인 사람들 앞에서 두 손을 휘휘 내두르며 소리쳤다.

"우리 선옥 간나가 제일 곱다. 우리 선옥 간나가 제 형한테 밥을 많이 준다."

밭머리나 산기슭에는 고사리, 고비, 삽주, 더덕, 만삼, 둥굴레와 같은 산나물과 풀뿌리가 있었다. 부업지를 오가며 나는 이것을 뜯었다. 이따금 작업반에서 새참으로 국수떡(남은 국수를 주물러 만든 가래떡)과 펑펑이(옥수수를 튀긴 팝콘)가 나왔다. 이것들을 천천히 조금씩 먹는 척하다가 가방에 넣었다.

"떡 가져왔니?"

상진은 내가 퇴근할 시간이면 길가에 나와 내가 오는 동구를 바라보고 서 있었다.

"네. 우리 형님한테 드리려고 가져왔습니다. 오늘도 향이를 업어주느라 수고 많이 했습니다."

시어머니는 왜 먹지 않고 가져왔냐고 나무라지만, 내 대답은 한결같았다. 너무 많아 배불리 먹고 남은 것이라고.

저녁에 죽솥에 국수떡을 썰어 넣으면 시아주버니의 눈빛은 내 손놀림을 초조하게 따라다녔다. 죽가마에 넣기 전에 미리 한 입 맛보려는 것이었다. 국수떡이 솥에 다 들어가는 듯하면 무슨 일이라도 낼 듯이 다리를 떨었다.

"형님, 잡숫겠습니까? 좀 드릴까요?"

"응!"

그때야 상진의 얼굴이 환하게 밝아졌다.

상진은 집에 혼자 있게 되면 식구들의 밥을 다 먹어 치웠다. 그런 날엔 과식에 소화불량으로 아랫도리가 온통 똥물

범벅이 되었다. 방바닥이며 이부자리에까지 묻혔다. 방안엔 냄새가 진동하여 숨이 막혔다.

"저놈이 창문을 열래도 어디 말을 들어야지. 저놈을 오늘 굶겨라."

민망한 시어머니는 그럴 때마다 아들에게 속에 없는 핀잔을 했다. 지능이 부실한 원인이 6·25전쟁 때 쏟아지는 폭격에 탯줄도 묶지 못한 채 거꾸로 싸안고 방공호에 들어간 자신의 탓이라고 말하던 시어머니였다.

"형님, 오늘 또 어머니 밥까지 혼자서 다 잡쉈습니까?"
"아니, 아이다. 절대로 아니다."

상진은 황망한 변명과 함께 작은 손을 발작적으로 사래쳤다.

"그럼 이건 다 뭡니까? 왜 이러셨어요?"
"안 그런다. 다시는 안 그런다."
"형님은 계속 안 그런다 하죠. 그러곤 또 그러고."

창문을 열고, 이부자리를 갈고, 방바닥을 닦아내는 손길이 나도 몰래 거칠어졌다. 말해도 소용없고, 달라질 사람도 아닌데 괜히 화가 나서 제 화풀이를 하는 참이었다.

"엄마, 밥!"

밖에서 놀던 딸 향이가 집으로 들어오며 소리쳤다. 창고에서 무를 꺼내오는 것을 보더니 얼굴을 찌푸리며 하는 소리였다.

"엄마, 나 쌀밥 먹고 싶어."

향이는 그날따라 더 심하게 밥투정을 부렸다.

"집에 쌀 없는 줄 알면서 그러는구나."

향이는 나를 따라 방안으로 들어왔다. 자주 앓더니 오늘도 누워 있는 시어머니와 또 똥을 지려 구석에서 손톱을 물어뜯고 서 있는 상진, 방안 가득한 불결한 냄새와 나는 다시 마주했다.

"엄마, 딱 한 번만 쌀밥을 실컷 먹고 싶어."

향이는 품에 기어들며 조심스럽게 눈치를 살폈다. 신음 같은 딸애의 목소리에 나는 전율을 느꼈다. 가느다란 목에 부스스한 머릿결, 창백한 얼굴, 흐느적거리는 몸동작이 한눈에 영양실조임을 직감하게 했다. 불현듯 적잖은 세월 동안 몸 속에서 웅크리고 있던 것이 막 고개를 쳐드는 기분이었다. 모든 것이 싫었다. 도대체 살아야 하는 이유 자체를 알 수 없었다. 한 번만 밥을 먹고 싶다는 어린 것의 청을 들어주지 못하는 비참함과 아무리 애를 써도 도저히 희망을 가질 수 없는 현실에 울화가 치밀었다. 품에 파고든 딸애를 악착스런 가난을 털어내듯 나는 힘껏 밀쳤다. 그리고는 숱이 다 닳아빠진 빗자루를 쳐들었다.

"지금 너만 배고픈 거니? 왜 엄마를 자꾸만 속상하게 해? 왜?"

파르르 떨고 있는 딸애의 팔과 다리에서 빗자루의 살들이 뚝뚝 부서져 나갔다.

"이 사람아, 이러다가 애를 죽이겠다. 배고프다는 걸 그리 패면 어떻게 해. 차라리 나를 때려라."

이성을 잃은 내게서 어머니가 빗자루를 빼앗아갔다. 그때 방문이 열렸다.

"무슨 소란이요? 무엇 때문에 애를 패오? 어디 매 댈 자리가 있다고?"

퇴근한 남편이 방 안으로 들어오고 있었다.

"애가 밥 타령을 하잖아요. 하루 이틀도 아니고…."

"그럼 애가 밥타령하지 어른이 하겠소? 어머니 앞에서 매를 들다니 이 무슨 행패요."

"내가 왜 내 딸을 때리게요? 쌀이 없는 게 내 탓입니까? 당신은 매일 없는 살림에 밥을 싸들고 일을 나가지만, 집 식구들은 밥 구경이나 하는 줄 압니까?"

나는 끝내 남편의 아픈 데를 찌르고야 말았다. 남편의 입에서 확 뿜어 나온 마라초 연기가 남편과 나의 팽팽한 시선 사이를 맴돌았다. 한참이 지나서야 남편이 슬그머니 시선을 죽였다.

"조금만 참기요. 이제 고난의 행군이 지나면 우리도 잘 살 날이 오겠지."

"고난의 행군, 고난의 행군…. 언제까지 고난의 행군을 해야 하는데요?"

향이의 팔다리는 뻘건 빗자루 자국으로 갈가리 얼룩져 있었다. 철부지가 배고프다는 이유로 맞는 것이 얼마나 억울했을까? 하지만 앞으로도 쌀이 생길 것 같지 않았다. 구질구질한 집구석이 징그러워 눈가에 피같이 뜨거운 것이 주르륵 흘러내렸다. 눈물범벅이 된 딸애가 겁에 질려 더욱 내 품에 기어들었다. 고사리 같은 손을 뻗어 딸애가 내 얼굴을 훔쳤다.

"엄마, 밥 먹겠단 말 다신 안 할게요."

"왜 달아나지 않고, 아프다 하지 않고, 때리는 매를 다 맞고…."

그즈음 이르러서는 나도, 남편도 이미 얼굴 모습이 말이 아니었다. 누군가가 살을 쪽 빨아간 사람처럼 헐렁한 가죽

가면을 쓰고 있는 형국이었다. 그동안 나는 부엌에서, 길가에서, 시장에서 정신을 잠깐씩 잃었다. 며칠 전에는 갑자기 눈앞이 깜깜하고 곁에 있던 딸애의 목소리가 멀어지면서 마당에 쓰러졌다. 옆에 있던 딸애가 내 밑에 깔리고, 뜨물통이 넘어져 머리카락과 옷이 뜨물 찌꺼기로 범벅이 되었다. 그런데도 나는 알지 못했다. 내가 의식을 차린 것은 향이의 까무러치는 울음소리를 듣고 난 뒤였다. 동네사람들이 주위에 가득 몰려 있었다. 그들은 영양실조라고 수군거리며 돌아갔다. 심장이 약해 나타나는 고질적인 병인가보다 하고 여겼는데, 아무래도 그들의 말이 맞는 것 같았다.

4

높은 산봉우리에 갇혀 달빛이 겨우 들여다보이는 밤이었다. 정전으로 드문드문 켜진 누런 등잔불빛만이 창문들에 점점이 박힌 벽촌을 나는 밥을 찾는 향이의 환영에 시달리며 이 집 저 집 헤맸다. 아무리 머리를 굴려봐도 더는 찾아갈 집이 없었다. 이젠 쌀을 꾸어 먹을 대로 먹고 갚지 못해 더 꾸어 달랄 만한 집이 하나도 없었다. 찾아간 집들은 한결같이 '어쩌겠소. 우리도 쌀이 없소. 미안하오.'라고 말했다.

　요즘 들어 향이는 귀가 들리지 않는다며 불러도 대답을 못하고, 일어섰다가도 통나무 넘어지듯 픽 넘어지기를 반복했다. 영양실조가 악화된 것이다. 언제 어찌될지 가늠하기 어려운 상황이었다. 남들처럼 속수무책으로 아이를 다시는 돌아올 수 없는 길로 보내야 하는가 싶어 무서웠다. 밤마다 향이의 코에 귀를 대고 숨 쉬는 소리를 들어야 하는 불안함에 시달리며 남편 친구 석무의 제의를 떠올린 적이 있었다. 그때마다 오직 당을 위해 살고 수령을 위해 죽겠다고 자부하는 남편이 월남자 가족을 아내로 맞아준 데 대한 과분한 마음이 불쑥 살아나 참아왔다.

　이제는 한계에 다다랐다. 아무리 애쓰고 노력해도 지금보다 나은 세상은 올 법하지 않았다. 당에서는 허리띠를 조금만 조이자며 옥수수 뿌리를 먹으라고 했다. 뼈에 가죽만 남은 아이들까지 아편밭으로 내몰아 백도라지라 불리는 양귀비 진을 채취했다. 나이 지긋한 어른들은 깊은 한숨을 내쉬며 '왜정 때도 이렇게는 안 살았소.'라는 말을 거침없이 내뱉었다. 더 이상 착한 아내, 착한 며느리, 착한 엄마가 될 수 없었다. 죽음의 발소리가 저벅저벅 다가오고 있었다. 우리 식구의 차례가 바짝 다가온 것 같은 예감에 나는 몸서리를 쳤다.

지친 걸음이 바닷가 도래굽이에 앉은 창길네 집 앞에 이르렀다. 두려움이 밀려와 더는 발이 앞으로 나아가지 않았다. 도래굽이의 바위들과 어울려 들어앉은 낮은 주택들이 다가가기도 전에 '우리 집에도 쌀이 없소.'라며 단호히 문을 닫아 거는 것 같았다.

나무막대기 울타리로 빙 둘러쳐진 낡은 문화주택이 적막하게 앉아 있었다. 창길네 집이 찾아갈 수 있는 마지막 집이었다. 이제 여기서 쌀을 꾸지 못하면 내일은…? 힘을 내야 한다. 더 절절하게, 더 불쌍하게, 더 억양을 낮춰서 쌀을 주지 않고는 편치 않도록 애걸해야 한다. 나는 다짐하고 또 다짐했다.

불청객에 놀란 창길네 개가 허공에 대고 컹컹 짖었다. 개 소리를 듣고 창길이 문을 열어 잠깐 밖을 둘러보았다. 개더러 조용히 하라고 소리치는가 싶더니 곧 문이 닫혔다. 다짐과 달리 목소리가 나가지 않았다. 내일도 곡물 하나 없이 미역만 먹으며 견뎌야 하는가.

머뭇거리던 발길이 철썩철썩 파도소리가 들리는 바닷가에 머물렀다. 구름에 싸인 달빛 아래 희끄무레한 파도가 끝없이 몰려와 백사장에 부서졌다. 작은 항구에 빼곡히 매인

목선들이 파도에 부대끼며 삐걱댔다. 빈손으로 돌아갈 일도, 내일도 반복될 빈곤과 맞설 일도 다 막연했다.

눈물을 훔치며 서 있는데, 백사장에서 올라오는 끈끈한 습기가 느껴졌다. 파도에 잠겼던 발소리가 점점 가깝게 들려왔다.

"이 밤에 여기는 왜 나왔소?"

뜻밖에 석무였다.

"아무것도 아니에요. 그저 답답해서…."

"눈물까지 흘린 걸 보니 아무것도 아닌 게 아닌데? 또 성철이가 술을 먹었구먼. 또 내 내왕이 필요한 것이구먼."

"아녜요. 그게 아니에요."

외간남자와의 만남이 당황스러웠다. 하지만 석무는 안타까워하는 기색이 다분했다. 외화벌이 수산기지장인 그는 남편과 오랜 친구였다. 털게며 청어, 문어, 가자미, 미역 등 돈이 될 만한 수산물을 가끔 집에 가져다주었다.

"그런데 여긴 어쩐 일로…?"

이번에는 내가 석무에게 물었다. 그에게 마음을 터놓다 보면 슬픈 분위기에 걷잡을 수 없이 휩싸일 것 같아 일부러 목소리에 생기를 실었다.

"바람이 부는 모양새가 심상치 않아서 태들을 돌아보려

고 나왔소."

 몇 달 전에도 나는 친정에 다녀오던 길에 석무를 만났다. 그때 그는 중국에 친척이 있으면 한번 다녀오도록 도와주겠다고 했다. 함께 군복무를 한 친구가 국경경비대에서 한자리 한다는 것이었다. 그때는 그럭저럭 생계를 유지할 수 있어 웃어 넘겼다. 하지만 이제는 사정이 달랐다. 나는 돌발적으로 석무를 향해 돌아섰다.

 "저, 전에 국경 너머에 가면 굶주릴 일이 절대 없다고 했죠?"

 "그렇소. 세상 밖에 나가면 더는 배고프지 않은 세상이 있소. 굶을 염려는 전혀 없소."

 "도와주세요. 더는 안 되겠어요. 우리 집에 무슨 변이 날 것 같아요."

 염치를 내팽개친 듯 나는 말했다.

 "향이 엄마, 며칠 뒤면 여기에 내가 없을 거요. 솔직히 말하면 내 형편도 몹시 안 좋소."

 석무의 태도가 진지했다.

 "얼마 전 인민무력부 총참모부에 있던 형님이 정치국 회의에 간 뒤로 돌아오지 않고 있소. 그 뒤부터 인민무력부 총정치국에서 많은 사람들이 우리 기지에 내려와 나에 대한 전면조사를 하고 있소. 아마 내게도 불벼락이 떨어질 것 같소. 애매한 두꺼비가 떡돌에 치이게 되었으니 여길 영영 떠나야 할 형편이 되었소."

"영영 떠나다니요?"

소스라치며 나는 되물었다.

"내가 살 수 있는 길은 오직 하나요. 세상 밖으로 나가는 것이요. 아이를 살리기 위해 떠날 결심이라면 며칠 내로 한번 만납시다."

"그래요. 도와주세요."

나는 석무의 제의에 더 적극적이 되었다.

석무와 헤어져 도래굽이에 있는 창길네 집 마당으로 들어섰다.

"창길이 어머니, 계십니까?"

아까처럼 창길이 먼저 문을 열고 내다보았다. 아이가 집 안에 대고 향이 엄마가 왔다고 외쳤다.

"이 밤에 어쩐 일이요? 들어오오."

석유등잔을 켠 어둑씬한 방엔 창길이 아버지를 비롯해서 그의 누나와 동생들이 얼기설기 누웠다가 내게 가볍게 눈인사를 보내고는 윗방으로 건너갔다.

"늦은 시간에 미안합니다. 쌀이 좀 있는가 해서…."

"이 시간에 온 걸 보니 온 동네를 다 돌았구먼. 쯧쯧."

창길 엄마는 조금 머뭇거리는가 싶더니 구석에 말아 놓은 보자기를 풀었다.

"우리도 이것뿐이오. 날씨가 좋아야 창길이 아버지가 바다에 나가서 뭐라도 건져오는데, 날이 나쁘면 우리 집도 굶어야 하오. 우리 집 살림도 바다가 하자는 대로 하는 지경이요."

창길이 엄마가 보자기의 포개진 네 귀를 젖히자 1킬로그램도 안 되는 맷돌에 타갠 옥수수쌀이 드러났다. 이 집 식량의 전부일 것이 분명했다.

"저도 사실은 동네 사람들에게 꿔주고 받지 못한 게 많은데, 날씨가 계속 안 좋으니 받을 수가 없네요. 다음에 받으면 창길네 것부터 갚을게요."

"향이 아빠는 요즘 벌이가 어떻소? 건설업이 다 섰다던데."

"자재가 없으니까 멈춘 지 오래랍니다. 얼마 후면 경성에 있는 경애하는 장군님 특각 수리공사에 동원된다는데 그러면 한 입이라도 덜게 되니 좀 낫겠죠."

남편이 공사장으로 떠나는 것보다는 내가 떠나는 것이 낫겠다고 생각하면서도 나는 딴소리를 하고 있었다. 창길

엄마가 손가락으로 옥수수쌀을 절반으로 나누는 금을 그었다. 기껏해야 물컵 한 개 정도의 양이건만 나는 창길네 집을 물러나오면서 몇 번이고 허리를 굽혀 고맙다는 인사를 했다.

두어 시간 만에 들어간 집안에선 괴괴한 침묵이 흐르고 있었다. 기다리다 지쳐 잠든 향이 옆에서 창문가로 돌아앉아 마라초를 태우는 남편의 둥근 어깨가 보였다. 시어머니 옆에 쪼그리고 누운 시아주버니는 분위기에 눌려 일어나지 못하고 눈만 깜박이며 내 거동을 살폈다. 집안에 온기가 있는 것으로 보아 오늘도 무를 삶아 저녁을 때운 모양이었다. 시어머니가 내 손등을 쓸어주며 저녁을 먹으라고 말했다.

지긋지긋한 방구석을 초가을 바람이 훅 훑고 지나갔다. 당의 정책밖에 모르는 남편, 노쇠한 시어머니, 5살짜리 아이나 다름없는 시아주버니…. 둘러볼수록 다가올 비정한 순간이 감당되지 않아 나는 어금니로 입술을 아프도록 깨물었다. 남편에게는 내 결심을 알리지 않겠다고 마음먹었다. 그에게 탈북을 하자고 말한다면 어떤 변이 닥칠지 모를 일이었다. 아무리 사랑하는 아내라고 해도 남편의 확고부동한 당성 앞에서는 배신자에 불과할 뿐이었다.

며칠 후, 나는 길을 나섰다. 직장 회의가 끝나면 빨리 집으로 오라는 시어머니의 지청구를 미소로 받아넘기며 마지막으로 어수선한 집구석을 둘러보고 문을 닫은 뒤였다.

"벌써 가오?"

구정물을 버리러 나온 은심 엄마가 마당 앞을 지나는 내게 작업반 회의 시간이 아직 멀었는데 너무 일찍 나섰다고 놀라는 시늉을 했다.

"들를 데가 있어요."

가슴속에서 들어앉은 돌덩이가 점점 커가는데 나는 은심 엄마에게도 애써 미소를 지어 보였다. 아마 누구 한 사람만 더 나를 불러세웠다면 내 비장한 결단은 여지없이 무너졌을지 몰랐다.

먼발치의 버드나무 아래에 앞서 출발시킨 향이가 목을 외로 꼬고 이쪽을 지켜보고 있었다. 그래. 가자. 더는 배고프지 않다는 곳으로 가자.

5

아침식사를 마친 향이는 외출을 했다. 가방을 메고 나가는 것을 보니 도서관에 가는 모양이었다. 머릿속에 차오른 아버지 생각을 털어내려고 일부러 나갔을 것이다. 나는 혼자서 식탁을 지키고 앉아 있다.

이젠 더는 배고플 일도, 굶주릴 염려도 없는 세상에 내가 산다. 나는 가끔 내게 묻는다. 정말 행복하냐고. 행복하다. 향이를 살려낸 것이 더없이 다행스럽다. 굶지 않는 것만으로도 행복하다. 하지만 한 가지 욕심을 더 부린다면 이처럼 넉넉한 세상에서 남편과 함께 산다면….

휴대폰 벨 소리가 들린다. 나는 식탁 한켠에 놓인 휴대폰을 집어 통화버튼을 누른다.

"여보세요?"

"혜산입니다."

북한에 있는 브로커다. 기다리던 전화다.

"상철 동무가 옆에 있습니다. 바꿔줄게요."

같이 서울로 들어온 석무의 연줄을 이용해 나는 한 달 전쯤 탈북자들의 가족과 연락을 취해주는 브로커를 찾았다. 그에게 남편과 통화를 하게 해달라고 부탁했다. 그가 중국 전화가 터지는 중국과 북한 접경에 있는 도시 혜산으로 남편을 데리고 나온 것이다.

"여보, 저예요. 선옥이."

대꾸가 없다. 세월이 전하는 말에만 귀 기울이고 있었을 상철이 이제는 나와 향이의 소식을 브로커로부터 제대로 확인했을까?

"잘 계셨어요? 앓지는 않고?"

"……."

"여보, 어머니와 시아주버니는?"

"어머니는 돌아가셨소. 형님도…."

그의 첫 목소리는 이렇게 무뚝뚝하게 들려온다. 얼마나 듣고 싶었던 목소리였던가? 나는 그 목소리에서 10년을 찾아 헤맨 사람에게서만 느껴지는 반가움을 발견한다. 더불어 도대체 어떻게 된 거냐고 질책하는 소리를 듣는다. 그들의 죽음이 내 탓이라는 질책도 끼어드는 것 같다. 북한 당국의 전파탐지와 도청으로 통화를 오래할 수 없다는 브로커의 말을 기억하며 나는 될수록 여기 소식만을 간단히 전한다.

간간히 끅끅 소리가 들려온다. 상철이 울고 있다. 나도 눈시울이 뜨거워진다.

"청진에 있는 큰엄마, 둘째, 셋째 고모, 막내 아재도 다 잘 있습니까?"

큰엄마란 시누이들이고, 둘째, 셋째, 막내 다 상철의 형제들이다.

"큰엄마도, 셋째 고모도 죽었소. 나머지는 잘 있소."

"나만 이렇게 도망 와서 정말 미안해요. 하지만 걱정하지 마세요. 그 곳을 떠난 후 향이는 한 번도 배를 곯은 적이 없어요. 향이는 이젠 나보다도 키가 더 큽니다. 당신보다도 더 클 거예요."

상철은 계속 끅끅거린다. 꽉 막힌 코를 들이키는지 훌쩍이는 소리도 들린다. 상철이 약하게 구는 것이 낯설다.

"여보, 미안해요. 염치없지만, 용서해주세요. 당신 모르게 떠나서 너무 죄송해요. 당신이 당원만 아니었으면… 흑…."

"……."

"여보, 부탁이 있어요. 당신이 이쪽으로 왔으면 좋겠어요. 난 당신한테 죄를 지은 사람이니 평생 안 본대도 상관없어요. 하지만 향이가 아버지에 대한 그리움으로 눈물을 흘리는 걸 지켜보기가 힘드네요. 돈이나 안전 걱정은 말고 어서 떠나오면 좋겠어요."

"……."

"여보, 여기는 거기에 비하면 천국이나 마찬가지입니다. 그러니 어서 와서 향이랑 함께 살아요."

콧물을 들이켜는 소리가 한 번 더 난다.

"머저리 같으니라고."

상철은 목소리에 힘을 보태 내뱉는다. 그러더니 전화가 뚝 끊어진다.
"여보, 여보…"

소원

1

종일 검은 구름장을 안고 돌던 하늘이 마침내 비를 쏟는다. 잔잔하던 바다수면을 두들기는 빗방울의 기세가 차츰 거세졌다. 부두에 정박한 배의 갑판에서 내려선 우진 영감은 쏟아지는 빗발엔 아랑곳 않고 집으로 가는 길에 나섰다. 손에는 큼직한 비닐주머니를 넣은 그물망태를 들었다. 굵은 빗방울이 그의 넓적한 잔등을 마구 두들겨도 손에 든 묵직한 망태를 등에 지는 우진 영감의 눈엔 시종 광채가 빛난다. 털썩, 망태가 잔등을 쳐도 영감은 히죽 웃는다.

성큼성큼, 질퍽한 빗물이 싸도는 콘크리트 부두길을 축

내는 걸음이 날아갈 듯 가볍다. 아마도 등에 진 큼직한 고기망태가 그토록 큰 만족감을 선사하는 것 같다.

부두를 벗어나 어촌 마을로 통하는 큰길에 나서자 우진 영감은 주위를 한 바퀴 휘, 둘러보고 나서 넓적한 얼굴에 빗물을 담으며 실성한 사람처럼 소리 내어 웃고는 늙은이답지 않게 빗발을 향해 어, 나 오늘 고길 많이 잡았어, 하고 길게 소리친다.

길옆에 놓인 귀퉁이가 깨진 커다란 콘크리트 관 속에서 푸시시 흐트러진 머리를 내민 꾀죄죄한 여인과 여인의 아들 같아 보이는 초점 풀린 눈이 소리 지르는 영감을 의아하게 바라본다.

그러거나 말거나 옷이 젖어 철버덕대도 씨엉씨엉 폭넓게 걷는 걸음이 어느새 큰길을 벗어난다.

뽀얀 운무 속에서 산기슭에 아담하게 자리한 독립가옥 한 채가 보였다. 우진 영감의 걸음이 더욱 빨라졌다. 집 앞에 이른 영감은 어험, 어험 큰 기침소리를 내어본다. 아무 응대도 없다. 등에 진 망태를 털썩, 토방에 내려놓고 이봐 마누라, 하고 소리쳐도 안에서는 그냥 묵묵부답이다. 영감이 얼핏 출입문을 바라본다. 문고리에 걸린 큼직한 자물쇠가 눈을 메운다.

이 노친이 아직 장에서 들어오지 않았나? 토방에 엉덩이를 붙이며 중얼대는 목소리에 서운함이 가득 담겼다. 천여 호 남짓한 어촌 마을이 빗줄기에 가려 어렴풋한 자태로 영감을 마주보고 있었다.

(이렇게 비가 내리는데 얼른 들어오지 않고.)

영감은 망태안의 비닐자루를 끄른다. 큼직큼직한 임연수며 넙치, 망둥이 같은 해어가 가득 담겼다.

흐흐흐 이거 팔면 쌀 서 말은 사겠군. 영감은 또 한 번 흐뭇하게 웃는다. 넙치 한 마리를 꺼내 들고 마누라가 좋아하는 회를 칠까? 하며 괴춤에서 열쇠를 찾아 문을 열고 안으로 한 발 들인다. 순간 우뚝 멈춰 섰다. 어디로 들어왔는지 도둑고양이 한 마리가 안에서 눈총을 쏘다가 영감의 다리 사이로 쏜살같이 빠져 나간다.

(허 그놈 참)

집안을 둘러보는 영감의 눈이 다시 침침해진다. 고양이한테 놀란 것도 있지만 그것보다는 눈에 띈 집안 꼴이 남의 집처럼 낯설어서다. 아궁이에 언제 불을 지펴보았는지 썰렁하기 그지없다. 입은 옷에서 뚝뚝 물이 흘러 바닥을 적셨지만 얼른 올라설 생각을 못하고 사방을 두리번거렸다. 아무리 봐도 사람의 거취가 느껴지지 않았다.

(어허, 이런 참)

언제부터였던지 영감에겐 늘 토방에 앉아 동구 밖을 바라보며 기다려주는 노친이 집처럼 느껴졌다. 노친 없는 집이란 그게 설사 고대광실이래도 아무짝에 못쓸 허깨비에 불과했다. 마치 노친의 존재가 석양이 걸린 산마루처럼 인생의 마지막 지탱점 같아서 늘 그 안위를 걱정하며 살았다. 그건 아마도 하나뿐인 딸이 예고도 없이 훌쩍 가출한 이후부터였을 것이다.

벌써 5년이 지났다. 시집도 안 간 딸이 이젠 서른이 됐을 텐데 죽지 않았으면 안 올 리가 없으련만 지금껏 무소식이다. 딸의 빈자리는 늘 영감의 허파를 아프게 했다. 앉으면 한숨부터 쉬군 하던 노친도 그만 지쳐 버렸는지 어느 날부터인가 던져버렸던 웃음을 되찾아 별치 않은 일에도 가끔 싱글거릴 땐 울화가 치밀어 뭐가 그리 좋으냐고 소리쳐 보기도 했다.

젖은 옷도 벗지 않고 방바닥에 풀썩 주저앉은 영감은 손으로 바닥을 만져보며 거미줄이 얼기설기한 천정을 멍히 올려다본다. 혹시나 해서 싸늘한 구들을 손으로 쓸면서도 영감은 노친이 언제부터 웃었지? 하는 생뚱맞은 생각을 했다. 왜 그런 생각이 불쑥 들었는지 모른다. 아니야. 이제

들어오겠지. 혼자 중얼거리며 젖은 옷을 갈아입으려던 우진 영감은 또 무슨 생각이 들었는지 흠칫 몸을 떨며 조금 전에 쳐다봤던 천정을 다시 올려다본다. 엉성하지만 둥그렇게 원을 쳐 늘인 거미줄이 눈에 들어온다. 아까는 무심하게 보았지만 지금은 아니었다. 그런 볼썽사나운 거미줄이 노친의 시야에서 버젓이 제 모양을 갖추고 있기엔 어림도 없는 일이다.

머리에서 발끝으로 무언가 쩡, 가르며 김빠지듯 빠져나간다. 얼빠진 사람처럼 멍하니 거미줄만 쳐다보던 우진 영감은 번개 치듯 떠오르는 생각에 얼른 윗방에 올라가 노친의 아끼던 장롱을 열어젖혔다. 그 다음 뭔가를 찾아 와락와락 뒤진다.

간혹 외출을 할 때마다 입곤 하던 노친의 한복이 없다. 그 한복은 마누라가 시집올 때 장모가 밤샘으로 만들어준 것이었다. 제사 때나 명절 때 무슨 중요한 행사가 있을 때면 소중히 꺼내 입곤 하던 옷이었다. 수십 년 세월을 그리한 것이어서 영감의 눈엔 그 옷이 아내의 상징같이 보였었다. 한순간에 수십 개의 의문부호가 머리를 메우는 순간 우진 영감은 그만 반정신이 나가버린 듯 허둥거리기 시작했다. 만약 그때 누가 출입문을 열지 않았다면 우진 영감은 온 집안을 발칵 뒤집었을 것이다.

 똑 똑, 문 두드리는 소리가 났다. 황황한 눈길로 돌아보는 영감을 웬 꾀죄죄한 여인이 히죽이 웃는 얼굴로 마주본다.

"당신 누구요?"

 보매 여인은 아까 길 옆의 버려진 시멘트관 속에서 하늘에 대고 소리치던 우진 영감을 의아하게 쳐다보던 그 여자다.

"저 모름까? 저 박영감의 딸임다."

 이름보다는 그리 말해야 얼른 알아볼 것으로 생각한 듯 여자가 재빨리 대답한다.

"박영감?"

 우진 영감이 와뜩 놀란다. 잡다한 부엌세간에 황황한 눈길을 돌리던 영감이 다시 여자에게 시선을 돌린다. 떠올리고 싶지 않은 괴로운 기억이 그의 시선에 분명 얽혔다.

"가만, 혹 우리 집 노친을 못 봤소?"

 영감이 얼른 말을 돌린다.

"네. 봤슴다. 그래서 이렇게 들어왔는데 알켜 줄라구…."

"그렇소? 그럼 어디 말해보우 대체 어디서 봤소?"

 우진 영감이 여인에게 껑충 다가선다. 꾀죄죄한 여자의

남루한 옷에서 나는 지독한 고린내도 그리고 언제 빨아보았는지 파뿌리처럼 엉킨 희뿌연 머리도 영감의 눈에는 전혀 뵈지 않았다.

"갔슴다. 삼일 전에, 그것두 야밤에."

"가다니, 야밤에 어디루?"

"어떤 젊은 남자와 갔는데, 히히히 그 남자 내 좀 암다."

"?"

뭔 개뿔 같은 소린고? 영감의 입이 크게 벌어졌지만 여인은 그냥 히죽히죽 웃는다.

"아바이, 그냥 나를 바깥에 세워놓겠슴까, 추분데두나."

"아, 그래그래 어서 들어오우. 내 정신 좀."

우진 영감은 급히 여자의 손을 잡아 안으로 끌었다. 불빛에 드러난 젊은 여자의 형색이 말이 아니다. 찢어진 헐렁한 낡은 바지에 어디서 주웠는지 땟국에 절고 찢어져 너덜너덜해진 윗옷을 걸쳤다. 홀쭉해진 얼굴은 비를 맞아 희멀겋게 보였지만 목 부위 아래로는 물기에 밀린 때가 옷깃 사이로 거밋거밋 보였다. 주워 먹는 게 다 가슴으로 가는지 아님 그 속에 무얼 쑤셔 넣었는지 앞가슴은 제법 불룩 솟았다. 여자는 들어서자 발을 탁탁 구르며 밖에 대고 소리친다.

"형철아 얼른 들어온, 헤헤… 내 아들임다."

빼빼 마른 아이다. 첫눈에도 정상을 벗어난 애 같다. 초점이 희미한 눈으로 영감을 마주보고는 비실비실 어미 허리에 매달린다. 발에 맞지 않는 커다란 헌신발도 짝바꿈으로 신었다.

"이봅서, 아바이 내 이제 비밀을 말해주문 오늘밤 이 집에서 우릴 재워 주겠슴까?"

여자의 눈빛이 간절하면서도 어딘가 당당해 보인다.

"그, 그래 어서 말해보게 어, 섰지 말고 어서 올라와 앉으라구."

우진 영감은 앞뒤를 계산해 볼 여유가 없는 듯 급히 말했다. 확, 기쁜 기색을 얼굴에 드러내며 여자가 아들을 끌고 방구들에 넙적 앉는다. 두리두리 살피는 품이 이런 온돌방에 오랜만에 엉덩이를 붙여본 것 같다. 광대뼈가 우뚝한 얼굴에 피어난 미소는 전등불보다 더 환하다.

"에그 부스깨(아궁이라는 말)에 불을 지펴야겠슴다. 바닥이 차네."

"그래 불을 때야지. 한데 먼저 얘기해 보우 젊은 남자와 같이 갔다는 게 대체 무슨 소린가?"

"예. 아마 중국으로 갔을 겜다. 아바이는 참, 있을 때 좀 잘합지비 에그, 왜 그랬음까?"

"어?"

도대체 내가 뭘 잘못했지? 이 여자는 대체 뭘 알고.

"내가 있잼까, 낮에 일어나는 일은 잘 모르지만 밤에 생기는 일은 그럭저럭 잘 암다. 그 젊은 남자는 저기 중국에 사람을 넘기는 일을 한다고 하던데 거길 따라갔으면 어디로 갔겠슴까, 이젠 다시 찾지 맙서. 찾다가 보위부가 아는 날이면 큰일 남다. 아바이 정 사람이 그리우면 나랑 있으면 되잼까?"

영감은 멍하니 여자만 쳐다본다. 거짓말이 아니라는 것이 가슴을 파고든다. 말처럼 밖에서 먹고 자는 걸인이니 낮보다는 밤의 일에 더 소상할 테고, 그러니까 딸년이고 노친이고 다 나를 떠나 잘살아 보려고 강을 건너 도망갔단 말인가? 믿고 싶지 않을 만큼 아니 믿어서도 안 될 몹쓸 말이지만 그게 비수처럼 가슴에 콱 박힌다. 뭔가 훤히 보였다. 노친의 심성에 혼자 도망갈 순 없다. 바다에 영감을 내보내고 나 몰라라 도망갈 그런 못된 심보를 가진 노친은 아닌데. 일주일 전 그러니까 바다에 나가기 전이다. 왠지 싱글벙글하던 노친의 얼굴이 그림처럼 떠올랐다.

"영감, 아무래도 영감은 살던 이곳을 떠날 생각이 없겠지우?"

아침상을 물리는 영감에게 조심스럽게 하던 말이다.

"떠나다니, 갑자기 뭔 새빠진 소리요?"

"아니 그냥 해 본 소리요. 한데 난 좀 떠나봤으면 좋겠수."

"뭐라?"

"집 나간 수영이도 찾아봐야지. 맥 놓고 이러고만 있으문 걔가 돌아온다오?"

"흥. 그렇게 걱정스런 노친이 요새 입구멍은 왜 벙글벙글해. 무슨 꿍꿍인데?"

"꿍꿍이는 무슨, 그럼 뭐 맨날 울며 살겠소? 원 참."

"자고로 가슴에 못 박힌 사람은 입구멍이 그리 방정맞게 나불대지 않아. 솔직하게 털어 보일 생각을 해. 내 바다에 나갔다 온 다음에도 묵묵부답이다간 경칠 줄 아오."

결국은….

멍청할 정도로 여자를 내려다보는 우진 영감의 눈에 마침내 눈물이 맺힌다. 정말 노친이 떠났다고 생각하니 당장 방바닥이 갈라져 천길 땅속으로 곤두박히는 것 같다.

"울지 맙서, 지금은 그런 세상임다. 먹을 게 많은 데루 가는 게야 당연한 게지. 못 가는 게 머저립지 뭐."

걸인여자의 얼굴에도 안쓰러운 빛이 어린다. 이런 참. 언제부터 내가 빌어먹는 걸인의 동정까지 필요로 했나. 어허, 몹쓸 놈의 팔자여. 울컥 뭔가 치민 듯 우쩍 일어난 영감은 젊은이처럼 후다닥 일어나 방을 나왔다. 아직 어둡지 않은 밖은 여전히 비가 쫙쫙 쏟아진다. 마루에 놓인 묵직한 망태를 훌쩍 들어 잔등에 진 영감은 발 가는 대로 걸었다. 망태기에선 생선냄새가 비릿비릿 새나왔다.

2

 자정이 넘어서야 손아래 배꾼인 찬구의 집을 빠져나오는 우진 영감의 등에는 아무것도 지워져 있지 않았다. 걷는 걸음은 이미 정상을 벗어났다. 술에 떡이 돼 걷는 비칠걸음은 집이 아닌 바닷가로 향한다. 어허, 망할 놈의 노친. 어찌 나를 두고 그렇게 야반도주할 수 있단 말인가. 내가 그렇게도 밉더란 말인가?

 "사정이 그렇더라도 어디 가서 입 뻥긋 마시우. 집에 들였다는 그 걸인여자 말이요. 들어보니 그게 누군지 알겠소. 나도 심심찮게 봤으니까. 그 여잔 용칠의 딸이요. 박용칠, 모르겠수? 왜? 용칠인 형님 중학교 동창이잖소. 5년 전 소도둑질로 총살당한… 입단속 잘하으. 사람이 명대로 살아야지 그러다 형님 제 명에 못사우. 알겠수? 우리 뱃사람들은 물에서 고기를 건져내니 여느 사람들처럼 굶어 죽을 염려는 없지 않소."

 마주 앉아 근심스레 이르던 찬구의 말이 지금 귀속을 파고든다. 왠지 그 말에 속이 울컥했다. 말은 간질나게 해도 돌아서서는 제몫 챙기고 남 잘되는 걸 배 아파 상급에 고자질하는 데는 선수다. 쿨럭쿨럭, 치미는 해수에 말끝마다 애처로울 정도로 기침을 해대던 찬구의 길쭉한 얼굴이 밉살스럽게 다가온다. 오늘 낮에도 큰 고기망태를 들고 배에서 내린다고 찔찔 눈을 빨던 찬구다. 저는 잡지 못해 몫이 적으니까 괜히 남의 큰 고기망태에 시기를 하고 건더기를 잡지 못해 날뛴다. 배에서는 고기를 잡은 것의 7할을 바치고 3할만 가져간다. 배급도 없는 때라 그렇게라도 해야 배꾼들이 일을 하고 사업소도 운영할 수 있었다.

 방금 전에도 고기와 바꿔 온 대두병 술이 바닥나서 얼근해지자 우진 영감은 평시 얄미웠던 찬구를 향해 고래고래 소리 질렀다. 별로 마주하고 싶지 않은 사람이지만 또 딱히 마주 앉을 다른 사람도 없다.

 "찬구 너 아까 뭐라 했어? 뭐? 명대로 산다고? 찬구 너 이놈. 남의 일이라서 네가 그리 쉽게 말할 수 있다마는 나처럼 네놈도 이 나이에 훌쩍 혼자 돼 보란 말이다. 무슨 멋에 구차한 명을 연장하란 말인고."

"아따 이 형님 말 본때란, 참. 난 생각해서 한 소린데도 원."

지금 그 간에 붙이고도 남을 간지러운 소릴 생각하니 또 욕이 나간다. 어허허 더러운 노친, 진짜 벼락 맞을 건 노친이다. 날 두고 도망가? 그래 혼자 콱 잘 살아라. 딸년을 만나 내 명까지 껴묻혀 오래오래 콱 잘 살란 말이다. 쿨럭쿨럭, 찬구의 줄기침이 전염된 듯 기침이 터졌다.

기침이 멎자 바다를 향해 또 고래고래 소릴 지르고 주먹을 부르쥔 팔을 앞으로 뒤로 휘이휘이 휘두른다. 검푸른 파도가 날 불렀소? 하며 와악 달려든다. 내린 비와 밀려든 바람에 산처럼 높아진 시커먼 파도다. 우진 영감에게는 달려드는 밤 파도가 아귀를 벌린 괴물같이 보였다. 이상한 것은 괴물이라면 응당 무서워해야 맞는데 아주 가소롭게 보인다. 왁, 밀려와서는 아무것도 어쩌지 못하고 패잔병처럼 우르르 되밀려간다. 이놈. 물러가는 꼬락서니 하고는⋯ 으하하⋯ 우진 영감은 파도를 향해 너털웃음을 웃었다. 그리고는 파도가 밀려간 모래위에 퍼더앉았다. 별빛에 번들거리는 모래바닥의 물기가 순식간에 아랫도리를 적셨다. 마구 퍼마신 술기운 때문인지 아님 살점 같은 식구들을 다 잃어버린 허탈감 때문인지 힘을 놓고 주저앉은 영감은 꼭 죽으러 일부러 백사장에 나앉은 사람 같다. 무릎 위로 또다시 쏴아 파도가 밀려온다. 아까보다 더 흉포해진 것 같다. 아니나 다를까 반쯤 벌어진 입에 모래가 섞인 짠물을 사정없이 들부으며 지났다가 와르르 도루 떨어질 때 영감의 가날파진 몸도 함께 밀렸다. 몇 미터 파도에 실려 가던 영감의 몸이 다행히도 모래바닥에 덩그렇게 남겨진다. 이제 다시 파도가 덮쳐들 땐 아예 쓸려갈지도 모르겠다. 그러나 영감은 그렇게 되길 바라는 것 같다. 얼른 일어나 물러났으면 좋으련만 그냥 그 자리에 앉아 하늘에 삿대질을 한다.

세상이 너무 더러워서인가? 식구가 모두 떠나간 후에야 아리송하던 모든 것이 선명한 색채로 드러난다. 정말 일평생 바다에서 그네들의 요구대로 노동당만 믿고 살았다. 하기야 당원이 당을 믿어야지 땅을 믿으랴? 그렇지만 세월은 영감의 당적 양심에 경종을 울렸다.

자기만 홀랑 빼놓고 가버린 딸과 노친의 행보도 그가 지금까지 간직했던 당적 양심과 절대 무관하지 않다. 설사 그리 떠날 때 같이 떠나자고 했다면 선뜻 응했을 리가 없는 영감이다. 오히려 빗자루를 거꾸로 들고 사정없이 패서라도 머리통에 들어찬 나쁜 사상을 뿌리 뽑으려 마구 덤볐을 것이다. 나라가 어려움에 처했을 때 그걸 남의 일처럼 여기는 백성이야말로 삼대를 쳐죽여도 무방한 역적으로 알고 또 그렇게 믿고 살아온 영감이다. 나라를 이끄는 노동당은 늙은 노송에 매달린 이파리 수처럼 허구 많은 아사자를 내면서도 초기에 내세운 노선을 변함없이 끌고 갔다. 앞으로도 한 모양새로 멈춤이 없을 것이다. 그건 이 나라의 기강이고 수천만 백성이 다 죽어도 버려서는 안 될 드팀없는 사상이다.

살 수 없어 나라를 떠나고 그러다 잡혀 하나뿐인 목숨을 무자비한 공권력에 끊기며 피눈물로 버무린 한이 지금 검푸른 파도에 실려 흠실흠실 다가온다. 그렇게 생각해서였는지 우진 영감은 파도가 무섭지 않았다. 응당 그렇게 죽어야 마땅한 목숨이다. 만 사람 앞에서 처형당하기는 왠지 싫다. 가족이 모두 나라를 버리고 도망갔다는 이유 하나만으로도 목 위의 머리는 더는 자기의 것이 아니라는 생각이 사무치게 안겨든다.

"옳거니. 으하하, 이따위 목숨이야 내 손으로 끊는 게 옳지. 그게 진정 나라를 받드는 충신의 모습이 아니더냐. 그래 오너라. 이놈의 파도, 어서 반역의 가장인 날 덮쳐 가란 말이다."

 영감은 흐덕흐덕 웃으며 고래고래 소리쳤다. 후회되는 것도 없지 않다. 찬구의 말마따나 초저녁에 집에 들어온 박용칠의 딸 얼굴을 볼 면목도 없다. 소도적질을 한 용칠을 법에 고발한 자는 다름 아닌 자신이다. 그걸 지금껏 후회해 본 적은 없다. 하지만 지금 반역의 가장이 된 자신을 발견한 순간 왠지 그것이 가슴 치는 후회로 다가온다. 저 파도처럼, 파도가 다시 밀려온다. 우진 영감은 움쭉 일어나 그 파도를 향해 마주 걸었다. 밀려든 엄청난 파도에 몸이 감겨 쓸려가면서도 영감은 입을 하 벌리고 킬킬 웃었다.

 재깍재깍 벽에 걸린 시계초침소리가 높다. 규칙적으로 울리는 그 소리에 심장의 박동도 평온을 되찾은 것 같다. 우진 영감은 맑아지는 기분을 느끼며 슬며시 눈을 떴다. 불을 지펴 후끈해진 방안이 그에게 아늑한 기분을 가져다준다. 내가 왜 이렇게 누워 있지?

 멍히 천정을 올려다보던 우진 영감이 비로소 소스라친다. 저녁에 보았던 얼기설기한 천정의 거미줄이 온데간데없이 사라졌다. 엉? 노친이 왔는가? 그러지 않고서야 거미줄이 어찌 절로 없어지랴 그러면 그렇지 이봐 노친. 정작 떠나보니 나 없인 절대 살수 없었던 게지? 아무튼 돌아왔으니 고맙구만. 우진 영감은 곁에 누운 눈에 익은 노친의 잠옷을 보며 히쭉 웃었다.

아직도 욱신욱신 머리가 휘둘린다. 그제야 친구와 술 먹던 일이 떠올랐다. 젠장. 뭔 술을 이리? 갈증이 밀려왔다. 움쭉 일어나 찬장에서 사발을 꺼내들고 물독의 물을 퍼 벌컥벌컥 들이켰다. 가슴이 시원했다. 머리도 개운해진다. 그는 방금 전에 무슨 일이 있었는지 까맣기 잊고 벌렁벌렁 노친 곁으로 기어왔다. 새벽이 돼 밝아진 불빛에 눈이 부셔 얼른 벽에 붙은 스위치를 눌러버렸다.

노친을 안고 자던 평시 버릇대로 잠옷 속으로 뻣뻣한 손을 질금질금 들이밀었다. 이제 탄력을 잃어 늘어질 대로 늘어진 가슴이지만 젊었을 때부터 습관 돼 온 버릇이라 그렇게 쥐고 자지 않으면 잠을 못 잔다. 그러나 파고든 손이 젖가슴을 쥐는 순간 우진 영감은 깜짝 놀라 황급히 손을 빼냈다.

아니? 이게 무슨. 정신이 번쩍 들었다. 흐려보이던 모든 것이 깜깜한 어둠속에서도 아주 또렷하게 보인다. 우진 영감은 황급히 빼낸 손으로 벽에 붙은 스위치를 눌렀다. 확, 전등불이 켜지고 곁에 누운 여자의 모습을 일별하는 순간 영감은 깜짝 놀랐다. 그 여자다. 박용칠의 딸 박명선이다.

저녁 때 비를 맞으며 들어왔던 젊은 걸인여자, 이게 도대체 어인 일이란 말인가? 되짚어 보니 모든 것이 선명해졌다. 아하, 이게 무슨? 찬구의 말이 이 순간 또 엉성한 머릿속에서 빠져나온다.

그래 이 여자는 틀림없이 박용칠의 딸이다. 그 딸이 아비의 또래였던 자기의 곁에 누워 지금 한창 단잠을 자고 있다. 그때서야 바닷가 백사장의 일이 그림처럼 떠올랐다. 덮쳐 든 파도에 밀려 망망대해에 흘러들 때 완강하게 잡아당기던 힘의 임자가 과연 누구였던가를 어렵지 않게 짚을 수 있었다.

용칠의 딸이 나를 구하다니, 어허 참. 한뉘같이 살던 노친도 날 버리고 미련 없이 떠나간 마당에 나를 원수처럼 대해도 무방할 네가 파도에 쓸려가는 나를 구해냈더란 말이냐? 으허허… 꺼이꺼이 통곡을 터트리며 영감은 제 가슴을 쾅쾅 쳤다.

왜 그랬던지, 같은 동네에 사는 용칠의 소도둑질을 왜 그 밤 직접 봤던지, 알면 알았지 그걸 왜 신고했던지, 그때는 응당한 일을 한 걸로 생각했지만 지금은 가슴 치는 후회로 남았다.

그 신고로 하여 무지한 총이 토해 낸 총알에 그렇게 허무하게 죽임을 당할 줄을 미처 몰랐다. 그 일 때문에 박용칠의 온 식구가 한지에 나앉아 방랑하다 하나둘 죽어 나갈 줄은 그때는 진정 생각도 못했다. 그렇지만 이후 우진 영감은 그 일로 인해 괴로움에 몸을 떨어 본 적도 없었다. 모르면 몰라라 당원이라면 그건 당연히 신고해야 마땅한 것이었으니까.

흐르는 눈물이 마침내 꺼이꺼이 통곡소리를 불러온다.

"왜 그럼까. 울지 맙서 예?"

눈을 뜬 명선이가 우쩍 몸을 일으켜 우진을 그러안는다.

"명선아, 미안하다. 정말 미안하다. 으흐흑….''

"내가 미안함다. 아바이두 참 나 있잼까, 오랜만에 뜨뜻한 온돌에서 자 봤음. 자리까지 깔고 아주 사람답게. 히히히, 고맙슴다, 아바이."

아무것도 몰라서인가?

"아, 아 이 몹쓸 놈의 늙은이, 어찌 사람 가죽을 쓰고…."

우진 영감은 저도 모르게 와락 명선을 그러안았다. 어우, 어우 눈물과 함께 학질을 만난 듯 떨리는 거쿨진 손이 살 빠진 여인의 잔등을 향방 없이 내리쓴다.

같이 훌쩍이던 명선이가 갑자기 뭔가 생각난 듯 몸을 돌려 엉기적엉기적 기어가 앉은 책상위에 놓인 자그마한 쪽지를 들고 왔다.

"아바이 아까 밥하려고 쌀독을 열었는데 이 쪽지가 있었슴다."

그걸 받아드는 우진 영감의 손이 또 우들우들 떨렸다. 그건 삐뚤삐뚤 써놓은 노친의 글씨였다.

-영감 난 수영이를 찾아 가우. 같이 가자고 말했으면 영감의 성미에, 아니 그게 영감에겐 성미가 아닌 당성이겠구려. 영감의 바위 같은 충심 앞에 그런 말을 했다간 당장에 큰 변이 날 건 뻔해 이렇게 몰래 먼저 떠나우. 쪽지를 책상위에 놓을까 하다가 혹 누가 보면 영감에게 해가 될까봐 쌀독에 넣수다. 쬐꼼만 기달리우. 자리가 잡히면 곧 데리러 갈 테니. 그때까지 마음 좀 잘 다스려 보시우-

빌어먹을 노친, 말이라도 해보지. 세월이 변하는데 나라고 그냥 막대기만 고집할까? 이런 나쁜 노친 같으니라구… 아니, 아니 그때는 안 됐을 게 뻔해. 한데 이제는 되는데 식구들 몽땅 도망간 마당에 여기에 내가 설 자리가 어데 있단 말인고?

영감은 쪽지를 들고 얼빠진 사람처럼 하염없이 중얼거린다.

"밥 잡숩서. 아직 따끈따끈함다. 저, 내가 너무 배고파 독에서 쌀을 퍼 밥을 지었슴다."

솥뚜껑을 열고 정히 지어 놓았던 밥이며 국그릇을 네다리 상위에 올려놓으며 조심히 하는 명선의 말이다.

"?"

"우린 실컷 먹었슴다. 오랜만에 본 쌀밥이래서 입으로 들어가는지 코로 들어가는지 모르고 먹었슴다. 날래 잡숩서."

"명선이 자네, 이 쪽지를 봤소?"

"예? 예 쌀독에 있길래 뭔가 해서…."

"읽었소?"

"예, 읽었슴다. 아바이, 그렇게 떠나면 중국을 거쳐 남조선에 갈 겁…."

우진 영감이 벌떡 일어나 손으로 명선의 입을 막는다.

"입 좀 닫게 아무 말이나…."

"예? 아, 정말임다. 거기 가문 쌀이 넘쳐서 배고픈 고생은 안 한다는데, 내사 그런 소문 너무 잘 알지비 걱정맙서.

다 잘 되겠지비."

"아, 아 어서 이 상을 치우. 난 찬구네 집에서 한 술 먹었소."

우진 영감이 급히 말한다.

"그랬슴까? 알겠슴다."

상위의 밥이며 국그릇을 서둘러 치우면서 명선은 그냥 횡설수설한다.

"아바이 남조선이 말임다. 그렇게 잘 산담다. 개도 이밥을 먹기 싫어… 아니 중국이 그렇다든지 남조선이 훨씬 더 잘 산다던데."

"그만 그만, 그 입 닥치지 못할까?"

우진 영감의 인상이 단박 험악해졌다. 두 눈이 불타올랐다. 미안하다며 눈물을 흘리던 조금 전의 모습은 간데없었다. 사람의 마음이 한순간에 그렇게 돌변할 줄은 자신도 몰랐을 테지만 그 순간 찬구의 마지막 말이 다시 들려온 것이었다.

"입단속 잘하우. 사람이 명대로 살아야지 그러다 형님까지 제 명에 못사우. 알겠소?"

3

불 꺼진 방안은 깜깜했다. 비는 멎었지만 물러가지 않은 구름으로 하여 밤빛 하나 비쳐들지 않는다. 윗방에서 나는 잠꼬대 소리가 들렸다.

"우리 아들 어쩌다 뜨뜻한 방에서 단잠 자네. 아바이 내가 이제부터 잘 모시겠슴다. 밥도 잘 하구, 내 아들이 더 이상 바깥바람 맞으문 며칠 못 가 죽을 겜다. 사정 좀 봐주는 게지 예? 아 그리고 아바이 잡아들여오는 고기도 내가 장에 나가 밑지지 않게 팔겠슴다. 우릴 제발 내쫓지 마시요 예?"

명선이가 주절거리는 소리에 영감의 읖으로 허한 한숨이 새나갔다.

"참 희한함다. 이 집 쌀독에는 어째 쌀이 가뜩하담까 예?"

"노친이 떠나면서 마련해 놓고 간 거겠지 장롱에 들어있던 옷들도 없어졌고 아무튼 본인 물건은 거지반 다 없어졌어. 작심을 했지 날 떠나려고."

우진 영감은 여인의 잠꼬대에 저도 모르게 중얼거렸다.

"히히 돈 될 만한 물건이 지금껏 남아있다는 게 희한하잼까. 역시 고기 잡는 배꾼은 뭐가 달라도 다름다."

마치 마주 앉아 오순도순 주고받는 말 같다. 저것이 잠을 깨고 말하는 건가? 이렇게도 또릿또릿 대답하다니, 엉거주춤 윗방에 올라간 우진 영감의 귀에 또 잠꼬대 소리가 들려온다.

"할마이 걱정은 안 해도 될 검다. 살기가 그렇게 좋다는 남조선에 갔다는데 뭐."

남조선? 남조선이 네 할애비냐? 더 망설일 것도 없었다. 울컥한 충동이 모든 사유를 흐트러뜨린다. 그건 어쩌면 일순간에 일어난 제어 못할 충동이었다. 와락 명선에게 달려들어 왼손으로 입을 막고 오른손으론 목줄을 움켜잡았다. 헐렁한 옷 속의 뼈밖에 안 남은 바싹 마른 육체가 꿈틀거렸다. 한손아귀에 들어온 앙상한 목을 쥔 우진 영감의 입이 실룩거렸다. 이건 걸인여자다 더 견디지 못하고 곧 길바닥에서 죽게 될 거다. 어차피 가는 길을 내가 조금 당겨줄게. 노친의 쪽지편지를 읽는 순간부터 속이 떨렸다. 생각 없이 주절대는 입이 계속 남조선을 불러대며 큰일을 불러들인다. 글쎄 이것이 누굴 죽이려고? 한뉘 선창에서 일하며 굵어진 갈퀴 같은 손이 사정을 두지 않고 여인의 목을 조였다. 죽지 않고 치욕도 안 받고 그냥 성한 몸으로 노친한테 가고 싶은데, 요것이 그걸 막으려 하다니. 날 밝으면 밖에 나가 노친이 남조선으로 도망갔다고 만나는 사람마다 주절거릴 터이니 아니 안 돼. 절대 그것만은. 우진 영감은 목을 쥔 손에 으윽 소리까지 내며 와짝 조였다. 그런데 이상했다. 손에 도무지 힘이 실리지 않았다. 손가락이 마치 남의 손가락 같다. 핏줄이 막혀 감각까지 잃었는가? 우진 영감은 명선이가 벌써 눈을 뜨고 멍히 자기를 올려다 보는 것도 몰랐다. 빤히 보는 명선의 눈에 확 기쁨이 어린다. 나를 타고 앉은 영감이 자기에게 정을 주려 그러는 것으로 착각한 듯하다.

"아바이"

즐거운 부름이다. 동시에 벌떡 몸을 솟구는 바람에 우진 영감은 뒤로 벌렁 넘어졌다. 명선은 넘어진 늙은 몸 위로 덮쳐들어 정신없이 영감의 볼에 제 볼을 비빈다.

엄마야, 반푼 아들이 칭얼대며 눈을 뜬 것도 그때다. 명선은 급히 영감의 품에서 떨어졌다.

우진 영감은 황겁히 정지로 내려왔다. 무슨 정신에 내려왔는지도 몰랐다.

이 일을 어찌할지, 울렁이는 가슴을 움켜잡은 영감은 멍한 눈길을 천정에 주었다. 거미 한 마리가 명선이가 거둬낸 줄 자리에 다시 줄을 치고 있었다. 벌써 원이 다 그려졌다. 우진 영감에게는 그 거미줄이 자기를 포박하는 포승

줄로 보였다.

 아, 차마 마주 바라볼 수 없어 영감은 얼른 눈을 감아버렸다. 잡혀가 사형대에 서는 끔찍한 환영이 머리를 가득 메웠다. 앙상한 손이 영감의 어깨를 다시 감아쥐지 않았다면 아마도 상상으로 떠오른 공포에 정신을 잃어버렸을지도 모른다.

 "어? 너 왜 자꾸 그러냐?"

 여자의 앙상한 얼굴에 간절한 소원이 담겼다. 명선은 우진 영감의 목을 끌어안고 나직이 속삭였다.

 "노친 생각이 나서 그러지예? 원래 배꾼들은 며칠씩 바다에 나갔다 돌아오문 안까이(아내를 이르는 북방 방언) 옷부터 벗긴다고 내 들었슴다. 어찌겠음까, 내가 대신해 주겠슴다. 중간문을 걸었으니까 빨리 어째 줍서. 내 아까 함지에 물 떠놓고 목욕까지 깨끗이 했슴다. 우리 모자 쫓아내지만 말고 날 부엌에만 앉혀줍서 예?"

 죽이려 했는데도 명선이는 영감이 아까부터 제 몸이 탐나 그런 것으로 생각한 것 같다. 여자는 활랑대는 영감의 가슴에 엎어지며 풀린 옷깃 사이로 허옇게 들여다 보이는 제 젖가슴에 주름투성이 손을 끌어다댄다. 우진 영감은 부르르 몸을 떨며 명선의 가슴을 꽉 움켜쥐었다.

"아야 아픔다. 무슨 힘이 그리 셈까 좀 살랑살랑…."

"으흐흐흐."

우진 영감은 마침내 울음을 터트렸다. 풀썩 여자의 가슴에 얼굴을 묻고 꺼이꺼이 울었다. 이렇게 순진한 여인에게 그리도 몹쓸 짓을 한 것이 이 순간 자책으로 솟구쳤는가?

엎드려 모든 걸 이실직고하고 명선의 말대로 부엌에 앉혀주고도 싶다. 엇갈리는 감정의 파도에 종잡을 수 없이 흐트러지는 심적 고통에 우진 영감은 어쩔 줄 몰라 그저 우들우들 떨었다.

벌컥, 출입문이 열렸다. 찬 새벽바람이 확 끼쳐든다. 거친 구둣발이 그때까지 여인을 안고 있는 우진 영감의 복부를 사정없이 걷어찼다.

헉, 영감은 허파가 빠지는 소리를 내며 힘없이 바닥에 꼬꾸라졌다.

"주제에 여자까지 끌어들이고, 손 내밀어"

악센 손이 영감의 팔을 비튼다.

"이보시오 어째 이럼까? 왜 우리 아바일… 이러지 맙서예? 아무리 보안원이래도 죄 없는 사람을 왜 때리며 이럼까?"

명선이가 사납게 소리친다. 어처구니없는 표정으로 명

선을 보던 사내가 픽 웃고는 발로 명선의 복부를 내질렀다.

"애고고."

명선은 배를 그러안고 뱅글뱅글 방바닥을 굴렀다.

"똥 머저리 같은 년. 너 이 영감이 어떤 죄인인지 알고 나 편을 들어?"

보안원은 괴춤에서 수갑을 꺼내 우진 영감의 팔목에 절컥 채워버렸다.

"대체 무슨 일로 왜 이러는 거요?"

"몰라서 물어? 쌍놈의 두상. 딸년 노친 몽땅 다 남조선으로 도망갔잖아."

"아니 그걸 어떻게 벌써?"

얼결에 튀어나간 말이다.

"홍 사방이 눈인데 비밀이 어디 있어. 어서 걸어. 가만 있자, 꼴을 보면 영감도 이 젊은 계집을 데리고 함께 도망가려던 거지? 안 되겠어 야 너도 일어서."

"아닙다. 무슨 그런 말을… 아바인 오늘 금방 바다에서 돌아왔습다. 이러지 마시오 예?"

"엄마!"

윗방에서 나온 명선의 아들이 달려와 엄마에게 매달린다.

"형철아"

명선은 아들을 부둥켜안았다. 모자가 한 덩어리가 되어 빤히 올려다보자 보안원은 퉤, 하고 바닥에 침을 뱉으며 수갑을 채운 우진 영감만 앞세우고 밖에 나선다. 나가다가 무슨 일인지 돌아서서 명선에게 한마디 던진다.

"너 혹 총살당한 박용칠의 딸이 아니야?"

"예?"

"맞지? 미련한 년 같으니. 이년아 이 영감이 누군지 알아? 네 아빌 소도둑으로 신고한 놈이야. 근데 너 한 방에서 뒹굴어? 하기야… 가자 걸어."

보안원은 왈살스럽게 영감을 잡아끈다.

"어이쿠"

우진 영감이 중심을 잃고 마당에 넘어진다.

"아바이…."

명선이가 총알처럼 달려와 영감을 부축한다. 좀 전 보안원의 말이 무슨 말인지 알아듣지 못한 것 같다.

"아바이까지 잡혀가면 난 어찌람까 예? 오랜만에 소원대로 부엌에 앉아봤는데, 으으으 잡아 온 고기 팔아 쌀 사오구 그걸루 부뚜막에 앉아 도란도란 말하며 살림이란 걸 해본다 싶었는데…. 아바이, 난 이제 그 소원을 어디 가서 풀

소원 _ 69

어 보람까 예? 엉엉엉."

명선의 통곡에 어린 형철이까지 달려들어 합세한다.

"엄마 우리 이제 또 깨진 관속에서 자야 돼? 싫다 나는, 나두 불 땐 뜨뜻한 구들에서 자는 게 소원이다. 히힝…."

아연해진 것은 보안원만이 아니었다. 우진 영감이 그보다 더했다. 아니 아연뿐이 아닌 가슴 찢는 자책이다. 허락만 된다면 억척같이 일해 모자의 간절한 소원을 이뤄주고 싶었다.

별안간 쿨럭쿨럭 숨넘어가는 기침소리가 들렸다.

(아니 찬구가? 그럼 네가 날 신고했더란 말이냐? 이런 나쁜 놈 같으니.)

우진 영감의 놀란 시선이 기침소리가 난 굴뚝 쪽을 향한다. 그것도 잠깐이었다.

갑자기 우진 영감이 밤하늘에 대고 앙천대소한다. 으하하… 너털웃음은 오래 계속되었다.

별안간 웃음을 그친 우진 영감이 터벅터벅 명선에게 다가왔다. 그다음 천천히 무릎을 꿇고 고개를 숙였다. 눈에서는 소리 없는 눈물이 뚝뚝 줄지어 떨어졌다.

서기골 로반

꽁꽁 언 눈 덮인 산정에 고요한 적막이 흐른다. 길에 수북이 쌓인 눈에 발자국을 찍으며 들어선 골짜기는 마치 아무도 없는 미지의 세계 같다.

두 사람은 사방을 둘러보며 천천히 걸었다. 빠드득 빠드득 발밑 눈 밟히는 소리에 놀랐는지 길옆 나뭇가지에서 산새 한 마리가 짹, 하고 허공으로 날아오른다. 땅거미가 내려앉은 골짜기의 끝자락에 거의 다다를 무렵 컹컹 개 짖는 소리가 들렸다.

"여보, 개 짖는 소리예요. 우리가 제대로 찾아온 것 같아요."

순옥이가 반가운 목소리로 탄성을 지른다.

"그러게 내가 뭐랬소. 길이 있으면 반드시 인가가 있게 마련이지. 당신은 그저 이 남편 말만 푹 믿으면 되오."

덕만은 아내의 말에 응수하며 어깨를 으쓱한다. 완만한 경사의 골짜기 막바지에 제법 너른 부지를 안은 덩실한 집 한 채가 나타났다. 지붕위엔 겨우내 내린 흰눈이 두텁게 얹혀 있다.

"거 누구요?"

웬 남자의 목소리에 이어 말 같은 개 여러 마리가 순옥이네 쪽으로 냅다 달려온다.

제, 제, 낯선 손님을 보자 쏜살같이 내닫는 개를 꾸짖으며 웬 남자가 허둥지둥 쫓아왔다. 그 사람은 반갑게도 조선말을 한다. 눈길에 서서 뭘 하고 있었는지 추위에 빨갛게 곱아든 손에 헝클어진 실타래가 쥐어져 있었다. 개를 쫓고 나서 그 사람은 길에 가로놓인 실오리를 들어 올리며 어서 지나가라고 턱짓한다. 두 사람이 거길 지나치자 남자는 길을 가로지른 실오리 끝을 가느다란 풀대에 매어놓고 앞장서 걸었다.

"여긴 어떻게 왔소?"

"저, 우리는 북조선에서 건너온 사람들이오. 어디 안전하게 있을 만한 곳이 없나 해서 찾다가 여기까지 오게 됐소."

"그렇소? 마침 잘 왔소. 오늘 로반(사장)이 올라왔는데 어서 들어가서 물어 보구레."

남자가 무뚝뚝하게 말했다. 순옥은 로반이란 무슨 말이냐고 물으려다 그만 입을 다물었다.

굴뚝에서 피어오른 연기가 한풀 사그라져 어둠이 짙어가는 하늘가로 흩어졌다.

사방에 빙 둘러서서 그냥 사납게 짖어대는 개들을 피해 순옥은 덕만의 뒤에 바싹 붙어 섰다.

"워리, 워리, 왜 이리 소란스러운 거야. 지개!"

마당에 들어서자 반지르르한 머리채를 정수리까지 바짝 틀어 올린 젊은 여자가 앙칼지게 소리치며 문밖에 나온다. 살집이 희고 통통한 인상의 여자가 놀란 눈빛으로 낯선 손님을 재빨리 훑어보더니 곧 신경질이 배인 미간을 펴며 상냥한 웃음을 지었다.

"안녕하십니까. 저희는 북조선에서 왔습니다."

덕만이가 큰 허우대를 굽석 숙이며 여자에게 인사를 건넸다.

"아, 그래요? 반가워요. 난 여기 로반이에요. 그러잖아도 일꾼이 필요했는데 어서 들어와요."

서기골 로반 _ 73

여자는 기다렸다는 듯이 반색을 한다.

습한 열기가 가득찬 방에 들어서자 로반은 방 한쪽에 말아놓은 이불을 벗긴다. 그 속에서 뼈에 가죽만 남은 남자가 퀭한 눈으로 여자를 올려다본다.

"여보, 북조선에서 온 사람들이래요."

순옥은 하마터면 악, 소리를 칠 뻔했다. 해골처럼 피골이 상접한 남자가 이불속에 있었다. 로반은 눈을 껌벅이지 않는다면 분명 시체로 착각하고도 남을 남자를 아무 내색도 않고 일으켜 벽에 기대 앉혀놓고는 자기도 그 옆에 나란히 앉는다. 병색이 짙은 남자의 인상은 손님이고 뭐고 다 귀찮다는 기색이다. 로반이 진작 여보라고 불렀게 망정이지 순옥은 여자보다 이십 년도 훨씬 넘게 보이는 남자를 그녀의 아버지나 할아버지쯤으로 혼동할 뻔했다. 멀거니 순옥을 바라보던 남자가 턱을 약간 쳐들어 보이자 로반이 달싹 일어나 선반위의 쟁반을 내렸다. 쟁반에는 알락달락 포장한 사탕과자가 가득 담겨 있었다.

"국경은 언제 넘었어요?"

로반이 쟁반을 내밀며 상냥하게 물었다.

"어제 새벽에 넘었습니다."

"두만강은 이제 다 얼어붙은 모양이죠?"

"복판이 채 얼지 않아 물에 빠지면서 건넜습니다."

얼핏 보기에도 로반은 아내의 또래 정도로 보였으나 덕만은 그녀에게 깍듯이 예문을 붙였다.

"고생했네요. 조선 어디서 떠났어요?"

로반은 얼음이 둥둥 떠다니는 두만강을 떠올렸는지 으스스 몸을 떨었다.

"청진에서 떠났습니다."

"청진이라면… 어디로 넘었는데?"

흘러내린 붉은 머리카락을 귓바퀴로 쓸어 넘기는 로반의 눈이 호기심으로 반짝였다. 순옥은 로반의 자상한 친절이 같은 또래에 대한 단순한 동정일 거라고 생각했다.

"저기… 그게 어디죠?"

순옥은 오던 길을 더듬으며 덕만을 쳐다보았다.

"삼합? 아님 개산툰? 어느 쪽이에요?"

로반의 질문이 이어지자 순옥은 그동안 이곳에 많은 탈북자들이 다녀갔음을 짐작할 수 있었다. 그렇지 않다면 어찌 중국인인 로반이 조·중 국경지역을 그리 훤히 꿰뚫을 수 있을까.

"강안리 쪽으로 건넜습니다. 함북도 종성과 온성 사이…."

순옥은 지명을 자세히 말하려다 말고 그만 말끝을 얼버무렸다. 북조선 어디라면 제가 알라구?

"그런데 여기 서기골은 어떻게 알고… 누가 알려줬죠?"

로반이 재촉하듯 바짝 다가앉았다.

순옥은 강을 건너 위자구라는 곳에 들렀는데 거기서 만난 조선족 할아버지가 탈북자들이 있는 곳을 약도를 그려서 알려주었고 거길 찾아가던 길에 이 골짜기로 꺾어들었다고 말했다.

"잘 왔어요. 자기네는 거기보다 여기가 더 안전할 테니까. 그렇죠, 여보?"

여자는 교태어린 코멘소리로 남편에게 물었다. 남자는 위태할 정도의 마른 체격이었지만 눈빛은 어딘가 모르게 살아있었다.

"그래. 잘 왔어. 이 주변에서 안전이야 우리 서기골만 할라구. 어서 거처를 정해주고 일하도록 해."

남자의 목소리가 깡마른 체격만큼이나 메마르게 들렸다.

이어 로반이 서기골의 일과를 쭉 말했다. 놀랍게도 새벽 4시부터 저녁 7시까지의 일과가 빈틈없이 짜여 있는데 기본 해야 할 일은 장작패기다. 그것도 사람마다 경운기로 한차 분량이었다.

"저 여자도 남자들과 똑같이 패야 합니까?"

덕만의 어성이 약간 높아졌다.

"물론이죠. 남자나 여자나 똑같이 먹고 사는데 예외일 수 없죠. 다른 산창은 아마 여기보다 더할걸요. 밥과 빨래는 당연히 여자 몫이어서 배로 힘들겠지만 북조선 여자라면 못할 것도 없잖아요. 생활력 강하기로는 웬만한 남자들 찜 쪄 먹을 사람들인데."

그러면서 로반은 은근슬쩍 덕만의 낯을 살핀다. 남편이 아내의 부족한 몫까지 채울 수 있다고 믿는 모양새다.

"알겠습니다. 사람마다 매일 한차씩 패서 팔아야 한다는 거죠?"

덕만이 재차 묻자 순간 로반은 아니꼽게 눈초리를 치켜뜨더니 곧 표정을 풀었다.

"그래요. 이달에 설명절도 꼈으니 나무 판 돈의 일부는 명절음식을 마련하도록 드릴게요. 나니까 그렇지 다른 산창은 어림도 없어요. 탈북자가 일한 삯은 계산은커녕 아예 숙식으로 퉁치는 데도 많아요."

로반은 서기골에 오길 잘했다면서 시동생이 현재 이곳 공산당 지부 서기라고 소개했다. 산의 지명도 시동생인 서기가 사놓은 산이어서 서기골로 불리는 것이란다. 서기의 인품과 권력까지 두루 자랑하는 로반의 말에서 순옥은 안전한 곳에 면바로 잘 찾아왔다는 안도감이 들었다.

"잘 알았습니다. 감사합니다."

덕만이와 순옥이가 거듭 인사하고 일어서려는데 로반이 옆방에 대고 소리쳤다.

"여기 좀 나와봐요."

곧 출입문 여닫는 소리와 함께 아까 길목에서 실타래를 쥐고 있던 남자가 들어섰다.

"로반, 날 찾았시오?"

"그래요. 조선에서 건너온 사람들인데 그 방에서 같이 지내도록 해요. 작업동복과 이불도 갖춰주고."

로반은 남자를 이곳에서 자신을 대신해 일꾼들을 관리하는 사람이라고 소개했다.

"최철규입니다. 잠자리가 좀 비좁겠지만 뭐 그럭저럭 같이 지냅시다. 갑시다."

옆방에는 탈북자로 보이는 남자가 한 명 더 있었다.

"한아바이, 인사하오. 물 건너에서 사람이 왔소."

철규가 들어서며 소개하자 남자가 손질하던 도끼자루를 놓으며 엉거주춤 일어섰다. 철규는 '한아바이'가 앞니가 한

대뿐이어서 그렇게 불리지만 실제 나이는 40대 초반이라고 소개했다. 그는 웃을 때마다 손으로 입을 가렸다. 넷이서 저녁식사를 마치자 철규는 이제야 식구가 늘어 주패(카드)를 칠 수 있게 됐다며 자리를 폈다. 주패장이 오가며 서로에 대한 소개가 시작됐다.

한 씨의 이름은 한상길이다. 한때 인민군 땅크부대에서 중대장이었던 그는 제대하면서 약혼한 여자 친구를 고향으로 데려와 결혼식을 올렸다. 그 후 고난의 행군이 닥치며 먹을 것을 구하려 나간 아내는 종내 돌아오지 않았고 하나뿐인 아홉 살짜리 아들마저 엄마를 찾아 떠난다며 집을 나갔다. 몇 달째 돌아오지 않는 식구들을 기다리던 상길이도 결국 국경을 넘어 여기저기를 찾아 헤매던 끝에 이곳 서기골에 눌러앉아 겨울을 보내고 있는 중이었다.

좋은 때 좋은 날 맺어진 사랑
한쌍의 꽃으로 활짝 피었네
축복하노라 오늘의 새 가정
축복하노라 오늘의 이 행복

결혼식날 부대 친구들이 불러준 결혼축가라며 중얼거리

던 상길은 흑 콧물을 들이키며 팔소매를 눈가에 가져갔다.

아직 30대인 철규는 자신을 소개할 때 패쪽을 힘껏 내리쳤다. 어느 외화벌이 회사의 해외수출업무를 담당했던 그는 회사자금의 손실을 책임지고 지배인이 갑자기 총살당하는 바람에 놀라서 홀몸으로 북한을 탈출했다고 한다. 저녁마다 아빠의 목에 매달려 깔깔대던 아들을 유치원에 보내놓고 인사도 없이 급히 떠나던 그 날을 떠올리며 철규는 일그러진 얼굴에 씁쓸한 웃음을 지었다. 두 개의 촛불이 다 타 접시에 가득 녹아내리고 남은 심지가 잦아들 때까지 고향이야기는 계속되었다.

"보아하니 나보단 이상인 것 같은데 형은 대체 어쩐 일루?"

이번엔 철규가 물었다.

두툼하게 말아 문 담배를 빨며 주패장을 들여다보는 덕만이 뜸을 들이자 순옥이가 나섰다.

"이이도 철규 삼촌과 거의 비슷해요. 군에서 고위 간부였던 형님이 어느 날 정치범이 되어 잡혀가는 바람에 부득불 탈출할 수밖에 없었어요. 동생도 잡히면 정치범수용소행이잖아요."

"애들은, 없소?"

"저의 친정에 맡겼는데 자리가 잡히면 곧 데려와야지요. 어때요 여긴 안전해요? 이인 절대 잡히면 안 되는 사람이라서."

"안전 같은 건 하늘에 맡겨야지, 장담은 할 수 없지만 그래도 여긴 당서기의 산이자 또 서기의 관할지역이니 그런대로 다른 곳보다 안전하다고 봐야지요."

"근데 아까 골짜기 입구에는 왜 나와 계셨어요?"

처음 만났을 때 실타래를 쥐고 서있던 철규의 눈빛은 극한 경계심을 내비치고 있었다.

"아, 보안장치를 하느라고, 안전은 스스로 지켜야 하니까. 내가 창안한 거요."

"손에 쥐었던 바느실로 보안장치를 한다고요?"

순옥의 말투와 눈동자가 동시에 커졌다.

"저길 보구레. 저 천정에 걸려있는 통재(등근 쇠통)에 매단 쇳덩이가 골짜기 입구까지 늘인 실에 연결됐소. 누구든지 여길 오려면 그 길을 통과해야 하는데 그러자면 풀대에 가로지른 실이 발치에 걸릴 거고 실이 끊기면 자연히 쇳덩이는 쇠통재에 떨어지게 돼 있고. 요란한 소리에 우리는 그 사이 피할 시간을 얻게 되는 거구 흐흐."

철규는 자신이 고안한 보안장치를 설명하면서 만족한

듯 웃었다.

"매일 그렇게 해야 하나요?"

"안전하게 살자면 날마다 그래야지. 어느 순간에 공안이 들이칠지 모르니까. 며칠 전에도 저 아래 탁근네 산창을 공안이 들이쳐 그곳에 있는 탈북자들 다 잡아갔소. 해마다 설밑에는 따스포(대 검거선풍)기간이요. 여기도 언제 올지 모르니 순간이라도 긴장을 풀면 안 되오."

철규는 벽에 걸려있는 배낭을 가리키며 만약의 경우 뛰쳐나가며 갖고 갈 비상용이라고 했다.

"그러고 보니 모두들 어떤 위험한 순간에도 대처할 수 있도록 빨치산 유격전법을 잘 배워둔 것 같아요."

"그렇죠. 조선에서 배운 김일성혁명역사학습이 오늘 우리에게 큰 도움이 되고 있지요."

저들의 탈북이 현재형 항일무장투쟁시기 빨치산을 닮았다며 모두들 호탕한 웃음을 터뜨렸다. 두 사람은 새로운 고향소식을 이것저것 자꾸 물었다. 흔들리는 촛불 아래서 끝없이 이어지는 이야기로 서기골의 겨울밤은 깊어갔다. 그러다가 눈을 붙인 지 두세 시간쯤 지났을까.

쟁가당, 가마뚜껑이 깨지는 것 같은 요란한 쇳소리가 고요한 새벽공기를 찢는다. 새벽 네 시다. 로반이 산창에 올라오기만 하면 어김없이 벌어지는 소동이라고 엊저녁에 철규가 말했다. 병적 발작처럼 새벽 네 시만 되면 난리법석을 피운다는 로반은 오늘도 마치 시계 초침을 붙들고 있은 것처럼 에누리 없이 튀어나왔다. 그녀는 손에 든 전지불로 컴컴한 방안 구석을 이리저리 비췄다. 그녀의 소란에 구들에 깔린 두꺼운 이불이 꿈틀거렸다.

"아직도 누워 있으면 어쩌자는 게야? 지금 몇 시야. 빨랑 일어나."

뒤이어 로반이 가마뚜껑을 닫치는 대로 콘크리트바닥에 모두 내동댕이쳤다. 문 열리는 소리에 잠이 깬 순옥은 깜짝 놀라 토끼처럼 튕겨 일어섰다. 어제 이곳에 도착하면서 철규에게서 대충 듣긴 했지만 이런 상황은 전혀 예상 밖이었다. 정신이상증세에 가까운 로반의 행동에 심장이 터질 듯 쿵쾅거렸다.

"에이, 또 시작이네. 이보오. 로반, 오늘만이라도 좀 조용하시구레. 새 사람들도 왔는데…."

"그러게. 좀 조용히 삽시다. 에익, 이거라구야 맨날 시끄러워서 원."

피곤에 절은 철규의 말에 그 옆에서 잠이 덜 깬 상길의 목소리가 겹친다.

"뭐야? 누가 누구더러 조용하라 마라야? 밥도 짓고, 짐승도 먹이고, 나무도 패고 할 일이 태산인데 언제까지 자빠져 있을 건데?"

여자의 발작적인 쇳소리가 귀청을 찢는다.

"하면 되지 않소? 지금까지 그 일을 우리가 다했지 누가 했는데"

악에 받친 로반의 말에 철규가 벌떡 일어나 앉으며 맞받아쳤다.

"흥, 내 잔소리가 없어도 잘은 하겠다. 이래 가지고 소, 돼지물을 언제 끓이고 오리, 닭, 토끼는 또 언제 먹이고, 밖에 일은 언제 하냐고? 말 같은 소릴 해. 노루꼬리만 한 해에 게으름이나 필거면 내 집에서 당장 나가던가! 입에 들어가는 쌀이 뭐 공짜야."

로반이 그쯤 나오자 방안이 물 뿌린 듯 조용해졌다. 더 맞받아쳐봤자 소용없는 짓이어서 로반이 가마뚜껑을 몇 번 더 들었다 놓아도 아무 대꾸도 하지 않는다. 순옥은 얼른 찬장위의 촛대에 불을 붙였다. 촛불에 난장판이 된 가마목이 고스란히 드러났다. 휑하니 열린 가마솥에 뚜껑을 덮는 순옥이를 째려보던 로반이 쌩하고 나간다.

정월의 설한풍이 로반이 열어놓은 문을 통해 휙 밀려들

었다.

"저건 잠도 안 자고 꼭 새벽 네 시만 붙들고 지랄이야 지랄이. 여기가 조선이라면 저걸 그저 콱."

잠자코 있던 철규가 로반이 나간 출입문에 대고 빈 삿대질을 해댔다.

"에이 관둬. 일도 없는 년이 잠이 올게 뭐야. 맨날 우리랑 저 지랄하는 멋으로 살겠지. 로반이잖아, 로반. 허허 차암…."

한 씨가 로반이란 말을 거듭 곱씹으며 비아냥댄다.

"로반 남편이 중환자라더니 그거 만족을 못 주는 모양이야. 그렇잖으면 잠이 안 올 리가 있나? 저렇게 발광하는 데는 분명 뭐가 있어. 밤일을 못하는 남자에 대한 여자의 원한 같은…."

"남편? 그냥 돈을 보고 붙어살겠지, 파파 삭은 늙다리에게 남녀간의 뜨거운 밤은 없을 테고. 젊고 얼굴이 반반한 게 할아버지뻘을 남편이라 해야 하니 때로 미치도록 악이 나겠지."

"그래. 로반이 30대 한창 나이에 참 안 됐어. 로반이면 뭘 해. 남편이라는 작자는 스무 살도 훨씬 많은 데다 언제 꼴깍할지 모를 병달이니, 내놓고 말은 못해도 속이야 지지

리 썩겠지."

 남자들은 저마다 로반 앞에서 할 수 없었던 말들을 사정없이 들먹인다. 솥뚜껑이 머리에 떨어지는 줄 알았던 순옥이의 가슴은 아직도 쿵쾅쿵쾅 방망이질이다.

 철규가 동복을 껴입고 먼저 도끼와 물 바께쯔를 들고 문밖을 나섰다. 칠흑같이 어두운 숲속을 지나 도착한 개울에는 언제 물이 흘렀냐 싶게 두꺼운 얼음이 깔려있다. 널려있는 얼음덩이를 보고 간신히 얼음구멍을 찾을 수 있었다. 설이 가까워지면서 매서운 한파에 개울물은 어제보다 더 두텁게 얼어있다. 쩡쩡 얼음을 깨느라 휘두르는 도끼소리가 고요한 산정에 메아리쳤다.

 이윽고 마당 한편이 훤히 밝았다. 돼지죽을 끓이려고 나온 상길이가 마당 한쪽에 있는 야전 가마에 불을 지피고 언무와 배추를 썰어 넣고 있다. 이어 소우리 쪽에서도 소 방울소리가 절렁거린다. 덕만이가 소여물을 만드느라 해머로 대두박을 부시고 뜨거운 물에 불리느라 양손에 쇠퉁재를 들고 부지런히 우사를 들락거린다.

 어제 철규는 이곳 생활을 소개하면서 7시 전에 반드시 식사를 끝내고 밖에 나서야 한다고 몇 번이나 강조했다. 만약 그 시간이 지나서도 집안에 붙어있는 날에는 한바탕 하늘땅이 맞붙는 난리가 일어나니 그것만을 꼭 지켜야 한다고 다짐을 받았었다. 그러면서 하루를 시작하는 아침부터 소동이 일면 종일 기분이 없을 테니 웬만하면 로반의 비위를 맞추자고 말했다.

  순옥은 밥을 짓고 일꾼들은 소, 닭, 오리의 사료를 주고 물을 긷고 마당정리며 개밥을 주었다. 식사 후에는 각자 장작을 패야 한다. 오후에는 로반이 수시로 작업량을 체크하며 잔소리를 하기에 눈치 빠른 철규는 누구도 욕을 듣지 않도록 장작무지의 크기를 비슷하게 조절하곤 했다.

  설을 앞둔 서기골은 매일같이 장작을 실어 내리는 트라지(경운기)의 동음으로 통탕거렸다.

  며칠이 지나 로반이 떠나갔다. 그는 보름 동안 설명절을 쉬러 간다면서 순옥에게 쌀과 된장, 김치가 있는 곳을 확인해주면서 창고 한쪽에 놓인 나무궤짝은 절대 열지 말라고 당부했다.

  로반이 떠난 서기골은 금세 명절 분위기가 되었다. 남자들은 소 사료로 쌓아놓은 옥수수단 밑에서 트라지(경운기) 운전사들이 몰래 날라다 준 술통을 꺼내어 대낮부터 술판을 벌였다. 토끼장에 나간 철규가 제일 큰 수토끼를 죽여 갖고 들어와 손질하기 시작했고 상길이는 오리장에서 날개가 얼어붙은 종자오리를 안고 들어왔다.

-로반이 없는 세상 얼씨구 좋구나-

상길의 이 빠진 입에서 흥얼흥얼 노랫가락이 새어나온다.

그물에 걸린 까치도 안주감으로 기름에 튀겨졌다. 눈부신 아침 햇살이 서산에 붉은 노을이 될 때까지 종일 서기골에는 웃음꽃이 피었다.

"그새 닭은 몇 마리나 먹었나? 로반이 오면 한바탕 하늘땅이 맞붙을 텐데."

"족제비가 물어갔다면 될 걸 뭐, 걱정도 팔자다."

땅크중대 중대장 상길이가 불안해하자 철규가 별 안 할 걱정을 한다며 퉁을 주었다.

"듣기 싫어서 그러지. 족제비가 물어갔다면 로반이 그걸 곧이곧대로 믿겠어? 우리가 잡아먹었다고 길길이 날뛸 걸 생각하면 그새 맛있게 먹었던 살이 한꺼번에 쪽 빠질 게다."

"형이요. 그건 내게 맡겨요. 간나 에미나새끼 정 쨍쨍거리면 멀찍이 나무에다 묶어버리지 뭐."

"야, 농담이라도 그런 말 마라. 지랄이고 뭐고 해도 여기가 당서기네 산창이니까 우리가 여태 안전하게 있는 게 아니야. 오늘은 먹다 남은 오리 뼈다귈 한 번 더 끓여 먹고 말자."

"그래요. 제가 맛있는 비지장을 끓여 드릴게요. 오늘은 그걸로 먹어요."

"비지장? 소가 먹는 대두박을 끓여 먹잔 말이요? 우리가 소요?"

"아이참. 대두박도 기름에 배추 볶다가 버무려 끓이면 먹을 만해요"

"아따, 중국 땅에서 별소릴 다 듣네. 우린 사람이요. 남들은 명절이라고 온갖 진수성찬에 배를 두드리고 있을 텐데 고작 오리 몇 마리 먹었기로 그리 떨 게 뭐가 있소? 아직 남아있는 게 삼백 마리가 넘는데. 우리가 찰떡을 먹었소? 돼지고길 먹었소? 아, 나 참."

"야, 난 로반이 숨넘어가는 생매소리를 지를 때마다 심장이 멎고 살점이 떨어지는 것 같다. 먹을 게 흔한 중국 땅에서 두부나 달걀 때문에 저리 지랄난리 치는 건 여태껏 살다가 처음 본다. 그렇지만…."

상길은 두리번대는 철규의 꽁무니에 붙어 다니며 이젠 더는 잡지 말자고 사정사정 말린다.

토끼우리에 가서도 이젠 그만, 닭장에서도, 오리장에서도 철규의 팔소매를 부여잡고 우리 이러다 여기서 쫓겨난다며 울상을 지었다. 상길의 성화에 못 이겨 한참 돼지우리 앞에서 머뭇거리던 철규가 홱 돌아서며 버럭 역정을 낸다.

"그럼 뭘 먹겠소. 숨어있는 몸이어도 허나 새나 설인데 뭐든 먹어야 할 것 아니요. 그냥 배추김치에 생된장만 찍어 먹잔 말이요?"

"야, 그리 먹고라도 좀 조용히 살았으면 좋겠다. 쌀밥이 있지 않니. 제발 좀 참자. 로반도 사람인데 돌아올 때 명절 뒤끝에 남은 음식을 좀 걷어다주겠지."

"형은 그래서 평생 안 되는 게요. 온갖 쌍일을 다하고도 제 것도 못 찾아먹으니 참. 형은 그럼 보기만 하오. 고기도 나만 먹고 욕도 혼자서 먹고 쫓겨나도 내가 쫓겨날 테니까, 내가 여기를 관리하는 사람이니 책임도 내가 지면 될 거 아니오."

순옥이도 날이 갈수록 불안하긴 마찬가지다. 일꾼들의 밥을 하는 입장에서 그동안 잡아먹은 닭과 오리만도 여러 마린데 그걸 다 족제비에게 뒤집어씌울 수도 없는 노릇이다. 아침마다 걷어들이는 달걀도 알알이 세어보고 많다 작다 예민하게 굴던 로반이고 보면 벌써 머리칼이 곤두선다.

며칠 뒤면 곧 설 명절이 끝나고 로반이 올라올 터인데….

상황이 그런데도 무얼 잡을까 집주변을 빙빙 돌던 철규가 순옥이를 따라 창고로 들어섰다.

"오늘은 저 안에 뭐가 있는지 열어볼까?"

철규는 덕만이까지 불러들여 나무함을 이리저리 살핀다. 궤짝엔 어른 주먹만큼 큼직한 열쇠덩이가 무겁게 매달려 있다. 처음엔 열쇠를 열지 않고 널짝을 뜯어낼 방법을 찾던 철규는 차라리 열쇠를 여는 게 좋겠다며 쇠줄을 찾았다. 가느다란 쇠줄을 구부려 이리저리 돌리는데 열쇠가 찰칵 열렸다. 나무궤짝에는 일인용으로 포장한 개고기봉지가 수북이 담겨져 있었다.

"어랍쇼, 이게 웬 횡재요. 형님, 이거면 됐어요. 로반이 올 때까지 멋지게 명절을 쉽시다."

철규가 너무 반가워 떠들썩하게 소리치는데 곁에 섰던 순옥이는 그만 울상이 됐다.

"로반이 가면서 이 궤짝은 절대로 열지 말라고 저에게 신신당부했어요."

"아, 아주마인 모른다면 끝이오. 이 철규가 다 꺼내 먹었다고 내게 다 미시우."

철규는 신명이 난 얼굴로 포장한 개고기봉투를 다섯 개

나 안고 휭 나간다.

다음날 아침이 되자 철규는 또 덕만의 얼굴을 쳐다본다.

"형님, 어제 좋았지. 우리 또 먹을까?"

"글쎄… 에이 그만 둬, 철규는 먹고 싶어서 그랬다 쳐도 나이가 이상인 내가 있으면서 말리지 않고 같이 풍을 쳤다면 로반이 뭐라고 하겠어?"

"뭐라고 하긴? 아무리 말려도 철규 이놈은 마이동풍이고, 형님의 말은 밑구녕으로도 듣지 않는 놈이어서 어쩔 수 없었다면 그만 아니요. 그런 배짱도 없이 여기선 못 산다우."

저녁에도 다음날도 개고기추렴은 계속되었다. 처음에 열고 잠그던 열쇠는 아예 궤짝위에 덩그러니 빼놓은 채다. 처음 다섯 개로 시작된 개고기가 나중엔 일곱 개, 여덟 개로 늘더니 약간 주저하던 행동거지마저 아무래도 욕을 먹을 걸 고길 다 먹고 먹는다는 심사로 바뀌어 당당해졌다.

산이 통째로 찢어지는 괴성이 터진 것은 그로부터 며칠 뒤다. 그날 아침도 개고기를 끓여놓고 이제 로반이 오면 국물도 없다며 이때라도 배불리 먹자고 한상 펼쳐놓은 참이었다.

아직은 보름이 채 지나지 않아 로반이 이삼일 더 있어야 올 것이라 여겼던 서기골에 때 아닌 폭풍이 불어닥쳤다. 약속된 날짜를 앞당겨 로반이 돌아오면서 상황이 난감하게 되었다.

로반은 남편의 건강 때문에 하루라도 빨리 돌아왔다지만 산창을 돌아보던 서기는 일꾼들에게 요즘은 설명절에 임한 공안의 따스포 기간이어서 자칫 언제 탈북자를 찾아 이 골짜기를 칠지 모르니 항상 조심하라고 일렀다. 그런 시동생의 말에 로반은 공안에서 제때에 피하도록 다 연락이 오게 돼 있어 전혀 걱정할 것 없다고 으스대며 창고로 향했다. 그러다가 뚜껑이 열린 채 비어있는 거고기궤짝을 발견하고는 고래고래 숨넘어가는 고함을 지르기 시작했다.

"어마야, 여기 개고기 다 어디 갔어? 누가 처먹었어? 엉? 어느 귀신이 다 해치운 거야?"

서기 일행에게 인사하려 나오려던 탈툭자들은 로반의 고함소리에 급해 맞아 개울가로 산속으로 뿔뿔이 흩어졌다. 다만 철규만이 무덤덤한 얼굴로 로반 곁에 다가갔다.

"아이고, 날도둑이 들었네. 이걸 어쩜 좋아. 이 많은 걸 누가 다 처먹었냐고? 누가?"

날카로운 로반의 고함에 시댁식구들도 제발 그만하라며

그녀의 등을 다독거렸다. 서기를 따라 조용한 산속에 여가를 즐기러 왔던 친구들도 딱한 표정으로 몸 둘 바를 모르고 서성댄다.

"아주머니, 내가 더 많이 사드릴 테니 이젠 그만하세요. 여기 있은 사람들이 좀 먹었겠지요."

서기가 개고기 걱정은 말라며 몇 번이고 달래서야 로반의 기세는 조금 누그러졌다. 그는 방으로 들어가면서도 일꾼들이 피해 있을 숲 쪽을 뚫어져라 쏘아보았다. 끝내 일꾼들은 인사는커녕 숲에서 나오지 못하고 있다가 서기 일행이 탄 차가 멀어질 때에야 주섬주섬 막으로 들어섰다.

"이봐. 사람새끼들이 얌체가 있어야지. 그 비싼 걸 다 먹어치우면 어쩌자는 거야? 배 터지게 먹어치우면 그만이다 이거야, 앙? 남편의 몸보신용인데 그걸 싹 다 먹어치워?"

로반이 송곳처럼 뾰족한 눈을 해가지고 어느 새 달려나와 일꾼들을 쏘아본다. 철규가 머리를 숙이고 다른 사람들이 말리는 걸 자기가 우겨서 다 꺼내 먹었다며 변명하다가 번쩍 고개를 쳐든다.

"먹을 것이 흔해빠진 중국에서 개고기 몇 봉지 먹었기로 사람을 잡듯이 하는 건 또 뭐요?"

"뭐야? 그게 얼마짜린지 알기나 해? 도적개가 코를 세운다고 뭘 잘했다고 택을 쳐들어?"

이윽고 고성에 반말이 뒤섞이더니 급기야 로반이 부엌에 내려가 밥주걱을 찾아들고 나온다.

"야 이 새끼야 너 뭘 잘했다고 대답질이야? 남의 걸 도둑질해 먹고도 그렇게 당당해?"

"뭐라? 햐, 이게 어따 삿대질이야. 너만 사람이야. 너만 사람이냐고. 숨어 사는 탈북자는 설명절도 없냐? 그리고 그간 우리가 일한 삯을 한 푼이나 계산해줬어? 뭘 큰소리야."

두 눈에 불을 켠 철규도 지지 않고 한 대 칠 듯이 날뛴다. 보다 못한 덕만이가 철규를 막아 나섰다.

"명절 대목이어서 나무 판 돈을 못 받았다고 말했잖아. 내가 받은 걸 안줬어? 뭐가 잘못됐는데. 떼어먹기라도 했어? 주면 되잖아."

덕만이와 상길이가 철규의 앞을 막아서자 로반은 더욱 길길이 뛰었다.

"그럼 대충 먹을 거라도 마련해놓고 가야지. 그래도 일년에 한번뿐인 설인데 우린 손가락만 빨고 있으라고? 네가 사람이야? 이거 똥퇴놈 같은 중국조선족 간나 새끼들을 그저 콱!"

철규가 펄떡거리며 부엌바닥에 놓인 소랭이를 있는 힘껏 걷어찼다.

"다 부셔버려. 이 새끼야. 갈데없이 떠돌아다니는 걸 거두어줬더니 이제 와서 뭐 콱? 콱이면 어쩔래, 어쩔래? 탈북자인 주제들이."

로반이 밥주걱을 쳐들어 성철의 눈을 파낼 듯이 들이대며 악을 썼다.

"이러지 마세요. 제발 잘못했으니 그동안 우리가 일한 삯으로 개고기 값을 다 치를게요."

이번엔 보다 못한 순옥이가 로반의 화를 눅잦히려 들었다.

"로반, 그렇게 해요. 지금까지 일한 것은 다 안 받을 테니까 이젠 그만 하자요."

개고기를 놓고 끝없이 이어지던 고성은 그동안의 장작값을 모두 바치겠다는 조건을 걸고 막을 내렸다. 장작 과제를 다 하느라 손발이 얼어드는 속에서 순간마다 참고 견딘 것이 억울하기 짝이 없었지만 별 수 없는 노릇이다.

그렇게 며칠이 지났다. 일꾼들은 다시 장작을 패기 시작했다. 장작을 실은 경운기의 동음이 서기골을 가득 채울수록 신바람이 난 로반은 더욱 목청을 높였다. 설이 지나 눈이 녹으면 소발구도 힘들고 나무에 물이 올라 장작 패기가 더 힘들다며 나무가 얼었을 때 바짝 다그쳐야 한다고 성화다.

"그럼 얼마야. 한 차에 백 원씩만 받아도 하루에 넉 대면 사백 원, 스무날이면 팔천, 챠, 누군 소리만 지르면 생돈 만 원이 하늘에서 뚝뚝 떨어지는구먼."

철규가 툴툴대며 속구구를 하자 곁에 있던 상길이도 한마디 곁든다.

"야, 백 원이 뭐야. 한 차에 백삼십 원이잖아. 그렇게 매일 넉 대씩이면 한 달에 얼만데. 백 원을 뗀 부스러기가 삼천 원이 넘는다. 그깟 개고기 고작 얼마 한다고 한달치 품삯을 쏵싹 처먹겠다니? 에익, 내 더러워서. 퉤엑!"

철규는 언제든지 기회가 되면 로반을 아무도 모르는 산중에 꽁꽁 묶어놓고 찢어발겨도 시원치 않을 년이라며 이를 갈았다. 힘에 겨운 노동에 지친 그들은 탈북자들을 짐승이하로 취급하는 로반에게 꼭 복수를 해야 한다며 단단히 벼르고 있었다.

허나 세상은 요지경이라 했던가. 그날 아침도 순옥은 산골짜기가 어슴푸레 밝을 무렵에 아침상을 다 차렸다. 조기 작업에 나선 일꾼들을 불러 아침식사를 하라고 이르려는데 마당의 개들이 일제히 골짜기 입구를 향해 냅다 달리며 짖어댔다.

집 뒤 우사에서 소똥을 치던 덕만이도, 마당 한쪽에서 돼지죽을 끓이던 상길이도, 밤새 내린 마당의 눈을 쓸던 철규도 불안한 시선으로 개들이 몰려간 곳을 주시했다. 아닐세라 조금 뒤에 개들이 짖어대는 골짜기 입구로 검은색 차량이 불쑥 나타났다. 붉은 경광등이 달린 차였다.

"공안이다!"

공안차를 발견한 철규가 홱, 돌아서며 다급하게 소리치자 돼지죽을 끓이던 상길이가 먼저 손에 쥔 솥뚜껑을 와당탕 내던지고 산으로 뛰어올랐다. 덕만이의 덩치 큰 모습도 어느새 바람같이 사라졌다. 그럴 만도 하다. 며칠 전 로반에게 그토록 마구잡이로 대들었으니 언제든지 공안이 닥칠 것이란 예상은 미리 각오하고 있던 차였다. 처음에 무슨 영문인지 몰라 멍하니 섰던 순옥이도 공안이란 고함에 허둥지둥 소 우사에 나가 남편을 찾았다. 허나 남편의 모습은커녕 그림자도 없다. 급기야 정신을 차리고 뛰려는데 오금이 저려들며 다리맥이 탁 풀렸다. 꼭 어기적거리는 거북이 한가지다.

'이를 어째' 순옥이가 안타까움에 사방을 둘러보는 그

때 기회가 왔다. 달아나던 와중에 방에 걸어놓은 비상배낭을 찾아내오느라 되돌아섰던 철규가 그녀의 곁을 지나치는 순간이었다. 순옥은 와락 몸을 솟구어 철규의 옷자락을 움켜잡았다.

"같이 가요."

숨을 헐떡이며 매달린 순옥을 보는 철규의 눈이 금세 흰자위로 뒤집혀 사납게 변했다.

"이, 이걸 놓소. 놓으란 말이요. 못 놓겠소? 둘 다 잡히자는 게요?"

바빠 맞은 철규가 발칵 성을 내며 순옥을 뿌리쳤다. 잔나비라는 별명이 붙을 정도로 날파람 있는 철규지만 언제 봤냐 싶게 마구 순옥을 떨쳐낸다. 하나 순옥은 놓을 수 없다. 잡히면 끝이다. 북송되면 죽음인데 죽음 앞에서 살 수 있는 희망을 놓는다는 건 말도 안 된다.

"같이 가요 예? 제발."

차의 엔진소리가 가까워졌다. 급해 맞은 철규는 어쩔 수 없이 순옥이를 매단 채 산위를 향해 뛸 수밖에 없었다. 가쁜 숨을 몰아쉬며 뛰다가도 매달린 순옥에게 악에 받쳐 소리를 지른다.

"이걸 못 놓겠소, 놔, 놓으란 말이야. 제발 놓으라고."

서기골 로반 _ 99

"못 놔요, 죽어도."

단호히 도리머리를 친 순옥의 손아귀가 철로 녹여 붙인 조형물처럼 더욱 억세고 단단해졌다.

"제발 같이 가요. 살아도 같이 살아야지. 제발요."

"헛참, 내가 왜? 당신 남편이라도 되오? 제 남편한테나 매달릴 것이지 어디서 앙탈이요?"

"저의 남편이 지금 없잖아요. 제발 살려주세요. 다리가 말을 듣지 않아서…."

"하, 이것 참. 살다가 별일을 다 보겠구만."

아무리 떼어내려 해도 소용없음을 판단한 철규는 입을 악물고 달렸다. 헐떡이며 산마루에 이른 철규는 그만에야 풀썩, 눈밭에 주저앉는다. 순옥을 쏘아보는 두 눈에서 퍼런 섬광이 번뜩한다.

산 밑에는 검정색 차량이 산기슭을 에돌아 마당에 들어선다. 제 아무리 총을 찬 공안이어도 이제는 따라올 수 없는 거리다. 그제야 순옥은 슬그머니 혁대를 움켜쥔 손을 풀며 철규에게서 물러났다. 혁대를 얼마나 단단히 틀어쥐었던지 손바닥은 하얗게 핏기가 가시고 손가락은 감각이 없다. 때 아닌 북새통에 어느새 날이 완전히 밝은 것도 몰랐다.

"미안해요. 그리고 고맙구요."

"됐소. 근데 형님은 어딜 낳았소. 참나, 제 안까이 건사할 생각도 않고, 무슨 남편이 그렇소?"

"그런 말 마세요. 안 잡혔으니 얼마나 다행이에요."

"아이고, 잡혀가면 죽을 판에 다행? 갸륵하오, 갸륵해. 넨장. 나만 죽을 뻔했지 뭐야."

순옥은 툴툴 대는 철규 옆에 앉아 산 아래를 내려다보았다. 한산한 마당복판에 철규가 집어던진 빗자루와 돼지죽 바가지가 여기저기 놓여있었다. 굴뚝에서 피어오른 연기가 바람 한 점 없는 하늘가에 동그라미를 그리며 퍼져간다.

마당복판에 웬 남자가 나서서 산 위에 대고 소리친다.

"아주마이, 내요. 서기요. 내려오오. 공안이 아니요. 내 개고길 갖고 왔소-오."

소리친 사람은 분명 로반의 시동생 당서기다. 손에 들고 휘두르는 것도 개고기상표가 찍힌 개고기봉지다. 로반이 개고기를 다 먹었다고 하도 난리친 통에 서기가 내려가는 길로 개고길 사갖고 올라온 모양이다. 결국 서기가 연락도 없이 들이닥치며 소동이 벌어진 것이다. 마당에 들어선 승용차위에 '택시'라는 영어문구가 어렴풋이 보였다.

"로반네 서기가 온 것 같아요."

"그런 것 같네. 내가 그만 택시를 공안차로 착각했었네, 허참, 노루 제 방귀에 놀란다더니."

"아까 공안이라고 먼저 소리친 사람이 누구예요?"

순옥이가 철규에게 눈을 흘겼다.

"난 저 택시위에 붙인 물건을 경광등인 줄 알았다니까. 미안해요."

어쨌거나 순옥은 안도의 숨을 호, 하고 내쉬었다.

"그런데 서기가 왜 여기 산에다 대구 소리치죠? 로반을 찾을 텐데? 설마 우릴 찾는 건가."

"글쎄, 로반이 집에 있을 텐데 왜 산에다 대고 소리치지? 방안에 없나?"

혹시 탈북자들이 먹을 개고기도 가져온 게 아니냐며 어림짐작을 하는데 사방에서 부스럭 소리가 들렸다. 빼곡히 들어선 참나무 사이로 남편 덕만이가 얼굴을 내밀었다. 뒤이어 머리에 온통 눈을 뒤집어쓴 상길이도 나타난다. 그는 다짜고짜,

"야 철규, 네 눈은 동태눈깔이야? 택시하고 공안차도 못 가려보게."

하며 어성을 높였다.

"그러니까, 나 오늘 십 년은 감소됐어. 너 이거 어떻게

할 거야."

덕만이도 곁들었다.

"덕만 형은 좀 말하지 말기요. 내가 소리 좀 질렀기로서니 그런 말할 자격이나 있소? 거 아무리 급해도 제 안까이 건사는 해야지 뭐요? 그러고도 남편이요? 혼자 내빼면 형수는 어쩌라는 거요. 저게 진짜 공안차였다면 아주마이가 내 혁대를 잡고 늘어지는 통에 우린 둘 다 잡혔을 거요."

"그건 미안하다. 나도 무슨 정신에 튀었는지 모르겠어."

"그걸 말이라고, 에구 참. 형수, 뭐 저런 사람과 같이 사우, 내라면 백 리밖에 나가떨어지게 콱 차버리겠소. 젠장."

"이 사람, 무안하게… 나도 모르게 그렇게 튀었다는데 무슨 말이 그렇게 많니?"

그러면서 덕만은 멋쩍은 얼굴로 흘끔흘끔 순옥의 눈치를 살폈다.

"아녜요. 그 사람은 잡히면 죽어요. 처음 여기로 왔을 때 다 말했잖아요."

"그럼 난? 나는 잡히면 사오? 우리 탈북자는 다 같은 입장이요. 아무튼 공안이 아니니 이제야 숨 쉴 만하구먼. 글쎄 택시를 공안차로 착각한 내가 죽일 놈이지. 형수, 앞으로도 이런 일이 터지면 그때도 내 바지춤 잡소. 뜀박질은 더뎌도 힘은 나더라니까, 흐하하하."

 맑은 하늘가로 세 남자의 호탕한 웃음소리가 햇살처럼 퍼져나갔다. 순간에 닥친 위험이지만 공안이 아니라는 안도감이 그들을 웃게 만든 것이었다. 순옥이도 따라 웃었다. 가슴 한편에 허탈감이 갈마든다. 국적 없는 신분이 비참하여 서로가 웃으며 격려하며 위안을 삼는 것이었다.

 넷이 산기슭을 따라 내려서는데 우뚝하게 솟은 커다란 바위 뒤에서 버스럭 기척이 또 들렸다. 혹시 눈 속에 잠자던 맹수인가 싶어 일행은 숨을 죽인 채 소리 난 쪽을 주시했다. 그러나 바위 뒤에서 눈을 털며 조심히 일어선 사람은 뜻밖에도 빨간 머리의 로반이었다. 풀어헤쳐져 산발이 된 머리카락사이로 로반의 놀란 두 눈이 철규 일행과 딱 마주쳤다.

 아니? 눈앞에 펼쳐진 이 상황을 이해할 수 있는 사람은 아무도 없었다. 잠시 시간이 멈춘 것 같은 긴장이 흘렀다. 탈북자들을 다루는데 맹수처럼 날뛰던 로반이 왜 여기에 있는지, 로반도 그만에야 와뜰, 놀라 몇 발자국 뒷걸음질치더니 풍덩 눈무지에 주저앉는다.

 "아니 로반, 로반이 여기에 왜?"

 두 눈이 휘둥그레진 철규가 급히 물었다.

순옥이도 놀란 가슴에 손을 얹은 채 로반에게 다가섰다.

"이게 다 뭐예요. 그럼, 로, 로반도 탈북자예요?"

로반에게 다가선 순옥의 동공이 파르르 절렸다. 그녀 앞에 힘없이 고개 숙인 로반은 엊저녁 하늘이 무너져라 고함치던 로반이 아니었다. 머리를 숙이고 손톱눈을 쥐어뜯던 그녀가 천천히 머리를 든다. 머리카락과 얼굴에 묻은 눈이 흐르는 눈물에 섞여 범벅이 되어 있었다.

"실은, 실은 이제 와서 뭘 속이겠어요. 저, 저도 여러분과 똑같은 탈북자예요. 강 건너에 사고를 당해 운신을 못하는 남편과 앓는 아들을 두고 온 여자구요, 으흐흑."

하, 세 남자가 거의 동시에 입을 쩍 벌리고 먼 하늘을 쳐다본다.

"어쩔 수 없었어요. 그렇게라도 하지 않으면 남편과 앓는 아기를 살릴 방법이 없었어요. 제발 이해허주세요."

침통한 얼굴로 서로 마주보는 탈북자들의 머리위로 산매 한 마리가 빙빙 배회하다 마침내 먹이를 발견했는지 쏜살같이 내리 꽂히고 있었다.

오두막집 안주인

아침이다. 꿩경, 꿩경… 꿩. 뒷산에서 장끼의 울음소리가 적막을 깬다. 와스스 센바람이 불며 숲을 흔든다. 골짜기 초입에 수림을 등지고 앉은 오두막집이 보였다. 당장이라도 넘어질 듯 기울어서 집 뒤에 네 대의 나무기둥을 뻗쳐놓았다. 비닐로 만든 요소비료 자루를 베어 댄 창에 햇살이 느물거리며 내려앉았다가 다시 창턱을 지나 마당가로 슥, 슥 내려온다. 골짜기에 들어앉은 이런 오두막집 마당까지 해가 들어오면 아침 여덟 시쯤 되는 시간이다.

꿩경… 이번엔 날개를 치는 소리까지 들렸다. 그래도 오두막집은 빈집처럼 조용하다.

이틀 전엔 분명 사람이 있었다. 벼락 맞아 꺾인 거목처럼 보이던 오두막집 낮은 굴뚝에서 솔솔 연기가 났으니까.

이맘때면 해가 노는 마당에서 애들의 웃음소리도 들렸다. 먹지 못해 그런지 얼굴이 누렇게 뜬 젊은 부부의 모습도 얼추 보였는데 오늘은 왠지 아무도 안 보이고 기척도 없다.

자연은 새날과 더불어 활기를 띠고 소란스러워지는데 오두막집만은 정적 속에 묻혔다.

오두막집에서 아래를 내려다보면 옹기중기 들어앉은 시골 마을이 보인다. 벌써 사람들이 왔다 갔다 한다.

삼일 전 낮에 마을을 거쳐 이 오두막집에 두 사내가 찾아왔었다. 이 집 주인장이 일하는 읍내 건설사업소당비서라고 했고 또 한 사내는 늘 곁에 묻어 다니는 깡패라고도 했다.

깡패라는 건 그 청년의 차림새를 보고 누가 붙여 논 이름이다. 글쎄 사회주의 사회에서 또 당비서라는 사람이 데리고 다닐 사람이 없어 그런 망나니 같은 청년과 왜 만날 같이 다니는지 그 이유를 아는 마을 사람들의 평에 의해 그런 망측한 이름이 붙었다.

고난의 행군이 시작된 이래 식량부족으로 직장에 출근하

지 못하는 사람들은 8·3이라는 걸 바쳐야 했다. 8·3이라는 건, 위의 방침으로 달마다 당적 과제로 여러 가지 물건들을 만들어 직장이나 당조직에 바치는 건데 이 방침이 어느 해 8월 3일에 떨어졌다 해서 8·3제품이라 불렀다. 말하자면 사회적 과제다. 한데 만들어 낼 물건이 없으면 그만한 가격의 돈이라도 무조건 내야 했다. 요즘 당비서인 창수는 늘 직장사람들 집에 8·3액을 거두러 다닌다.

겉으로 당의 방침 관철에 한몸 바친다는 티를 내야겠기에 집집에 들어설 때면 힘들다는 표정을 짓고 짜증도 곧잘 낸다. 세 겹 쌍꺼풀인 툭 튀어난 눈을 희뜩거릴 땐 꼭 먹이를 앞에 두고 으르렁대는 미친개 같다. 옆에 붙은 검은 잠바차림인 까까머리 청년은 비서인 창수가 약간 신경질적으로 말할 때면 툭 툭 발로 돌부리를 걷어차고 눈을 굴리며 공연한 위세를 부린다.

"아주마이, 내 또 왔소. 남편은 있소?"

오두막집마당에 들어서며 창수가 소리친다.

"예. 애 아버지는 싸리 꺾으러 산에 갔습니다."

빈집 같던 출입문이 열리며 푸시시한 모습으로 얼굴을 내민 주인아주머니가 그렇게 공손히 대답하며 머리를 숙인다. 형색이 매우 초라하지만 이목구비가 뚜렷하고 아련하게 생겼다. 기실 생활난만 아니라면 아주 빛이 날 인물이다.

"언제 오오?"

"네. 저녁때가 돼야…."

"내가 왜 왔는지는 알겠소?"

"거야 8·3액 때문에…."

"알긴 아누만 준비됐소?"

"아직…."

"뭐라오. 아직이라니? 이거 보오. 직장에 적을 걸었으면 당에서 찾기 전에 자발적으로 바쳐야지 안 그렇소. 이렇게 만날 찾아다니게 만들면 내가 비서노릇 해먹겠냔 말이요. 그간 싸리는 많이 꺾었겠구만. 엉?"

"요즘 모두가 8·3액 때문에 삼태기감인 싸리하러 다녀서 가까운 데는 꺾을 게 없어요. 둬 시간 걸어 깊은 골짜기에 들어가야 돼요."

창수가 열린 문으로 방안을 한 바퀴 휘, 둘러본다. 구들에 감자씨를 펴 담아놓은 새 싸리삼태기가 보였다.

"아무튼 삼태기는 많이 엮었구만. 어서 8·3액을 내오. 난 또 다른 집에 또 가봐야 하니까."

그러면서 창수는 열어놓은 출입 문턱에 구둣발을 척, 올려놓는다. 옆의 잠바는 또 허세를 부리려는지 발아래에 뵈는 돌을 탁, 걷어찬다. 근데 그게 곁에 놓인 돌이 아니고 박힌 돌이어서 아얏, 하며 스르르 주저앉는다. 찡그리는 꼴을 봐선 되게 아픈 모양이다. 주인 여자의 입이 그 순간 확 벌어지다가 이내 못 본 척 창수를 보고 말한다.

"비서동지, 8·3액이 다 뭡니까. 요즘은 우리 식구 입에 풀칠하기도 어려운데. 그리고 너도 나도 다 삼태기를 엮으니 어디 팔리기나 합니까. 살 사람은 없고 팔 사람뿐이니. 어쩔 수 없이 요새는 가을에 곡식을 받기로 하고 외상을 주는 판입니다."

안주인인 경심의 말처럼 농촌에서 봄에 삼태기를 팔기는 어렵다. 농장원들은 겨울철에 산에 가서 부식토를 긁지 않으면 집집이 둘러앉아 싸리삼태기를 엮는다.

"그래도 뭘 하든 먹고는 살잖소."

비서의 퉁방울눈이 방안 구석을 찔 훑다가 삼태기에 펴놓은 감자종자에 다시 멎는다.

"풀을 뜯어 먹고 삽니다. 아시면서."

"풀은 무슨… 요즘 말이오. 겨우내 묻어두었던 감자 움도 헤쳤을 테고. 그러니까 감자 속만 먹어도 배부를 텐데 왜 죽는 소리요?"

"감자 움이요? 작년 농사 망쳤는데 움에 넣을 감자가 어디 있습니까. 저것 보시오. 올해 감자 씨종자가 저게 답니다. 더 사서 심어야 할 형편입니다."

"그러니까 뭐요? 종자 살 돈은 있고 직장에 바칠 돈은 없다. 뭐 이런 소리요?"

창수의 미간이 찌그러지고 퉁 눈 사이가 좁아진다.

"비서동지 돈이 있으면 왜 안 내겠습니까. 한번만 좀 봐주세요. 풀을 먹고 산다 말하지 않았습니까."

경심은 허둥대며 점심밥으로 가마에 넣어둔 풀 범벅을 보여주었다. 밥그릇에 담은 퍼런 죽이 창수를 빤히 쳐다본다. 그런데도 창수는 왝, 담을 토해 뱉어버리며 악을 쓴다.

"뭐요? 8·3이 마치 내게 주는 돈인 것처럼 흥정하려 드네. 이보, 그게 비서가 먹는 돈이요? 이 사람들이 생각하는 각도가 틀렸어. 어떻게 생각 좀 해주자 해도 도저히 안 되겠소. 자, 자, 더 긴말 말고 빨리 내오. 나도 갈 길이 바쁜 사람이요."

창수는 문턱을 밟았던 발을 탁 내리구르며 손목시계를 들여다본다. 이젠 아픔이 멎었는지 까까머리총각이 경심에게 한마디 한다.

"자, 빨리 내기요. 좋게 말할 때."

그리고는 양손 깍지를 뚝 뚝 소리 내어 꺾고 목까지 이리저리 비튼다. 그러거나 말거나 경심은 창수에게 다가와 사정을 한다.

"비서동지 정말 낼 게 없습니다. 한번만 봐 줘요. 네? 다음 달에 꼭 내겠습니다."

"다음 달 같은 소리! 가만 그럼 다음 달에 갚는다고 하고 다른 집에서 먼저 꾸어오면 되겠네. 안 그렇소? 다음 달에 갚는다며? 어서."

경심이 털썩 토방에 주저앉는다.

"이 동네는 다른 집도 마찬가집니다. 돌릴 데도 없어요. 이번만 봐 주세요. 네?"

어떻게 하나 이번 달 8·3액을 미루려는 경심은 더욱 안타까운 표정을 짓고 창수에게 사정한다.

"이보우. 정 돈을 마련하지 못하겠으면 저기 있는 감자종자도 되오. 시장 값으로 계산해서… 알겠소? 내달에 낸다니까 그때 감자종자를 사서 심던가."

창수가 잠바에게 턱짓하자 이때라 싶었던 까까머리가 얼른 갖고 온 배낭을 벌리고 감자를 담기 시작했다.

"안 돼요. 그게 우리 집 목숨줄인데… 안 돼."

경심은 삼태기위에 몸을 던졌다. 유순하던 눈에 갑자기

살기가 뻗쳤다.

"세상에, 이게 무슨. 지금 강제로 빼앗겠다는 겁니까? 당비서가 이래도 됩니까? 당은 어머니라면서요. 무슨 왜정때도 아니고… 제 정신입니까 지금? 어머니라면서. 그렇담 자식이 굶는데 이렇게 강짜를 부리는 부모가 어디 있어요? 종자를 빼앗아요?"

경심의 목소리가 점점 높아진다.

"그럼 기어코 안 내겠다는 거요? 좋소. 내지 마오. 대신 남편에게 전하오. 낼 당장 갱도건설에 나오라고 해. 하도 사정해 면제했는데 할 수 없지. 낙산갱도건설에 가는 걸로 합시다."

낙산갱도건설이라면 맨손에 곡괭이로 암반을 캐내는 위험하고도 힘든 군사갱도작업장이다. 보장되는 식사도 엉망이고 인명사고가 잦아 누구도 가기를 꺼렸다. 경심의 남편도 그래서 8·3을 내기로 하고 거기 가는 걸 면제받았었다.

강경하던 경심의 눈길이 힘없이 아래로 떨어졌다. 며칠만 더 싹이 돋으면 싹을 도려내고 속괭이를 배불리 먹을 수 있다는 생각에 자꾸만 바라보던 감자종자다. 하지만 이젠 어쩔 수 없다.

경심을 보던 창수가 비죽이 웃자 검은 잠바가 감자종자를 말끔히 배낭에 걷어 넣었다. 비서일행이 사라져 이슥한데도 퍼더버리고 앉은 경심은 일어날 줄 몰랐다. 깊은 한숨과 함께 눈에서는 서러운 눈물이 뚝뚝 떨어졌다.

저녁 무렵에 영수아내가 허겁지겁 달려왔다.

"순철엄마, 이 집에서 직장비서한테 감자종자를 줬소?"

"양, 8·3액 대신에 심자던 감자종자를 내줬소. 안 주면 남편을 갱도건설에 보낸다는데 어쩌우. 먹을 것도 없고 사고도 많은 갱도에 남편을 죽으라고 보낼 순 없어서."

"그랬구마. 글쎄 어쩐지 순철이네 감자종자 같더라니… 근데 그 비서라는 양반 말이요. 장마당에 나와 그걸로 술을 바꿔 죽이 되게 마셨소. 아오? 기막혀서, 장꾼들이 대낮에 술 처먹고 주정한다며 얼마나 욕했는지 모르오. 그 깡패 아새끼와 둘이서 술 처먹고 바닥에 누워 뒹굴었는데 완전 흙이오. 입 가진 사람 다 한마디씩 욕했소. 에구, 아까운 감자종자만 개아가리에 처넣었지비. 그래서 내가 말이요, 당비서가 이러는 법이 어디 있냐고 신고하겠다고 했더니 뭐랬는지 아오?"

"내 어떻게 아오. 뭐랬소?"

"글쎄 그 개아가리 말이요. 8·3액 거둔 게 뭐 잘못이냐, 신고할 테면 해봐라. 누가 무서워한대? 이리메 고래고래 소리치재오."

"?"

"형들이 도보위부에 있고 도당에도 있으니 큰소리 친 게겠지비. 에구 백두산 범이 어디서 굶고 있는지 저런 거나 콱 물어가지, 살도 피둥피둥 잘 쪘더구마는."

영수아내는 마치 제집 감자를 도둑 맞힌 것처럼 분개한다.

그날 어두워서 싸리단을 지고 온 남편에게 경심은 직장당비서 창수가 왔다간 말과 시장 얘기를 자세히 했다. 근데 이 남편이라는 작자는 어찌 보면 등신이 아닌가 싶다. 창쪽에 굽은 등을 지대고 앉아 아무 말 없이 풀 풀 마라초만 태운다. 8·3이나 창수에 대한 어떤 원망도 없는 것 같다. 아내인 경심이만 억울해 밤새 뜬눈으로 뒤척였다.

그때부터 사흘이 지났다. 죽을힘도 없다는 말처럼. 경심은 맥빠진 몸이 천근만근이 되어 땅속 깊이 끝없이 잦아드는 것을 느꼈다. 잦아든다는 건 곧 죽는다는 건데 죽을 맥도 없다는 말이 이래서 생겼구나 하고 생각하면서, 아무것도 할 수 없었다. 왜 갑자기 이리됐는지, 이제 감자를 심어 생계를 잇자던 희망이 싹, 없어져 그런 것도 같고, 감자 눈을 떠내고 속괭이를 삶아 오랜만에 실컷 먹자던 희망이 물거품이 돼서 그런 것도 같고.

저녁이 되자 이틀 동안 아무것도 먹지 못한 식구들이 차례로 구들에 누웠다. 남편과 아이들을 보는 경심의 눈이 축축이 젖어들었다. 굶주림이 아무리 잔혹해도 그런 속에서 애들은 그래도 재잘댔고 남편의 멋대가리 없는 옛말도 있었건만 겨우내 변변한 낟알기운을 못 먹어 봤으니 이젠 모두 죽을 채비를 하나 부다.

"왜 자꾸 일어나니?"

딸 순경의 짜증스런 목소리다. 아주 가늘게 들린다.

다행히 비칠거리며 아들애가 일어난다.

"물"

단마디다. 말할 맥도 없는 모양이다. 경심의 걱정스런 눈길이 물독에 매달리는 아들을 따라간다. 말이 다섯 살이지 영양실조로 걸음걸이도 변변치 않다. 턱밑까지 오는 물독에 겨우 매달려 물을 퍼마신 순철은 다시 엄마 곁에 무너지듯 누워 빤히 올려다본다. 경심은 얼른 그 눈길을 피했다. 또 주르륵 눈물이 나온다. 가슴이 답답하다.

"넌 또 왜?"

이번엔 순경이가 비칠대며 일어선다.

"물"

물을 벌컥벌컥 들이킨 딸내미가 벌렁벌렁 기어 순철의 곁에 눕는다. 네 식구 누구도 자지 않는데 마치 무덤 속처럼 괴괴하다.

이번엔 창문을 마주하고 누웠던 남편이 부스럭대며 일어난다. 일어나 앉아서는 휭, 머리가 도는지 손으로 이마를 짚는다. 한참 그러고 있다가 또 마라초를 말아 문다. 역한 마라초 냄새가 지금은 구수하게 목구멍을 자극한다. 경심은 그걸 정신없이 들이마셨다.

어제 낮에 당비서가 다녀갔다는 말을 듣고 남편의 잔등이 더 구부러든 것 같다. 등신, 못난 남편이다. 왜 저렇게 가족도 못 지키는 남자와 내 결혼했지? 하는 생뚱맞은 생각이 떠올랐다. 에구 내 무슨 생각을… 경심은 곁에 누운 아들애를 꼬옥 껴안았다. 마치 검불 같다.

이래선 안 되는데… 이래선 다 죽는데… 뭐라도 해야 하는데… 별의별 생각이 다 난다.

11년 전에 결혼상을 받고 해종일 굶다가 신방에 들어서야 신랑이 가져온 통닭을 몽땅 요절내던 그 입맛이 떠올랐다. 술에 취해 갖고서도 큰상 앞에 얌전히 앉아있느라 아무것도 먹지 못한 신부를 생각해 신랑이 들여온 것인데 갖다놓고는 이내 퍼더버리고 잠든다. 첫날밤을 치러야 하는 것도 다 잊고…. 하긴 결혼식 날 넥타이 맨 큰상 술병이 눈 뚝 부릅뜨고 앉아있는데 목구멍이 벌름거려 그것만 보며 들락날락하던 신랑이다. 차라리 잘 됐다고 생각했다. 부끄러워 어떻게 옷 벗으랴 했는데… 경심은 정신없이 닭을 뜯어먹었다. 불이나 끄고 먹을 노릇이지, 농촌 방이어서 한지로 창호지를 발랐는데 침으로 구멍을 내고 바깥에서 들여다보며 시시덕거리는 것도 모르고, 애고 얼마나 배고팠으면… 아닌 게 아니라 다음날 아침 '통닭 한 마리 다 뜯어먹은 신부' 하는 방이 방문에 나붙었다. 얼마나 창피하던지, 그래도 남편이 "잘했어. 아주 잘했어. 신부는 뭐 사람이 아니야?" 하고 위로해 주었다. 근데 남편은 그리 말하면서도 저를 빤히 쳐다보며 히물히물 웃었다. 분명 놀리는 거다. 활짝 얼굴을 붉혔지만 소원을 풀었으니 후회는 없었다. 글쎄 세상에 여자가 통닭 한 마리 먹어볼 기회가 어디 있담. 한뉘 옥수수밥이나 아니면 누룽지나 불려 먹어야 하는 게 여자 신센데 시집온 첫날에 소원을 풀었으니…. 지금 그 구수한 고기를 먹던 때가 새록새록 펼쳐진다. 다시는 그렇게 먹어보지 못할 음식이긴 하지만….

  요즘 동네에선 매일같이 장례가 이어진다. 마치 한 집씩

순서를 정해놓은 꼴이다. 앞집 금옥의 엄마, 뒷집 장 아바이네 둘째아들, 기생 노친(일본군 위안부), 다두배기, 아무개, 또 아무개…. 장례순서에는 아이와 어른이라 할 것도 없고 건장한 남자와 연약한 여자가 따로 없다. 이번에는 오두막집인 우리 차례일 것 같다. 두렵다. 무력하기 짝이 없는 자신이 저주스럽다. 엄마라고 믿고 사는 애들이 불쌍했다. 며칠 전까지 옥수수가루 한 홉에 소나무껍질이라도 섞어서 먹였는데…. 송기에 항문이 멘 아들애를 엎드리게 해놓고 싸리가치로 우벼냈다. 애는 아프다고 울고불고, 근데 이젠 그마저도 행복한 추억이다. 경심은 슬그머니 순철이를 내려다본다. 눈을 감고 미동도 않는 걸 보니 죽은 것 같다. 흔들어 볼 힘도 없어 슬쩍 몸으로 밀었다. 순철이가 눈을 뜬다. 그때서야 후우— 저절로 긴 숨이 터져 나왔다. 아무리 무리죽음이 나는 세월이라지만 9년, 5년이나 키워낸 자식들을 허망하게 놓아 버린다는 게 이게 정말 아아, 참 내가 엄마가 맞아?

'미친 년.'

경심의 입에서 갑자기 욕이 터져 나왔다. 아무도 돌아보지 않았지만. 아니 그만큼 가는 소리였는지도 모른다. 눈을 감고 그냥 지껄였다.

'나쁜 년, 정신 빠진 년, 죽일 년, 쌍년, 천하에 몹쓸 년. 네가 어미라고? 자식이 굶어 죽게 된 마당에 정조요, 절개요, 자존심이니. 너 참 지랄에 꼴값 떨었지. 결국 얻은 게 이거야? 그깟 몸뚱이가 뭐라고? 풀죽도 못 먹는 주제싸리에 정절은 개뿔! 아이고, 미친… 쇠 웃다 콱 들베지겠다. 세상 어느 어미가 애들의 죽음 앞에 정절을 생각하냐? 아무튼 너 머저리야. 그것도 똥 머저리. 개 머저리 상 머저리야.' 하고 정신없이 중얼거리던 경심이가 갑자기 우뚝 일어난다. 늘어진 식구들 누구도 저를 보지 않는다. 그러니까 저는 소리 내어 말한다는 게 속으로 끙끙거린 건가? 다시 풀썩 누웠지만 어지러운 환영이 물러가지 않는다. 사실 일주일 전에 생각할수록 아쉬운 일이 있었다.

겨울이 끝나고 쌀쌀한 바닷바람에 봄기운이 터서 흉년에는 들로 가지 말고 바다에 가라는 말처럼 사람들이 왁, 바다에 몰렸다. 경심이도 전날 파도에 밀려나오거나 혹 가까운 언저리에 돋아난 미역을 뜯기 위해 새벽에 바다로 나갔다. 다행히 일찌감치 나간 덕에 물미역 한 배낭을 금방 채웠다. 열차가 있었지만 경심은 걸어서 100리 밖에 있는 시장으로 갔다.

비닐자루로 몇 번을 봉했지만 배낭에서 흘러나온 소금기에 옷이 형편없이 얼룩졌다. 거리에 나선 대부분의 사람들이 경심이와 똑같은 모양새다. 식량구입 자체가 죽기 살긴데 외모나 차림 같은 것에는 모두가 무신경이었다.

그날은 운이 좋았다. 미역을 보던 어떤 사람이 아주 좋다며 몽땅 다 사주었다. 몇 푼 안 되는 돈이나마 손에 쥐자 식구들이 맛있게 먹을 국수사리를 떠올리며 흐흐흐 게걸스레 웃었다. 쌀은 비싸지만 국수는 싸고 양도 괜찮았다. 빨리 들어가 아이들에게 나물을 가득 넣은 뜨끈한 국수죽을 배 뽈록 나오게 먹일 생각을 하며 식량 매대로 갔다. 길 옆에 늘어선 꽈배기와 빵, 떡, 국밥 냄새가 텅 빈 창자를 비틀어 짰지만 그걸 살 돈은 안 되고…. 돌아서는데 이번엔 자리에 누워 앓고 계시는 친정 할머니가 눈에 밟혔다. 그렇지만 이내 머리를 저었다. 다음에, 다음에…. 그게 언제일지 모르지만, 얼른 국수사리를 사들고 역전으로 향했다. 더 있어봤자 사고픈 건 천지고 돈은 없고 속만 상해서다. 역에 도착해 보니 안내판에 평양–두만강이란 글자가 없다. 안내원에게 물으니 미정이란다. 그럴 줄 알았다. 혹시나 했는데… 기차라는 게 언제 제 시간에 들어오고 나간 적이 없다. 이제라도 빨리 질러가는 길로 들어서야 밤늦게라도 집에 도착할 수 있었다.

급한 마음으로 대합실을 나서는데 누가 부르는 기척이 났다. 무시했지만 이번엔 급히 따라오는 발자국 소리에 목소리까지 들렸다.

"저…."

뒤를 돌아보았다. 많은 사람이 왔다 갔다 했지만 웬 남자가 저를 지켜보고 있었다.

"저 처녀동무." 그 남자가 주뼛거리며 말한다. 내가 처녀? 스물여덟 살이나 처먹었는데? 그리고 애가 둘씩이나 되는 날 처녀라고? 눈깔이 삐었구나. 바보 아닌가? 순간적으로 그런 생각을 하며 "왜 그럽니까?" 하고 물었다.

득실거리는 인파를 재빨리 휘둘러보던 낯선 사람이 바투 다가선다. 경심의 눈이 재빨리 그 남자를 살폈다. 본능적이다. 제법 귀티가 났다. 튀어나게 차려입은 깔끔한 코드, 기름기 번드르르한 유들유들한 볼따귀, 뭘 저렇게 잘 먹길래…. 훅, 향수냄새까지 풍긴다. 옆구리에 찬 검은색 달러가방까지, 이거 완전 신사다.

"처녀동무 말 좀 합시다."

목소리도 아주 또렷하다. 이렇게 멋진 남자가 나를 처녀라고까지 부른다? 경심은 저도 모르게 벙글써해져서 눈을 돌려 제 차림새를 살폈다. 비린 미역냄새가 진동했다. 옷엔 소금기가 내돋아 허옇고, 아랫도리는 장딴지가 보이게 쓱 걷어올렸다. 운동화끈엔 퍼런 미역 꼬투리가 끼었다. 아마 머리도 풋밤송이 같을 거야. 근데 왜? 왜 황새가 까마귀를 보고 지랄이지?

"네 말하시오."

갑자기 남자가 주위를 휘 둘러본다. 경심은 오싹 소름이 끼쳤다.

고난의 행군이 시작된 이래 세상이 얼마나 흉흉해졌는지 모른다. 사람 잡아 먹는 일도 있고 중국에 납치해 팔아먹고, 한 달 전에 동네 은심 엄마가 국경에 갔다 왔다 하는 말이 젊은 여자를 납치해 생채로 피를 몽땅 뽑아 죽였다고도 했다. 에이, 무슨 그런 거짓말을, 하니까 정말이요, 그놈 잡아 사형하는 걸 직접 내 눈으로 봤소, 했다.

피를 그런 방법으로 수거해 중국에 팔아먹는다고 한다. 하긴 눈만 뜨면 굶어 죽는다는 소문이 까치소리처럼 들리는데 살자면 무슨 짓인들…. 에구, 그런데 지금 이 멋진 신사 앞에서 왜 이딴 흉측한 것이 생각나는지 모르겠다. 혹, 나를 '꽃 사시오' 여자로 본 건 아닌가? '꽃 사시오'는 몸을 팔아 사는 여자를 이르는 말이다. 겉모양은 꾸미지 않아 이

따위지만 처녀 때엔 마을에서 절색으로 곱다는 소릴 뒤통수에 늘 달고 살았다.

"사실은 내가 딱한 사정이 있어서 그러는데… 사실은 집사람이 애가 아파 입원했소, 그러니까 집에 밥해줄 사람이 없어서 이렇게… 한주일 정도만 밥해줄 수 없소? 그러면 그 대가로 내가 돈 천 원을 주겠소."

"천 원?"

순간, 빵 한 개를 사들고 들어가면 볼 수 있는 할머니를 국수 한 사리 사는 바람에 병문안을 못했던 경심의 머릿속에는 퍼뜩 계산이 떠올랐다.

킬로그램 당 국수 26원, 입쌀 50원의 시세를 보면 백 리 길을 오가며 미역을 팔아봐야 고작 국수 한두 사리로 하루 살이 연명이다. 천 원이면 입쌀 20kg을 산다. 이건 두말없이 행운이고 길에서 금덩이를 줍는 일이었다.

경심은 절로 고개를 떨궜다. 운동화 앞코로 빨간 발가락이 삐져나온 게 보인다. 슬쩍 발가락을 곱으며 경심은 정색한 얼굴로 남자를 마주보았다.

"아저씨, 밥하는 일 한 가지로 그렇게 많은 돈을 줍니까?"

"예 그렇소."

"바로 말하시오. 딴 목적이 있지예?"

경심의 한 점 흐트러짐 없는 까만 눈동자가 정면으로 남자를 응시한다. 진지한 표정이다.

"예. 사실은 밥하는 외에… 생각이 바뀌면 아주 즐거운 일인데."

"뭡니까?"

"내가 어떻소. 괜찮은 남자 아니오? 돈도 적잖게 있고 말이오."

"그건 그렇다 칩시다. 밥하는 외에 뭡니까."

"좋소. 말하지. 밤이면 목욕을 깨끗이 하그 나와 함께 좋은 침대에서 잠을 자면 되오. 그것뿐이오."

"예에? 잠을 같이 잔다요?"

"예 어차피 같이 있는데 따로 잘 필요야."

"됐습니다."

경심이는 남자의 말을 잘랐다. 확 얼굴이 붉어졌다. 어떻게 저런 말을?

"제발. 금은 말이요. 시궁창에 빠져도 금이요. 그러니까…."

남자가 다가와 슬쩍 손을 잡았다.

"놓으시오. 아저씨 여기 역전에 말입니다. 날만 어두우면 꽃 사시오 하는 여자들이 득실거릴 겁니다. 난 그런 여자 아니거든요. 아, 놔요."

"그런 여자 아니기 때문에 이러는 거요. 당신은 금이요. 옷도 새것으로 해줄 테요. 향내 나는 크림도 사줄 거고 갑시다."

"소리친다. 놔. 더럽게… 사람 어떻게 보구."

*

왜 그랬지, 내가? 지금 그걸 생각할수록 어처구니가 없다. 만약 그때 그 돈 많은 남자와 인연을 맺고 지내왔다면 지금의 이 꼴은 혹 면했을 거 아닌가? 하우… 긴 한숨이 터졌다.

맥이 빠진다. 몸이 아까처럼 자꾸 밑으로 잦아든다. 그녀는 눈을 뜨려고 애썼지만 눈꺼풀을 이길 수 없었다. 글쎄 그런 기회를 왜 차버렸지? 그러니까 요 꼴이 되지, 애들을 돌아보고 싶었지만 몸이 말을 듣지 않았다. 경심은 이게 죽음이구나, 하는 생각을 애써 지우며 스르르 눈을 감았다. 숨이 멎었다. 애들도 남편도 모두 쥐죽은 듯 조용하다.

날이 밝았다. 경심이는 슬며시 떠지는 눈으로 방안을 살폈다. 뙤창으로 벌써 희부연 햇빛이 걸려 정면으로 비친다. 저쯤 되면 벌써 오전 아홉 시가 넘는 시간이다. 새벽에 신이 찾아와 애들을 두고 죽지 말라고 기를 불어넣은 것 같다. 몸을 일으키는데 별로 힘이 들지 않는다. 그녀는 순철이부터 흔들었다. 슬며시 눈을 뜬다. 산 사람이라고는 보기 어렵다.

그래도 아직 죽진 않았다. 힘을 내자. 이렇게 죽을 순 없어. 순경이를 흔들었다. 엄마, 하고 가느다란 모기소리가 들린다. 푹 꺼진 눈, 부르튼 입술, 경심은 바가지에 물을 떠 딸에게 먹였다. 물을 마시고 나서 조금 정신이 드는지 그 경황에도 딸은 희미하게나마 웃어준다. 어이고야, 으흑…경심은 와락 순경이를 그러안고 흑흑 울음을 터뜨렸다.

조금 후 기척이 없는 남편에게 다가갔다. 이상하다. 다쳐도 응대가 없다. 손에는 불 꺼진 마라초를 쥐고 엎드려 있다. 바로 눕혔다. 숨이 없는 것 같다. 콧구멍에 손가락을 갖다댔다. 약간 아주 약간, 주글주글한 주름이 시커멓다. 나이 40도 안 된 사람이 이게 무슨? 경심이보다 8년 위다. 지금 죽으면 그건 너무 아까운 인생이 아닌가. 경심은 황망한 눈으로 방안을 살피고 부엌을 살폈다. 오늘밤만 되면 온 식구 다 전멸이라는 확실한 예감이 확 머리를 감쌌다. 돌개바람이 불었는지 갑자기 집이 흔들리며 출입문이 벌컥 열렸다 닫혔다. 분명 문을 걸어 잠근 것 같았는데, 그걸 생각할 여유가 없었다. 동시에 낡은 찬장위에 올려놓았던 양재기가 쟁강 소리를 내며 떨어졌다. 그게 발 앞으로 두르르 굴러온다. 알루미늄 양재기다. 시집올 때 지참품으로 가지고 온 것이어서 경심이가 보물처럼 아끼던 그릇이다. 부엌에 유일하게 남은 값나가는 거여서 틈만 나면 알른알른하게 닦았는데 지금은 빛을 잃었다. 썩 전에 집에 찾아왔던 동네 기생할머니가 거울처럼 반짝이는 그릇을 탐내 비싸게 팔라고 했어도 지금까지 보물처럼 간직해왔다. 경심은 양재기를 들고 부엌에 내려섰다. 재를 퍼내 물에 적셔 닦기 시작했다. 금방 반짝반짝해졌다. 낡은 가방에 넣어 가지고 나오기 전에 소리쳤다.

"순철아 순경아 여보, 내가 올 때까지 죽지 말아야 돼. 먹을 거 많이 사올 테니까."

울컥, 또 눈물이 솟아난다. 그런데 거짓말 같은 기적이 일었다. 기운을 잃고 쓰러져 있던 세 식구가 약속이나 한 듯 푸시시 일어난다. 먹는다는 소리가 초인간적 힘이 돼 식구들을 들어 일구는 모양이다.

식구들만 그런 것이 아니었다. 경심이도 힘이 솟았다. 먹을 것과 바꿀 수 있는 것을 손에 든 순간 그도 힘이 솟았다.

"여보, 순철아, 순경아"

구들에 올라간 경심이는 식구들을 와락 그러안았다. 네 사람이 한 덩어리가 되었다.

"혼자 가지 마오. 당신도 지쳤으니, 여보. 건너집 은심이네가 장마당에 가는지 알아보고 같이 가오. 응?"

남편의 겨우 하는 말이었다.

"알았어요. 내가 올 때까지 애들을 부탁해요."

"그래 어서…."

종자돼지를 키우며 근근이 옥수수밥이나마 먹는 은심이네는 하루건너 장마당을 오가며 옥수수를 사다 술을 빚었다.

"은심 엄마 있소?"

경심이는 마당으로 들어서며 가냘픈 소리로 불렀다.

"누구요?"

때마침 마당으로 나오던 은심의 할머니가 마주본다.

"순철이 엄마가 어떻게. 어서 들어오오."

할머니는 무작정 경심을 방으로 이끌었다.

"무슨 일이요. 형색이 말이 아니구만 응?"

"은심 할머님 제가 산 너머 장마당에 가려는데 혹시 은심 엄마가 가면 같이 가자고 왔어요."

오두막집 안주인 _ 129

"우리 은심 에미는 어제 갔다 왔소. 글쎄 돼지를 몰고 가 옥수수하고 바꿔왔지 뭐요. 흐흐."

"네, 그랬군요."

"그럼 아마 내일쯤 가게 될 건데 순철이 엄마두 내일 가면 안 되우?"

"아니 전 내일 가면 안 돼요. 안녕히 계세요."

할머니의 눈에 의아해하는 빛이 어린다.

"그런데 순철이네는 장마당에 무슨 일로 가우?"

자기들처럼 돼지 키우는 집도 아니고 술을 빚는 집도 아닌 순철이네가 장마당에 갈 일이 없다고 생각하는 모양이었다.

"저, 사실은 그릇을 팔러 갑니다."

경심의 목소리가 잦아들었다.

"그릇이라니, 이게 무슨 말이요?"

할머니가 다가들며 경심의 천가방을 열었다. 반짝이는 알루미늄 양재기가 결혼하면서 갖고 온 기물이라는 것을 알고 있는 은심의 할머니가 와뜰 놀라며 경심을 주시한다. 그 눈이 무엇을 묻고 있는가를 아는 경심은 할 수 없이 그릇을 팔러 떠나게 된 사연을 터놓았다. 풀죽만 먹다가 물로 이틀을 견뎠다는 말까지는 꺼내지 못하고 그냥 설움이 치밀어 울음을 터트리고 말았다.

"이게 무슨 말이오. 우린 순철이네가 식량 때문에 이렇게까지 고생하는 줄은 몰랐소. 에구 말을 해야지. 지금이 어떤 세월인데… 이웃이 사촌보다 낫다는 소릴 못 들었소?"

눈물이 글썽해 말하는 할머니의 따뜻한 정에 경심의 흐느낌은 더욱 커졌다.

"그러지 말고 우리 집 강냉이를 먼저 갖다 먹소. 돼지와 바꾼 강냉이가 있으니까 우리 집에 먹을 거 떨어지기 전에 갚아주면 되오."

"정말요? 할머니가 우리 집을 살려주는군요. 고맙습니다. 흑."

할머니는 중국에서 들여왔다는 잘 마른 말 이빨 강냉이를 한 배낭 가득 담아주었다. 초인간적인 힘이란 바로 이런 것이 아닌가 싶다. 경심은 백배사례하며 15kg은 실히 될 강냉이배낭을 등에 지고 휘청거림도 없이 곧장 집으로 올라왔다. 씽씽 걷는 걸음이 날아가는 듯하다. 굶어 저승 문턱까지 갔다 온 여인 같지 않다.

오두막집 문이 벌컥 열렸다. 이번엔 바람이 여는 문이 아니었다. 살라고 죽지 말라고 이웃의 후더운 정이 거침없이 문을 열어주었다.

"여보. 애들아."

누워있던 남편과 애들이 일시에 일어나 놀랍게 쳐다본다.

"어쩐 일이요?"

남편이 물었다. 경심은 들어오자마자 구들에 배낭을 내려놓았다. 아귀가 열린 강냉이배낭이 구들에 넘어지며 좌르르 강냉이알이 바닥에 널린다.

"강냉이 가져왔어요. 은심이네가 먼저 가져다 먹으라고 해서, 여보 우린 이제 살았어요. 예? 죽지 않았단 말이에요. 여보."

남편은 대답도 않고 엉금엉금 널린 강냉이 앞으로 기어간다. 아내의 말보다 강냉이알이 더 반가운 것 같다.

피뜩이라도 한 번 쳐다봐 주지, 남편이 정신없이 강냉이알을 손에 쥔다. 애들도 아빠를 따라 덮치듯 강냉이를 쥔다. 허겁지겁, 와작와작, 생강냉이 씹는 소리가 방안의 침묵을 바깥으로 밀어낸다.

그런 처참한 세 식구의 모습을 보며 경심은 천천히 바닥에 넘어졌다. 과도한 기쁨 때문이었던가? 아니면 초인의 마지막 힘을 짜낸 때문인지, 경심은 의식이 흐려지고 몸이 땅 밑으로 잦아드는 것을 어렴풋이 느꼈다. 이게 죽음이라는 것도 안다. 어젯밤 분명 겪어봤으니까. 그러나 엊저녁과는 상대적으로 다른 만족감이 차분히 가슴에 내려앉는 것을 경심은 느꼈다. 밤엔 슬펐지만 지금은 행복했다. 이렇게 가도 식구들은 사니까, 아니 살렸으니까. 엄마가 돼 애들을 굶주림에서 꺼내주고 죽음에서 살렸다는 만족감이 가슴 그득히 차오른다. 그건 느낌이 아닌 분명한 현실이었다.

식구들은 엄마가 그리고 아내가 지금 운명하고 있다는 것도 몰랐다. 눈앞에 널린 강냉이만 보이는지. 경심이는 살려고 버둥거리는 식구들의 모습을 끝까지 보려 그러는지 눈을 뜬 채로 움직임을 멈춘다. 크게 오르내리던 가슴도 잠잠해진다. 여읜 얼굴에는 그때까지 지우지 않은 미소가 백합처럼 피어있었다.

이지명

… 하지만 나는 분노에 몸을 떨었다. 언제까지 그쪽 사람들은 누려야 할 초보적 권리마저 빼앗긴 채 죽지 못해 살아야 하는지.

이 소설집에 실린 소설들을 읽으며 독자들도 분노했으면 한다…

복귀

1

서장우가 끌려 온 곳은 본인도 전혀 생각지 못한 의외의 곳이었다. 예심이 끝나고 억울하지만 죄가 확정되어 가족과 함께 평양을 떠날 때만 해도 그는 추방되어 어느 시골 농장쯤 가는 줄 알았다. 그런데 이게 무엇인가? 트럭에 실려 구불구불한 계곡을 따라 들어온 곳은 사방 전기철조망을 둘러치고 입구에 세운 높다란 망루에 무장 보초까지 서 있는 살벌한 곳이었다.

대뜸 여기가 말로만 듣던 정치범관리소구나, 하는 생각이 번뜩 떠올랐다.

털털거리며 정지한 트럭에서 내리는 그의 두 다리가 힘

을 잃고 휘청거렸다. 애써 몸을 추스른 서장우는 아내와 딸이 내리는 것을 거들었다. 그를 바라보는 아내의 눈도 공포로 하얗게 질렸다. 밤새 비포장길을 달린 트럭위에서 일곱 살잡이 딸은 너무 지쳐 도무지 기운을 차리지 못한다.

총을 멘 두 병졸이 실개울이 흐르는 골 안 양옆으로 쭉 늘어선 반토굴식 주택에 그들을 안내했다. 이게 너희들 살 곳이라며 구석진 곳에 있는 토굴집을 가리키고는 어서 짐을 옮기라고 떡떡대곤 다시 망루 쪽으로 내려갔다.

막 생긴 돌을 쌓아 지은 움막 같은 집안으로 서장우는 아귀도 안 맞는 문을 열고 들어섰다. 거적을 깐 방바닥에 애를 앉히고 나서 그때까지 부들부들 떨고만 있는 아내의 어깨를 한 번 쥐어주고는 밖으로 나왔다.

사방을 휘 둘러보니 협곡을 낀 반대편에 덩실하게 지은 콘크리트 건물이 보였다. 뻬죽한 지붕에는 붉은 깃발이 바람에 펄럭이고 마당 끝에 세운 보초막에는 총 든 병졸이 부동으로 서 있다. 관리건물인 것 같다. 그 뒤에 병영으로 뵈는 누런 집도 보인다.

위쪽을 올려다보니 남루한 옷을 걸친 초췌한 사람들이 사래 긴 밭에 한창 파종을 하느라 여념이 없다. 서장우는 다시 망루 쪽에 내려와 던지다시피 부려놓은 짐을 들었다.

큰 짐들은 가져올 수 없었는지 올망졸망한 보따리들뿐이다. 그가 한차례 짐을 갖고 올라가자 아내도 기운을 차렸는지 말없이 따라나섰다. 무척 아름다운 얼굴이었다. 그 얼굴에 깊은 수심이 어렸다. 아내의 신상을 살피는 서장우의 입에서 또 한 번 깊은 한숨이 쏟아졌다.

 망루 쪽에 내려와 가벼운 짐을 골라 아내에게 쥐어주는데 경비군 병영에서 경비병 여럿이 나오다가 그들을 보고 목석처럼 굳어진다. 모두 입을 하, 벌리고 여자만 쳐다본다. 봄 파리가 이빨 안 닦은 녀석이 있는지 입 주변을 뱅뱅 돌다 내려앉아도 헤, 벌어진 입은 다물려지지 않는다.

 "와, 곱구나야. 저게 사람 맞아?"

 침방울을 떨어뜨리며 하는 병졸의 말이다.

 "그러게, 오늘 평양서 간부급 입소자가 온다더니 그건가 봐. 일급 도시에서 좋은 것만 먹고 멋진 것만 보고 살아 그런가? 되게 멋지다야. 여, 저 허리 좀 봐. 버들개지 같잖아?"

 "나긋나긋한 버들잎 같은데?"

 "어 씨. 저런 여자 한 번 안아봤음 원이 없겠다."

 "뭘 그래. 그래봐야 입소잔데, 기회를 봐 한 번 자빠뜨리면 되지. 까짓 거 저런 것들은 말이야. 세상이 얼마나 무서운지 맛 좀 보여야 돼. 지금까지 되게 잘살았을 거잖아."

"야, 야, 무슨 개수작이야?"

마당 귀퉁이에서 담배를 빨던 자가 빽 소리치며 다가온다. 졸병은 아닌 것 같고 반장쯤 하는 급이 있는 놈 같다.

"듣자니까 자식들. 저 여자 남편 되는 놈 너들 다섯이 한꺼번에 달려들어도 아마 못 당할 걸. 괜히 흔들려다가 부러지지나 마라 알았나?"

두억시니 같은 졸병들이 그 말에 얼이 빠진 듯 꺼덕꺼덕 고개만 주억거린다.

"왜 겁나냐?"

"아니요. 그래봐야 입소잔데, 한 번 맞장 떠 보디요 뭐."

"진짜야?"

"내무반장 동진 구경이나 하시라요. 우리가 알아서 해볼 테니 신고식이야 치러야디, 안 그래요?"

"좋아. 기카면 가자우."

우르르 망루 쪽에 몰려온 무리는 방금 짐을 들고 올라가려던 서장우 부부를 빙 둘러싼다.

"이름이 뭐야?"

깡마르게 생긴 자가 나서며 씨벌이자 서장우는 왜 이러나 하는 표정으로 시답잖게 대답한다.

"서장우라고 하오."

"뭐, 뭐? 하오? 이 자식이 대체 어느 앞이라고 감히 오 자를 붙여?"

"?"

반장을 내놓고 다섯 명이 한꺼번에 달려들어 발길질을 한다. 서장우는 아무 반항도 하지 않고 무지한 매를 말없이 받아들인다.

"야, 너 아직도 평양 살던 간분가 착각하는 모양인데 여긴 정치범관리소야. 선생님들 앞에서 그런 불손한 대답을 하면 안 되지. 다시 말해 봐."

내무반장이란 자가 제법 훈계조로 뇌까렸다.

"서장우라고 합니다."

입술에 밴 피를 문지르며 대답하는 서장우의 얼굴에 얼핏 사나운 빛이 스친다.

"그래 그렇게 예보를 써야지. 나인 어려도 우린 다 네 선생님이니까 앞으론 최대의 존칭을 쓰라. 알았어?"

"알겠습니다."

"뭘 해먹다 온 놈이야?"

"네. 평양서 무역일을 했습니다."

"무역일? 그럼 비행기 타고 왔다리 갔다리 하며 돈 벌었단 거야?"

 말하는 꼬락서니가 조금 우스웠는지 아님 어처구니없어 그랬는지 옆에 섰던 부인이 새물 웃는다. 대뜸 난리가 났다.

 "오라, 야 그거 웃으니끼니 사람 같지 않게 곱구나야. 데거"

 "좋은 것만 골라 처먹으며 살아 긴지 거 여자 몸이 야들야들한 게 참 뼈가 있는지 모르갔다야."

 "반장동지. 웃는 것도 거 동화책에 나오는 요정 같습니다. 거 있잖습니까? 기래. 아침이슬요정. 아이구야 이자 생각나네."

 뭘 대단한 것을 생각해 낸 듯 우쭐거리던 병졸이 갑자기 아랫다리에 쥐가 일었는지 스르륵 주저앉기까지 한다.

 "자, 자 개소리들 말고 이 짐 하나씩 들어."

 내무반장이 꽥 소리쳤다. 그게 무슨 의미인지 병졸들이 모를 리 없다. 보다 구석진 곳에 가기 위한 구실이다. 머리 위엔 망루에 버티고 선 병졸도 보이니까, 아무튼 서장우로서는 쉽게 짐을 가져갈 수 있었다. 모두 짐 보따리를 하나씩 들고 공지를 벗어나 토굴집에 도착했다. 골 안은 한적했다. 지금 이 시간에 집집에 사람이 있을 리 없다. 군복을 입은 무리들이 우르르 밀려들자 일곱 살쯤 돼 보이는 여자애가 문밖에 나와 그들을 쳐다본다.

"애 넌 들어가라."

병졸 하나가 애를 토굴집 안으로 밀어 넣었다.

"왜들 이럽니까?"

"하, 자식 짐을 들어줬으니 값을 내야지. 설마 공짜라고 생각하진 않았갔지?"

"그렇긴 합니다만 잡혀온 신세라 가진 게 없군요."

"가진 게 왜 없어."

"희한한 걸 갖고 있으면서, 안 그래? 흐흐."

"그것도 백만 냥짜린데, 히히."

두서없이 지껄이는 자들의 입에는 모두 침이 게발렸다. 내무반장이라는 자가 나선다.

"정 없음 말이야. 네 여자 가슴 한 번만 보여 주라. 그럼 되갔어."

"뭐요?"

서장우의 눈이 대뜸 치솟는다.

"야, 뭘 그래. 지금껏 너 같은 반역자새끼들 이삿짐 들어준 선생님들은 없었어. 글고 그깟 것 한 번 보자는데 왜 눈치뜨면서 기래야. 혹 너들 우리와 같은 급 사람으로 생각하는 건 아니갔지. 말해 봐?"

암팡져 보이는 자가 서장우의 가슴을 툭툭 치며 뇌까린다.

한 놈이 슬슬 여자 뒤로 다가서며 엉덩이에 손을 댄다. 기겁한 소리가 터질 줄 알았는데 여자는 침착하게 그 손을 쳐버리며 서장우의 뒤에 붙어 선다. 내무반장이 다시 지껄였다.

"야, 네가 이해하라. 모두 총각들이고 춘궁기가 돼서리 말이야 거 있잖아. 갈증 같은 거 말이디. 봄바람이 살랑살랑 부니끼니 이거이 치솟는 거 있잖아. 땅에서도 새싹이 돌멩이를 들어 일구는 봄철 아니가. 눈 질끈 감고 살짝 한 번만 보여주라. 기럼 앞으로 여기서 사는데 우리가 네 색시만은 특별히 살펴 주갔어."

우르르 떼거지들이 여자의 팔을 잡아 저희 쪽으로 왈칵 당겨 간다. 가는 비명이 터졌지마는 그게 달아오른 개떼들의 열기를 식혀주진 못한다. 대뜸 한 놈이 여자의 가슴에 손부터 쑥 밀어 넣는다.

"이 개새끼들 당장 놓지 못해? 물러서라."

서장우의 입에서 천둥 같은 소리가 터졌다. 여자를 당기며 시시덕거리던 자들의 입이 거의 동시에 떡 벌어진다. 사람이 입에서 그런 소리가 나온다는 게 잘 믿어지지 않아서인지 서로를 마주본다. 내무반장이란 자의 눈은 불거지다 못해 당장 빠져버릴 것 같다. 그 눈에 이내 독기가 서린다.

"이 새끼레 이자 우릴 보고 개새끼라 했나? 야 뭣들 해 저 자식 버릇 가르쳐. 좋게 말하니까. 니미."

다섯 명이 우르르 달려들었다. 우지끈 툭 탁, 찍, 빡, 여러 잡음이 한데 어울린 난잡한 싸움이 벌어졌다. 서장우는 침착하게 대응했다. 적당한 힘을 넣어 한 놈씩 급소를 쳤다.

조금은 버거웠다. 아예 죽여 버리라면 그까짓 어려울 것도 없지마는 죽이는 건 좀 그렇고 그렇다고 설 익혀 놓으면 다시 달려들겠고 아무튼 진땀을 흘리며 주먹을 휘두르고 발길질을 해대는 놈들을 이리 피하고 저리 피하며 손에 힘을 가해 급소를 쳤다. 잠깐 사이 다섯 놈이 모두 땅바닥에 구겨 박혔다. 그래도 총을 가지고 있지 않아 다행이었다. 모두 급소를 맞고 너부러져 헐떡거리자 서장우는 천천히 반장 앞으로 걸어왔다.

반장이란 자는 오금이 저렸다. 오전에 사무실에서 새로 온다는 자의 신원을 관리소장에게 들을 때 매우 센 놈이라는 건 알았지만 이 정도인 줄은 미처 몰랐다. 그렇지만 관리소에 들어온 죄수가 감히 선생님들을 패다니, 예외 없이 주리를 틀어야겠지만 그건 묶어 놨을 때의 일이고 당장은 그 주먹에 자기가 죽게 생겼다.

"왜? 왜 이래. 어, 어 내 잘못했어. 이해해. 아까 말했듯이 춘궁기가 돼 참을 수 없어 그랬어. 여자가 고와 가슴 한 번만 보려 한 것뿐이야. 당신도 남자니까 아 거, 알면서, 이해하라니까 다신 안 그럴게 제발."

우선은 이 자리를 벗어나야 했음인지 비는 꼴이 눈 시려 못 보겠던지 서장우는 냉소를 지었다.

"들어갑시다."

서장우는 아내를 껴안고 토굴집 안으로 들어섰다. 밖의 소란에 무서워 울먹이던 어린 딸은 눈물에 얼룩진 얼굴을 들고 들어서는 아빠와 엄마를 빤히 쳐다본다. 중국식 캉으로 된 온돌위는 천정까지 40센티 정도밖에 안 되는데 어린 애가 앉았어도 머리가 천정에 닿는다. 허리를 굽히고 들어서자마자 장우는 딸을 안고 그 얼굴에 자기 얼굴을 비볐다. 앞길이 순탄치 않음을 예고라도 하듯 방금 닥친 일이 예사롭지 않다는 느낌이 든다. 더구나 하늘처럼 모셔야 할 '선생님'이란 자들을 죽탕 치듯 뭉개놨으니 그 후환이 어떠하리라는 것도 짐작할 만했다. 아내는 놀란 가슴을 진정할 수 없는지 아무 말 없이 온돌에 앉아 깊은 한숨을 내쉰다. 뜻하지 않은 일로 여기에 끌려올 때 서장우가 가장 걱정했던 것이 바로 아내와 어린 딸의 신상이었다. 당해 보니 정신이 번쩍 든다. 이제 이놈들이 음으로 양으로 자기뿐이 아닌 아내에게 어떤 위해를 가할지 모른다. 자기가 당하는 것은 얼마든지 참을 수 있다.

그러나 두 눈 멀쩡히 뜨고 아내가 당하는 모욕은 참아낼 수 없을 것 같다. 오늘은 예서 그쳤지만 다음번에도 두 주먹이 이성을 잃지 않으리라는 담보가 없다. 그 다음엔? 물론 자기는 죽을 것이다. 그렇지만 아내와 딸만은 죽어서는 안 되었다.

두 눈 멀쩡히 뜨고 가족을 죽음에 몰아넣는다는 것은 사내로서 가장 큰 수치라는 사실이 사무치도록 안겨들었다. 그는 입술을 깨물었다. 마지막 남은 카드를 아무래도 지금 사용해야 할 것 같다.

여기 관리소에 들어 올 때까지만 해도 그에겐 억울한 죄를 뒤집어 쓴 것에 대한 반항이 남아 있었다. 어디 데려 갈 테면 가라는 식의 배짱으로 대했다. 그러나 정작 들어온 여기는 사람이란 명분을 가지고 살 수 있는 곳이 아니었다.

서장우는 움쭉 일어났다. 아내의 손을 감싸 쥐고 가랑가랑 눈물이 고인 고운 눈을 이윽히 들여다보는 서장우의 볼이 실룩거렸다. 쳐다보는 아내의 그윽한 호수 같은 눈은 이런 곳에서 살 수 있는 눈이 아니었다. 자기라는 존재가 미치도록 혐오스러웠다.

"내 나갔다 올게 조금만 기다려. 당신을 어떻게든 구해주겠어. 날 믿어."

장우는 와락 아내를 그러안았다. 그 다음 피나도록 입술을 깨물었다.

2

관리 사무소 소장실 소파에 퍼더버리고 앉아 무료한 시간을 보내던 백천덕은 들어서는 서장우를 멀거니 쳐다보았다. 책상위에는 금방 소제해 올려놓은 권총이 번들거리며 놓여있다.

들어 선 서장우가 공손히 앞에 와 머리를 수그리자 그는 총을 쥐며 거만하게 말을 뱉었다.

"무슨 일이야?"

"우리 거래를 합시다."

"거래? 무슨 거래?"

"내게 숨겨 놓은 달러가 있습니다."

"숨겨 놓은 달러? 얼마나 되게."

"30만 달러입니다."

잠시 침묵이 흘렀다. 눈을 껌벅거리는 백천덕의 얼굴이 착잡해졌다. 30만 달러라니, 이게 무슨 귀신이 호두열매 까먹는 소린가! 무슨 애 이름도 아니고, 그런 거금을 숨겨 두고 예까지 잡혀 왔다? 자식 거짓말이겠지, 이 자식이 지금 지은 죄가 있어 날 떠보는 거야.

백천덕은 그렇게 생각했는지 히죽 웃었다.

"그러니까 뭐야. 그걸 바치고 대신 여길 빠져 나가겠다 이건가?"

"그렇습니다."

"야."

갑자기 백천덕은 천둥 같은 소리를 지르며 벌떡 일어섰다.

"너 지금 누굴 놀리는 거야? 정말 죽고 싶어 환장했어?"

"진정하시오 사실이니까. 그걸 국가안전보위부기금으로 내놓겠으니 어서 제보하시오."

"정말이야?"

"거짓말할 이유가 없소."

백천덕은 권총을 들어 서장우의 이마를 겨냥했다. 방아

쇠에 건 손가락에 힘을 주며 씹어 뱉듯 뇌까렸다.

"이 자식 관리소장을 뭐로 보고 그따위 개수작을! 네깟 놈 예서 쏴 죽인들 아무 문제도 없어. 다시 묻겠다. 이제라도 거짓말이라고 말하면 방아쇠는 당기지 않겠다. 어서 말해!"

서장우는 눈을 감았다. 괜히 허세를 부리는 꼴이 메스꺼워 속이 울렁거린다. 그는 와락 달려들어 백천덕의 목을 거쿨진 손으로 움켜잡았다.

"제보하라면 해. 미화 30만 달러야. 정신 있는 놈이라면 그걸 그냥 썩힐 순 없잖아."

"이거 놔 안 놔?"

백천덕이 꺽꺽거렸다. 손에 들었던 총이 어느새 장우의 손에 들렸다. 서장우는 멱을 잡았던 손을 놓았다. 기세등등하던 백천덕의 얼굴이 꺼멓게 죽었다. 장우는 총을 들고 왼손으로 전화기를 가리켰다.

"어서 제보하라니까."

백천덕은 수화기를 들었다. 직통 전화여서 이내 연결된다. 백천덕은 장우의 눈치를 보며 입을 열었다.

"오늘 입소한 서장우 말입니다. 미화 30만 달러를 내놓겠다는데 어쩌면 좋습니까?"

잠시 후, 수화기를 내려놓은 백천덕이 이젠 총 내려, 하며 힘없이 소파에 주저앉는다.

서장우는 그 옆에 총을 던졌다. 그랬지만 백천덕은 그 총을 손에 쥘 생각도 못한다.

"본부에서 곧 사람을 보내겠다고 했어. 근데 말이야. 너 그걸 왜 관리소에 들어와서야 내놓는 거야. 무슨 꿍꿍인데?"

"사실은 여기에 수용될 줄 몰랐소. 그냥 어느 오지에 추방 가는 줄 알았지."

서장우는 긴 숨을 내쉬었다.

"그러니까 뭐야. 시골쯤 가면 그 돈으로 흥청망청 살아보려고? 하기야 지금 같은 세월치곤 나쁜 생각은 아니지. 근데 말이야."

백천덕은 뚜벅뚜벅 제자리로 돌아가 총을 집어 서랍에 넣으며 조금 여유를 부렸다.

"네가 그리 생각했다는 게 문제야. 보위부에 걸리면 관대해야 관리소에 수용된다는 것쯤은 알아야지. 아니면 쥐도 새도 모르게 죽여버리지. 사상이 나쁜 놈을 살려두어선 뭘 해. 안 그래?"

"그렇긴 하지만. 원래는 오늘저녁까지 내가 전화하지 않으면 내일 평양에서 내 친구가 본부에 전화하기로 했소. 오지에 추방 가면 내가 먼저 전화하기로 했으니까, 여기 들어오면 외부와 일절 연락이 안 되지 않소."

"그러니까 오, 무슨 소린지 알겠어. 그런데 하룻밤만 기다리면 될 것을 왜 이리 서두르지?"

"알면서, 방금 전 겪어보니 더러워 못 있겠소. 잔개미들이 날친다는 건 참. 죽이지도 못하고, 한시가 급하오. 이런 곳에 내 아내와 애를 잠시도 방치해 둘 수 없어 그러오."

"보기 드문 애처가로군. 그러잖아도 어떻게 처벌할까 생각 중이었어. 경비병들도 잘한 건 없지만 그렇다고 맞불질한 당신을 관리소 기강을 위해서도 가만두어서는 안 되겠지. 날 찾아오길 잘했어. 아니, 돈이 좋다고 해야 하나? 당신 장사꾼이라서 그런지 앞뒤 계산을 잘해 선견지명이 있어. 그건 그렇고 솜씨가 보통이 아니던데 그건 어데서 배웠지?"

"미안합니다. 젊은 놈이 성질부려서. 군대 때 배운 것입니다. 대남연락소에 있었으니까요."

"알만해 집에 가서 기다려. 곧 사람이 오던 전화가 오던 할 테니까 그때 알려주겠어."

3

 그 시각 본부에선 몇 사람이 바삐 움직였다. 부장은 백천덕의 전화를 받자마자 이내 수화기를 바꿔 들고 담당자를 찾았다. 조금 후 들어선 수사관 박일천은 이마에 흐르는 땀을 씻을 새 없이 부장에게 도착 보고를 한다.
 "어떻게 된 거야?"
 그의 보고를 듣는지 마는지 관리소에서 온 전화내용을 말하고 난 부장이 물었다.
 차분한 성격에 죄수 예심에서도 늘 냉정을 잃지 않고 빈틈없이 일처리를 하는 박일천으로서는 의외의 말이었다.
 "그럴 리 없습니다. 서장우에게서는 이미 짜낼 대로 다 짜냈다고 생각했는데 어떻게 그런 큰돈이 있을 수 있죠?"
 "그걸 지금 내게 묻는 거야?"
 "너무 황당해서 그럽니다. 서장우가 책임자로 일한 대성무역상사는 주로 러시아 원동지방에 나가 현지 토산물을 수거해 그걸 중국에 들여다 파는 일이었습니다. 곰의 열이라든가 산삼, 산청 야생동물 가죽 같은 비싼 물건들에 손대다보니 수익도…."
 "아, 아, 긴 설명은 필요 없고, 그렇다고 자넬 죽이자는 건 아니야. 근데 어찌 30만 달러나 되는 돈을 놓치는가 말이야?"

"글쎄요 거짓말이 아닐까요?"

"그거야 자네가 더 잘 알 거 아닌가. 취급자가 내게 되레 물어?"

"그렇게 앞뒤를 모르고 덜렁대는 사람은 아니었습니다만."

"근데 그자의 기본 죄목이 무엇이었나?"

"아시면서, 심양에 들어가 남조선 놈들과 어울린 제보가 들어와서 그리된 것 아닙니까?"

"그건 나도 알지만, 가만 제보자가 같이 동행한 사람이라지?"

"그렇습니다. 심양 주재 우리 영사관에서도 서탑을 드나드는 남조선업자들이 있어 그곳 거래는 그만두라고 여러 번 권유했지만 서장우는 그걸 무시하고 계속 진행했다고 했습니다."

"그 자에게서 거두어들인 돈이 10만 달러쯤 된다고 했지?"

"그렇습니다. 사실 조사 결과 그 이상의 돈은 없는 걸로 보였습니다. 무려 요원 20명이 달라붙어 장부 검사를 하고 관계정황을 알아봤으니까요."

"물론 그 10만 달러는 국고에 들어갔겠지?"

부장은 돈에만 관심이 있는 듯 보였다.

"공개 체포였던 만큼 거야 당연한 것 아닙니까."

"내 이야기 하나 들려줄까?"

"예?"

"안 듣겠음 말고."

"아, 아닙니다. 듣겠습니다."

"자네 경우와 비슷하니까 귀맛이 당길 거야. 내 수사관 때 말이야 골동품 장사꾼 한 놈이 걸려들었는데 되게 큰 놈이었어. 그 자가 진술이 끝난 후에 더 큰돈을 숨겨 놓고 나를 골탕 먹였지. 자네 경우와 비슷해."

"그래서요?"

"원래 면밀한 놈들은 항상 미제를 남겨 놓거든. 목숨이 경각에 이르렀을 때 그 돈으로 목숨 거래를 하자고 말이야. 더욱이 외화를 주무르는 놈들에겐 그게 필수이기도 하지."

"그래서 풀어주었습니까?"

"그때는 돈이 통하지 않는 때였으니까 용서받을 수 없었지. 대신 목숨은 살렸지. 노동당 자금으로 내놓았으니까. 후에 수용소에서 매 맞아 죽었지만 그런 방법을 쓴 덕에 5년쯤 더 살았을 거야."

"그러니까 서장우도 살기 위해 그만한 돈을 끝까지 숨겼단 말씀입니까?"

"그렇다고 봐야겠지. 30만 달러면 지금 세월엔 본직은 아니더라도 유사한 직업에 다시 복귀할 수도 있을 테니까. 지금은 내 젊은 시절과 달라. 돈이면 뭐든 해결할 수 있는 때지."

"?"

"서장우 그 자는 분명 그렇게 거래조건을 내걸 거야. 틀림없어. 30만 달러도 분명 있을 거고, 곧 요원들을 데리고 가서 그 자를 면담해 봐."

"부장동지 예견처럼 진짜 복귀시켜달라면 어쩌랍니까?"

"해주라고, 내가 뒤를 봐줄 테니. 솔직히 30만 달러가 어디야. 지금 국가보위부 외화벌이 명의로 전국에 수십 개의 부업 단위가 있지만 한 해 수익이 얼만지 알아?"

"그거야…."

"흥, 이 구실 저 구실 붙여 다 잘라먹고 개자식들이 본부에 수금하는 돈이 서장우가 내놓겠다는 30만 달러에 못 미쳐."

"그러니까 서장우의 말이 사실이라면 한 해 외화벌이 부업과 맞먹는 액수군요."

"그렇지. 정부에서 자금 지원이 없으니 그리만 되면 걘 일등 애국자야. 나라의 정치안전에 기여한 공로자니까. 30만 달러만 내놓는다면 그를 본부 외화벌이 책임자로 만들 생각이야. 그러잖아도 대성무역이 너무 잘 나가 언제든 손에 넣으려던 참이었어. 이건 내 생각만이 아닌 윗선 생각도 같을 거야. 나라 안전도 돈이 있어야 지킬 거 아닌가? 서장우도 바보가 아닌 이상 이러한 객관적 사정을 감안하고 자네의 가혹한 예심을 임기응변으로 넘겼을 거란 말이지. 역시 범상한 인물이 아니야. 골수까지 장사꾼 기질로 꽉 들어찬 놈이지. 어때 이야기 재미있었나?"

"여부가 있겠습니까? 이건 정신이 번쩍 들게 해주는 명강의입니다."

"그렇게 잘 아니 이젠 나가 보게. 일 잘 성사시켜야 하네. 아니면 자네 두 번째는 책임에서 벗어나지 못할 거야."

"알겠습니다."

박일천은 기운차게 일어나 경례를 한 다음 방을 나섰다. 이제 무엇을 어떻게 일을 진행시켜야 할 것인가 하는 그림이 채색무지개처럼 눈앞에 그려졌다. 너무 흥분되어 가슴이 터질 듯 팽팽해진다. 일이 성사되면 자기는 일확천금을 단 한순간에 해결하는 공로자가 되는 셈이다. 승진도 문제

없을 것이다. 먼 우레소리가 들렸다. 요즘은 철모르는 소나기가 자주 내린다. 봄 소나기는 어느 모로 보나 유익한 것이 못 된다지만 한껏 부푼 박일천에게는 그 우레소리가 초대박을 알리는 천둥소리처럼 귀맛 좋게 들렸다.

4

무릇 세상살이란 언제나 피치 못할 변수를 안고 있다. 서장우도 그걸 잘 안다. 그건 그가 가슴을 옥죄이며 타국의 국경을 넘나들며 당의 과제인 외화를 벌어들이는 과정이 잘 실증해 주었다. 실지 시베리아 토산물을 중국인들은 한 다리 거쳐서 구입하려 하지 않았다. 원동 지방엔 토산물 수거를 위해 중국인들이 한 벌 깔렸다. 직접 거래를 위해서다. 한국에서 석청이라 부르는 토산품인 산청은 사실 한국인들이 손에 넣지 못해 안달 나 하는 물건이기도 하다. 왜냐면 한국엔 국내 어디를 가도 석청을 찾아보기 힘들기 때문이다. 돈이 되어도 아주 많이 되는 물건이다. 곰의 열이나 산삼 그리고 시베리아 토종 산짐승들의 가죽도 많은 이윤을 남겼다. 그런 자금줄인 한국을 단지 적대국이라는 명목으로 거래 자체를 정치적인 문제로 둔갑시켜 사람 목숨을 가지고 장난을 친다.

처음부터 위험하다는 것을 알면서도 어쩔 수 없이 계속 사업을 추진시켰다. 그러지 않으면 당적 오화과제를 해낼 수 없기 때문이었다. 그러나 그것이 결국 그에게 포승줄을 선물했다.

박일천을 만난 서장우는 한 가지 제안을 했다. 가족을 안전한 곳에 살게 하되 그 결과를 직접 확인한 기초에서 30만 달러를 내놓겠다는 제의였다. 박일천은 쾌히 승낙했다. 본부장의 의도를 충분히 알고 또 지시받은 만큼 못할 것도 없었다.

가족을 어디로 보내면 되겠는가고 여유를 부리기까지 했다. 잠시 생각하던 서장우는 처가가 신의주에 있으니 시내 어디든 집을 주고 살림살이를 갖춰달라고 청을 했다. 평양에서만 살던 아내가 낯선 곳에서 정착을 잘하자면 처가가 있는 그곳이 가장 바람직하다고 말했다.

박일천은 일고의 주저도 없이 그렇게 하겠다고 답했다. 대신 30만 달러가 없으면 가족은 물론 처가까지 몰살당할 거라고 오금을 박았다.

그건 걱정 말라며 서장우는 향후 자기 자신은 어떻게 되냐고 심중한 얼굴로 물었다.

잠시 생각하던 박일천은 본인만 좋다면 국경인 신의주에

사업체를 꾸리고 세계 어디든 국가안전보위부 소속 명의로 외화벌이를 할 수 있게 모든 것을 보장하겠다고 말했다. 그러면서 이건 내 개인의 말이 아닌 본부의 의도라고 일렀다. 딱, 손가락을 튕길 정도의 희소식이었지만 왠지 서장우의 얼굴엔 가는 비웃음이 스친다.

잠시 후 박일천이 타고 온 지프차가 서장우의 가족을 싣고 출발했다. 눈물이 그렁한 채로 차 문을 열고 바라보는 아내의 수척해진 모습을 서장우는 담담하게 바라보았다. 간단히 손을 들어 이별의 아픈 가슴을 달랬다.

그날 저녁부터 서장우는 더는 정치범관리소에 수감된 죄인이 아니었다. 말하자면 특별 우대 손님이다. 소장 사무실에서 조촐한 만찬이 있었고 서장우가 귀빈 대접을 받았다. 만찬이 끝난 후 안쪽에 있는 침실에서 하룻밤 잠을 자게 되었다. 물론 사무실 복도와 바깥엔 삼엄한 경계망이 펼쳐졌다.

자정을 알리는 시계종소리가 괴괴한 정적을 깨뜨린다. 잠들지 않고 뒤치락거리던 서장우는 소리 없이 일어났다. 침실 문을 열고 잠시 동정을 엿보다가 맨발 걸음으로 책상에 놓인 전화기로 다가갔다. 수화기를 살며시 들고 번호를 누른 다음 어딘가에 연결시켰다.

전화는 이내 연결된다. 미리 약속이 돼 있는 것 같았다. 몇 마디 대화를 주고받은 후 이내 전화를 끊었다. 대화 내용은 모두 숫자였다. 전문가가 아니고서는 알아들을 수 없는 이상한 대화다. 침대에 돌아온 서장우는 이내 잠들었다. 잠든 그의 모습은 전화 걸기 이전과 달리 매우 평온해 보였다.

다음날 오전 서장우는 아내와 통화할 수 있었다. 박일천이 넘겨주는 수화기를 넘겨받자 아내의 목소리가 들렸다. 자기는 무사히 신의주에 도착하여 집까지 배정받았다는 것이었다. 방이 두 개인 아파트고 냉동고며 가스통까지 들여 놓은 편리한 집이라며 이제 당신만 오면 새출발을 할 수 있을 거라 울먹이며 말한다. 서장우는 후, 하고 긴 숨을 내쉬었다. 바위같이 억센 그의 턱이 안도감으로 실룩거렸다.

5

점심시간쯤 되어 장우 가족을 싣고 갔던 지프차가 돌아오자 일행은 식사 후 이내 승차했다. 다섯 명이다. 박일천이 조수석에 앉고 뒷좌석 가운데에 서장우가 앉았다. 양옆에 앉은 젊고 팔팔한 요원들은 가슴에 손을 넣고 묵묵히 앉아 있다. 여차하면 총을 꺼내 발사할 준비가 완료된 자들이라는 것을 장우도 잘 안다. 그랬지만 서장우는 짐짓 모른 척 아무 내색 없이 지그시 눈을 감고 있었다.

차가 수도인 평양 시내에 들어선 것은 자정이 가까운 시간이었다. 시내를 가로질러 달리던 차가 멎은 곳은 교외의 수풀 속이었다. 평양시 상하수도관리사업소란 간판이 붙은 건물이 시야에 들어왔다. 이미 연락이 된 듯 사업소 간부로 보이는 사람이 나와 박일천을 맞았다.

일행은 곧 건물 안으로 들어갔다. 지배인실에 들어서서 한 숨 돌리는데 아까 마중 나왔던 사람이 젊은 여자 한 사람을 데리고 들어왔다.

여자가 컴퓨터를 켜는 사이 그들의 앉은 맞은편 벽에 스크린이 드리워졌다. 불이 꺼지고 스크린엔 동영상으로 묶은 평양의 지하하수도 전경이 펼쳐졌다.

"잘 살펴봐. 혹 기억이 없을 수도 있으니."

박일천이 곁에 앉은 서장우에게 이른다. 서장우도 긴장한 표정으로 스크린에 비치는 지하 설비들과 각이한 형태의 구조물들을 살피기 시작했다.

"이곳은 사업소가 위치한 대성구역지하입니다."

여자가 설명한다.

"모란봉구역으로 돌려주시오."

서장우가 말했다.

"알겠어요."

여자는 이내 화면을 돌린다.

"여기가 모란봉구역입니다."

"천천히 이동시켜 주시요."

여자의 조종에 의해 지하도 정경이 천천히 흘러간다. 잠깐, 어느 한 곳에 시선이 멎은 서장우가 소리쳤다. 정지된 화면을 직시하는 그의 얼굴에 고통의 빛이 어린다. 입으로는 저도 모르게 깊은 한숨이 흘렀다.

"저 곳이요?"

"네. 그렇습니다. 다행히 누가 손대지 않았군요."

장우의 목소리에 힘이 없다. 손대지 않았다면서 왜 저러지? 머리를 기웃하면서도 박일천은 일어나며 흥분된 목소리로 소리쳤다.

"자, 출발"

일어서는 서장우의 다리가 후들거렸다.

(아, 끝내 찾아내지 못했구나. 용삼이가 그리도 둔한 사람인가?)

일행과 함께 지하로 내려오는 서장우의 얼굴이 다시 고통으로 이지러진다.

30만 달러는 정지된 화면 속 위치에 언젠가 서장우가 매몰했었다. 누구도 주의를 돌리지 않는 가장 안전한 위치이기도 했다. 혼자서는 할 수 없었다. 용삼은 모란봉구역 하수사업소 직원이다. 서장우의 오랜 지기였다. 무슨 일이 터지면 이 돈으로 살 구멍을 찾으려는 주도세밀한 장우의 작전에 따라 둘은 사전에 면밀한 계획을 세웠었다.

　바로 어젯밤 숫자로 된 통화도 용삼이와의 대화였다. 약속대로라면 매몰된 돈을 용삼은 새벽에 꺼내 갖고 오늘밤 아내와 처가 식솔을 데리고 압록강을 건너야 했다.

　그리했을 줄 믿었다. 모든 줄은 돈만 있으면 재빠르게 가동하게 되어 있었던 것이다. 그런데 화면에 비쳐진 매몰 장소가 아무런 흔적도 없이 그대로 보존되어 있다.

　거푸 생각해도 보위부에서 저런 외지고 추한 지하하수시설까지 통제했을 리는 없는데….

　벌써 계단을 내려 물이 질척거리는 바닥에 내려선다. 매몰 위치가 가까워질수록 서장우의 이마에 식은땀이 흐른다.

　따라선 요원 셋은 손에 총을 들고 긴장하게 장우만 주시하며 걷는다. 예사롭지 않은 장우의 거동 때문이다. 맨 앞엔 상하수도 지배인이 선정해 준 인부 두 사람이 콘크리트 벽을 뚫을 지렛대며 망치 같은 도구들을 들고 걸어가고 있었다. 매몰 위치로 가는 길 안내자이기도 했다.

드문드문 매달아 놓은 전구의 희뿌연 빛이 비치는 갱도 벽에 일행의 그림자가 비쳐 어룽어룽 춤을 춘다. 발목까지 차오르는 구정물엔 악취가 진동했다.

모두 얼굴을 찡그리며 한 시간 반 만에 매몰 장소 근처에 도착하자 서장우는 힘없이 물 바닥에 주저앉는다.

"왜 그래. 다 온 것 같은데?"

박일천이 날선 눈을 굴렸다. 서장우의 행동이 예사롭지 않아 혹 거짓이 아닌가 하는 의구심이 아까부터 가슴을 조였다. 만약 거짓이라면 공로를 세울 천재일우의 기회를 잃게 된다. 거짓이 아니더라도 서장우의 다른 속심이 드러나면 그에게도 치명적인 후과가 차례질 것이었다.

왠지 불안한 감정이 지하도에 들어설 때부터 그를 휘어잡고 놓지를 않았다. 갈등의 정점을 헤매는 것 같은 장우의 표정 때문이었다.

왜 막바지에서 서장우가 갈등하는지, 순순히 내놓기만 하면 직성에 맞는 본직에도 복귀하고 그처럼 중시하는 가족과 함께 편히 살 수 있는데, 기쁨이 스멀거려야 할 대신 저승에 끌려가는 사람처럼 안색이 죽어있다. 침중한 모습은 돈을 매몰했다는 장소를 본 순간부터다.

누가 벌써 파헤쳐 돈을 가져갔다면 그리될 수 있어도 멀쩡히 보존되어 있음에도 그런 갈등에 휩싸인다면? 박일천은 그 순간 30만 달러의 거취가 거짓이라는 생각이 들었다. 그러지 않고서는 이 자가 이리도 불안해할 이유가 없다. 그는 이를 악물었다. 아직은 이르지만 거짓으로 드러날 경우 감히 보위기관을 능멸한 죗값을 만탄창이 된 권총의 탄알을 모두 그 거짓 몸뚱이에 쏘아 박는 것으로 치르리라.

구정물이 흐르는 바닥에 주저앉아 깊은 한숨을 내쉰 서장우가 천천히 일어난다.

"왜? 정작 큰돈을 내 놓으려니 아까워서 그러는 건가?"

박일천이 야릇한 미소를 짓고 뇌까렸다. 그를 돌아보는 서장우의 눈에 경멸의 빛이 번쩍 했지만 입에서는 온화한 목소리가 흘러나왔다.

"돈이 그렇게 중요합니까? 난 10여 년 동안 내화가 아닌 외화를 주무르면서도 돈에 대한 애착을 가져본 적은 없는데."

"그런데 왜 이렇게 허둥거리는 거요. 그것 말고 다른 이유가 있소?"

"있소. 내가 목숨처럼 소중히 여기던 것이, 그런데 그 소중한 것이 왜 나를 떠나려 하는지 모르겠소."

"그게 무슨 소리야?"

서장우는 침통한 표정을 끝내 풀지 못하고 자리에서 일어섰다. 한 발 두 발 매몰 장소로 걷는 걸음마저 비칠거렸다.

순간, 침침하던 서장우의 얼굴에 밝은 빛이 확 어린다. 무얼 숨기거나 감추려는 것은 아무것도 없었다. 심하게 파헤쳐진 매몰 장소가 두 눈에 확 들어온 순간부터다. 장우는 한달음에 달려갔다. 시멘트로 부착된 벽돌 층을 허문 큼직한 공간이 그렇게 반가운 듯 그는 거기에 손을 넣고 마구 헤집었다. 헤쳐진 이상 그 안에 아무것도 남아 있을 수 없는 상황이지만 그는 환희에 넘쳐 부르짖었다.

"용삼아 고맙다. 네가 끝내 해냈구나."

물 바닥에 주저앉는 그의 볼로 하염없는 눈물이 곬을 타고 거침없이 흐른다.

짧은 그 한순간에 그렇게 많은 눈물을 흘릴 수 있다는 것이 믿어지지 않을 만큼, 놀라운 일이었다. 박일천의 눈이 커진다. 지금 아무것도 없는 그 공간이 어찌하여 서장우에게 그렇듯 당장 미쳐버려도 무방할 커다란 기쁨을 주었는지 그의 머리로서는 익히 분별할 수 없었다. 저 사람은 이제 자기에게 어떤 처벌이 가해지리라는 걸 정녕 모르는 것인가?

무엇인가 어렴풋하게나마 그의 뇌리를 휘감는 것이 있었으나 실체를 짚어 내기에는 내재된 사고가 모자랐다. 박일천은 인부들에게 얼굴을 돌렸다.

"아까 사무실에서 화면으로 본 지점이 예가 맞소?"

"네 틀림없습니다."

"그런데 그때 보았을 땐 여기가 헤쳐지지 않았던 것 같은데 어떻게 된 일이요?"

"위치 확인을 위해 보았을 뿐입니다. 바로 엊저녁쯤 아니면 새벽쯤 누가 여길 헤친 것 같습니다. 구조물에 대한 영상은 썩 전에 찍어둔 것입니다."

인부 하나가 떨어져 나온 벽돌장이며 시멘트 부스러기를 살피며 말한다.

박일천은 다시 서장우를 돌아보았다. 지배인실에서 아무 이상이 없는 장소를 보며 몹시 실망하던 그다. 정작 헤쳐진 장소를 보고는 그 실망이 환희로 바뀌며 누군가에게 고맙다고 소리친다. 그렇다면? 아, 그래서였구나, 이자는 애초부터 30만 달러를 넘겨 줄 요량이 아니었다. 철저히 이용만 당했다는 생각이 번개불처럼 번쩍한다.

그런데 어인 일인지, 심경과 달리 측은한 마음이 분노를 누르며 머리를 다독였다.

달러가 없으니 이제 어떤 기적이 일어나도 서장우는 죽는다. 그도 그것을 알고 있을 것이다. 아니 이 자는 애초부터 삶에 대한 의욕이 없었다. 죽는 걸 알면서도 세상을 통짜로 가진 듯 기쁨에 설레는 모습. 왜? 박일천은 그것이 궁금했다.

그는 부드러운 자세로 서장우를 일으켜 세웠다. 이러한 장소에서 그가 거짓을 말하지는 않을 것이었다.

"돈은 어디로 갔소?"

"내 아내가 지금쯤 처가와 함께 국경을 넘고 있을 거요. 아니, 이미 넘었을지도 모르겠소."

"뭐요?"

그제야 무엇인가 섬광처럼 번뜩 떠오른다.

"그럼 애초부터 30만 달러는 우리에게 넘겨 줄 생각이 아니었던 거요?"

"그렇소."

"왜 그랬는데, 그리되면 다시 복귀된다고 분명히 약속했잖소?"

서장우가 씩 거친 숨을 내쉰다. 하지만 보는 눈길엔 모든 것을 체념한 온화함만이 흐른다.

"난 그런 복귀를 원하지 않소."

"무슨 말이야?"

"지나온 뒤를 돌아보면 참으로 허무하오. 타국을 메주 밟듯 다니며 난 당을 위해 모든 걸 바쳤소. 남보다 더 많은 외화를 벌어 늘 자랑스러운 마음으로 수금하군 했지. 잠도 못 자며 아내와 딸에게 색다른 음식과 좋은 옷도 못 입히면서 한 푼이라도 더 벌어 당에 바치는 것을 영광으로 생각했었소. 지난 10여 년간 내가 바친 외화만 해도 실히 수백만 달러는 넘었을 거요. 그런데 어느 날 내게 차례진 것은 차디찬 수갑뿐이었소. 이국의 하늘 아래 휘뿌려진 내 충성스런 땀이 결국 반역이라는 철퇴로 변해 나를 사정없이 쳐 갈겼단 말이요. 배신은 한 번이면 족하오."

"배신? 배신은 당신이 한 것이오. 우리에겐 무슨 일을 하던 반드시 지켜야 할 규칙이 있지. 그걸 당신도 승인했고, 그리고 어겼을 뿐 그렇게 역설하면 안 되지."

"그런가? 그렇다면 그런 거겠지. 사람이 살아가다보면 뭔가 어길 수도 있는 거 아니요? 하지만 그것이 곧 치명적 올가미가 되어 나뿐이 아닌 가족까지 죽음으로 몰아간다면 그 규칙은 대체 무엇에 필요한 거겠소. 그건 인간사회가 수용해선 안 되는 일인 것 같아. 당신도 이제 한 번 오라를 지고 잡혀가 보시요. 당신 눈앞에서 아무 죄도 없는 가족이 남에게 능멸당하는 꼴을 직접 목격한다면 아마 나보다 더 큰 배신감을 느끼게 될 거요."

박일천은 쩝쩝 입을 다셨다. 너무 많은 말을 하는 서장우다. 근 6개월에 걸쳐 그를 심문하며 전혀 느껴 보지 못하던 새로운 모습이었다. 서장우는 과묵한 사람이었다. 자기의 억울함이나 감정 같은 것을 상대에게 보여주려 애쓰는 형이 아니었다. 한 마디만 증명해도 자신에게 유리했지만 그는 부디 그것을 제 입으로 말하려 하지 않았다. 오히려 그런 때일수록 더 입을 닫는다. 그런데 지금은 묻지도 않는 말을 너무 많이 한다.

보위원 생활 20여 년. 많은 인간들을 직접 예심해봤지만 서장우처럼 마음 속 기둥이 든든한 사람은 처음 보았다. 자신이 진행한 일에 자그마한 부끄럼도 없는 사람만이 가질 수 있는 뱃심이었다. 그런 사람을 죄수로 몰아 매장해 버렸으니, 이제 다시 본직에 복귀시킨들 그걸 감지덕지 받아들일 사람이 절대 아니었다는 생각이 불현듯 든다. 그걸 왜 이제야 느껴보는 것일까?

"한 가지만 묻겠소. 그런 복귀는 원하지 않는다고 했는데 그럼 어떤 복귀를 원했던 거요?"

"복귀라…."

서장우는 빙그레 웃었다.

"내가 부디 복귀를 원했다면 그건 아마 인간복귀였을 거요."

"인간복귀? 언제는 인간이 아니었소?"

"인간이라 자부했지만 내 가족을 정치범관리소에 넣는 순간 나는 이미 인간이 아니었소. 죄 없는 아내와 딸을 아무런 보호도 없는 죽음의 수용소에 넣고 어찌 나를 인간이라 말할 수 있었겠소. 마지막으로 부탁 하나 합시다."

"?"

"손전화기 한 번만 쓸 수 없겠소?"

박일천은 무슨 정신에 전화기를 내주었는지 모른다. 마치 친구의 부탁을 받은 듯 아무 말 없이 전화기를 꺼내 내밀었다.

그걸 받아든 서장우는 번호를 눌렀다. 그 다음 천천히 귀에 갖다대자 이미 통화지역을 벗어났다는 통신사 안내원의 말이 부드럽게 흘러나온다. 전화기를 닫는 서장우의 얼굴에 한없이 행복한 미소가 피어난다. 그 미소는 마치 이른 새벽 산천을 감싸는 젖빛 안개처럼 소리 없이 주위의 사람들을 감쌌다.

　나오는 길은 들어갈 때와 달랐다. 빈틈없이 포박됐지만 서장우는 마음이 가벼웠다. 거칠게 떨어지는 천정의 물방울도 질척거리는 구정물도 지하도를 꽉 채운 구린 냄새도 서장우는 전혀 느끼지 못했다. 아니 그 모든 것들이 또 다른 향기가 되어 그의 넓은 가슴에 스며들었다.

안개

1

아직 해뜨기 전이다. 불어난 대동강물 위로 잿빛 안개가 서서히 밀려들기 시작했다. 서해갑문건설로 인해 엄청 많아진 수량이지만 밀려드는 안개 앞에서는 감히 그 존재를 드러내지 못했다. 강물을 덮어버린 안개는 서로 다른 구조물로 즐비한 강기슭마저 순식간에 삼켜버린다. 이제 곧 도시 전체를 덮을 것이었다.

하진은 몸에 감겨드는 안개를 휘휘 내저었다. 저을 때마다 산산이 흩어졌지만 이내 빈자리를 메워 버리는 안개가 왠지 미웠다. 12년 전 열여섯 살의 나이로 수도인 평양에 처음 올라왔을 땐 이 안개가 밉지 않았다. 무척 아름답고

숭엄하기까지 했었다. 지난 밤 강기슭에 놓인 돌 의자에 앉아 새날을 맞은 것 때문일까? 아니면 지나온 삶에 드리운 암운에 흐트러진 기분 때문인지.

　자정 무렵. 얼근히 취해 집에 들어온 남편의 행악질에 쫓기듯 아파트를 뛰쳐나와 여기 강안 공원의 돌 의자에 앉아 꼬박 밤을 밝혔다.

　하염없이 앉아있던 하진은 의자에서 일어나 집을 향해 발길을 돌렸다. 아무래도 곧 출근할 남편에게 아침식사만은 지어주어야 할 것 같아서였다. 그녀의 걸음이 빨라졌다. 밤이슬과 안개 때문에 후줄근히 젖은 엷은 옷이 몸에 착 달라붙어 자신이 보기에도 민망스러웠다. 진한 안개 덕에 사람들의 눈총을 별로 받지 않아도 된 것이 여간 다행스럽지 않았다.

　6층에 위치한 강변 아파트의 출입문을 살며시 열고 소리를 죽여 가며 발을 옮겼다. 부엌에 들어선 하진은 서둘러 쌀을 씻어 전기밥솥에 안치고 어제 받아온 여러 가지 공급소 부식물들을 냉장고에서 꺼내 아침 식찬을 만들었다. 네 다리 식탁에 풍성한 음식을 정히 차려 놓자 때마침 일어난 남편 혁철이 푸석푸석한 얼굴로 안방에서 나왔다. 남편 역시 별로 잠을 잔 것 같지 않았다. 아내가 없는 방에서 남편인들 편한 잠을 잤으랴 하는 생각이 머리를 메우는 순간 하진은 콧등이 시큰해졌다. 한 번 얼핏 아내를 쳐다본 혁철은 이내 눈을 깔며 화장실로 들어갔다. 푸푸 하는 소리가 들렸다. 이어 나온 혁철은 방에 들어가 군복을 챙겨 입고 나왔다.

"저 아침 식사 차렸어요."

"당신이나 실컷 먹소."

출입문이 쾅 닫혔다. 하진은 그만 방바닥에 풀썩 주저앉았다. 눈에는 맑은 이슬이 당장 떨어질 듯 한가득 고인다. 왜 저러는지. 결혼해 살면서 지금껏 이런 일은 없었다.

결혼 6개월. 아직은 신혼이다. 그런데 며칠 전부터 혁철의 태도가 확연히 달라졌다. 이유를 말해주기라도 한다면 속이라도 편하련만…. 쌀쌀맞게 변한 표정과 경멸의 눈빛이 바늘처럼 온몸을 찔렀다. 어제밤엔 곁에 누우려는 하진에게 더러운 몸뚱이를 가까이 하지 말라고 외마디로 소리쳤다. 왜 갑자기 그러냐고 반문하자 사정없이 밀쳐냈다.

음식이 차려진 식탁 위에 신문을 덮어놓고 안방에 들어온 하진은 침대 밑에 던져진 남편의 잠옷을 보고 얼른 집어들었다. 마른 옷이 아니었다. 집을 뛰쳐나간 아내를 찾아 그 역시 강변에서 밤을 새운 것이 틀림없었다. 보이지 않는 곳에서 묵묵히 자기를 지켜봤을 남편을 떠올리자 하진은 흑, 하고 오열하며 젖은 잠옷에 얼굴을 묻었다.

오전 여덟 시쯤 거실에 놓인 전화기가 울었다. 남편이 출근한 이맘때면 걸려오는 전화다. 얼핏 잠들었던 하진은 급히 방에서 나와 수화기를 들었다.

"별일 없소?"

거칠고 쉰, 느끼할 정도로 자신만만한 목소리가 따지듯 물었다.

"네. 없습니다."

공손한 대답 같으면서도 어딘가 모르게 언짢아하는 목소리였다.

"왜? 뭐가 좀 불편한가?"

상대는 벌써 하진의 기분을 알아차린 듯했다.

"그런 거 없어요. 이젠 이런 전화 그만둘 때도 되지 않았나요?"

"가정평화가 제대로 자리 잡았다면 할 필요가 없겠지."

"걱정하실 것 없어요. 우린 아무 문제없습니다."

"그런 것 같지 않은데?"

"왜 자꾸 이러세요. 대체 뭐가 문제란 말입니까?"

"어젯밤도 밖에서 밤을 새지 않았소. 왜 그랬지?"

순간 하진은 속에서 무언가 툭 떨어지는 감을 느꼈다. 저도 모르게 헉, 숨을 그었다. 하지만 이런 감정상태를 상대가 알게 해서는 안 된다는 번개 치는 생각에 입술을 옥물고 목에 들어찬 숨을 살그머니 내쉬었다. 생각 같아서는 욕이라도 한바탕 퍼부으면 좋으련만 그러면 더 큰 화를 부를 수도 있어 참는 수밖에 없었다.

"신혼이면 매일 뜨거워도 모자랄 판인데 부부가 축축한 강변에서 밤을 새운다? 그것도 감시하듯 서로 떨어져서 말이야. 누가 봐도 정상이 아니잖소. 오늘은 이쯤 말하는데 더 이상은 안 돼. 너희가 누구 덕에 잘 먹고 잘 사는데? 앞으로 두 번 다시 그런 꼴을 보여준다면 우리도 대책을 세울 수밖에 없어. 무슨 말인지 알겠소?"

상당히 위협적인 말이었다. 뭐라 변명할 여지도 없다.

"알겠어요. 아무리 다정해도 가끔 생기는 부부갈등이라 생각해주세요."

어느새 하진의 목소리는 사정조로 변했다.

"알겠소. 점심시간에 잠깐 나와 보시요. 아무래도 그냥 넘어 가선 안 되겠소."

"네."

수화기를 내려놓는 하진은 호, 하고 길게 한숨을 내쉬었다. 한참 멍하니 벽을 바라보고 있자니 눈에 다시 눈물이 그렁해졌다. 희고 갸름한 얼굴에 비낀 수심을 누가 알아줄 걸 바라는 사람처럼, 벽에 걸린 시계는 빨리 준비하라는 듯 재깍재깍 초침소리를 높인다.

안방에 들어와 옷을 갈아입으려 옷장 문을 열던 하진은 문득 떠오르는 생각에 그만 주춤했다. 혹 남편이 나의 과거를 알게 된 것일까? 심장이 방방이질 쳤다. 당장 가슴 밖으로 튀어나올 것만 같아 하진은 얼른 양손으로 가슴을 움켜잡았다. 아니, 아니야. 그이가 어떻게 그 사실을? 모를 거야. 그럴 수 없어. 그건 무덤 속까지 혼자 가지고 갈 비밀인데….

피 나도록 입술을 옥물었지만 불안은 여전했다. 무슨 정신에 옷을 갈아입었는지도 몰랐다. 나가려고 출입문을 여는 순간 전보요, 하며 우편배달원이 다가와 전보용지를 내밀었다.

"저녁 열차로 시골의 친정어머니가 올라오신답니다."
"수고하셨어요."

하진에겐 배달원의 말이 먼 산울림처럼 들렸다. 엄마는 하필 오늘 같은 때에…. 어떻게 6층 계단을 걸어내려 왔는지도 몰랐다.

버스가 왔지만 하진은 넋이 빠진 사람처럼 내쳐 걷기만 했다. 멍한 표정으로 비틀거리며 걷는 모습을 길 가던 사람들이 의아하게 쳐다본다. 하진의 풀어진 눈은 먼 하늘에만 꽂혔다.

2

정오에 혁철은 호위국 내 지프를 몰고 순안비행장으로 나갔다. 아프리카 장기 출장에서 돌아오는 아버지를 마중하기 위해서였다. 아버지 오민규는 중앙당 국제부에서 일한다. 부서에서 마중 나와야 마땅했지만 나올 사람이 없는지 아들인 혁철에게 전화했다. 혁철은 오히려 다행스럽게 생각했다.

"여기야. 여기."

출구를 빠져나오며 아들을 본 오민규가 반갑게 소리친다. 혁철은 석 달 만에 보는 아버지가 반가워 한달음에 달려갔다. 지프에 앉은 부자는 이런저런 얘기를 나누며 공항 구내를 벗어났다. 수도라 하지만 도로상엔 배낭을 진 사람들과 짐을 실은 리어카를 끄는 사람들로 북적거렸다. 식량 미공급으로 인해 먹을 것을 구하러 다니는 초췌한 모습들을 보면서도 오민규는 오랜만에 보는 모국이라서 그런지 감회에 젖은 느긋한 모습이었다. 가난한 모국이라 해도 먼 열대 대륙에 가 있으려니 그래도 그리운 건 조국이었다고 말하며 오민규는 껄껄 웃었다.

"무슨 기분 상하는 일이 있느냐?"

침울한 표정으로 아무 반응이 없는 아들을 오민규가 의아하게 쳐다본다.

"아, 아닙니다. 그냥 좀….."

"음… 어떠냐?"

조금 간격을 두고 오민규가 또 물었다.

"뭘요?"

"너의 결혼생활 말이다. 무난하냐?"

"아, 네. 무슨 문제될 게 있겠어요."

혁철은 얼결에 대답했다.

"다행이군."

"무슨 말씀입니까?"

"그냥 나 혼자 소리다. 넌 원래 자랄 때부터 유별난 아이였어. 엔간해선 굽어들 줄 모르고 옳다 하면 벽도 문이라고 내밀었지 않느냐 생각 안 나냐?"

"아버지도 참… 무턱대고 그런 건 아니지 않습니까?"

"허허허 하기야 이젠 나이가 얼만데. 혼기를 놓쳐 노총각 소리를 듣다가 꽃 같은 아내를 맞았으면 남부럽지 않게 잘 살아야지. 인생이란 별 거 아니다. 허물이 있대도 품어 안고 미우나 고우나 내 사람이다 하고 생각하면 부딪치는 일이 없이 저 대동강 물처럼 아주 유순하게 흐르게 되지. 안 그러냐?"

혁철은 저도 모르게 차를 세웠다. 뭔가 가슴을 치는 것이 있는 것 같았다.

"무슨 말씀입니까 그게?"

"아, 아니다. 네 인상을 보니 무슨 일이 있는 것 같아서…. 공연한 걱정인 것 같구나. 그러고 보면 나도 이젠 늙었나보다. 어서 가자."

차는 다시 출발했지만, 혁철은 개운치 않은 표정으로 이따금 아버지를 쳐다보았다.

"참 오랜만에 강을 보니 감회가 새롭구나. 언제 보아도 대동강은 참 아름다워."

차는 벌써 대동강 기슭을 달리고 있었다. 혁철은 어색한 어조로 말끝을 돌리는 것 같은 아버지의 말에 머리를 기웃하며 차에 속도를 가했다.

그 시각에 하진은 다시 집으로 가는 대동강 강안길을 걷고 있었다. 터벅터벅 걷는 걸음은 누가 봐도 위태로웠다.

그 사람은 딸 나이인 하진의 부탁을 뒤울안에 틀어박힌 개가 뀐 방귀소리보다도 하찮게 여겼다. 하긴 누굴 탓할 것도 없다. 평소 그 사람을 늘 우러러봤고 감히 범접 못할 어른으로 존경했기에 한 가닥 희망을 안고 한 번의 기회는 달라고 사정했지만, 그 사람은 막무가내였다.

애초 남편이 아내의 지나온 과거를 아는 것 같다는 얘기를 한 것이 잘못되었다. 잘못돼도 한참 잘못되었다. 그런 말을 왜 했담. 그 사람이 이런 일을 주관하는 사람이고 또 구체적 내용을 다 알고 있기 때문에 말한 것뿐인데, 조금은 이해해줄 줄 알았다. 분명 잘 수습하라고 시간 여유를 줄 줄 알았다. 남편이 눈치를 챈 것 같다는 것. 그래서 고민하던 끝에 울화가 터져 나를 지난밤에 내쫓다시피 한 것 같다는 얘기를 듣는 순간 그 사람은 벌떡 자리에서 일어나 책상 위에 놓인 수화기부터 집어 들었다. 사실 어젯밤 일도 이 사람이 감시자를 통해 다 알고 있기 때문에 털어놓을 수밖에 없었다.

상황이 돌변하자 하진은 본능적인 충동에 화닥닥 일어나 수화기를 들고 전화기를 눌렀다.

"왜 이럽니까?"

"그거 놔."

그 사람이 빽 소리쳤다.

"안 돼요. 누굴 죽이려고 이러시는 거예요?"

"뭐라? 누가 누굴 죽인다는 거야? 하진이 너 말이야. 결혼 후 이렇게 살면 결코 용서받지 못한다는 거 잘 알고 있잖아. 절대 말 안하겠다는 서약도 했고, 일이 벌어지면 누구도 그 책임에서 벗어날 수 없다는 것을 알면서 그따위로 살아? 대체 정신이 있는 거야? 아, 됐고. 어쩔 수 없어. 네 남편을 불러다 직접 서약을 받을 수밖에. 그래도 수용 못한다면 대책을 세워야지 안 그래? 너희들은 정말 철부지야. 왜 이래? 살기 싫어?"

"이러지 말아요. 제발요. 그이는 너무 순진한 사람이에요. 이 사실을 알면 절대 감당하지 못합니다. 조금만 더 기다려줘요. 네? 혹 아닐 수도 있으니까요. 다른 일 때문인지도 모르죠."

"아니라고? 만약 네 남편이 눈치 챈 게 사실이고, 그래서 네 남편이 결김에 어데 가서 횡설수설이라도 한다면 우린 다 죽어. 알아? 어서 비켜."

"그러지 말아요. 어떻게 하든 내가 설복해 볼게요. 예?"

그 사람을 쳐다보는 하진의 눈에 눈물이 가득 찼다. 이내 눈물이 주르르 빗물처럼 떨어졌다.

"근데 넌 왜 이리 집착하는 거야? 그 자식만 잡아넣으면 넌 아무 일도 없어. 더 멋진 놈한테 재가할 수도 있고. 네 인물에 왜? 사내가 없을까 걱정이 돼?"

"그래요 걱정돼요. 걱정돼 죽겠어요."

"뭐, 뭐야? 그걸 말이라고 해? 정신 차려, 이것아."

"난, 난 그 사람을 사랑해요. 사랑한단 말예요. 내 몸처럼, 내 심장처럼 사, 사랑한단…."

하진은 더 이상 말을 잇지 못했다. 충격을 받아서인지 정신이 희미해졌다. 핑, 도는 현기증에 하진은 잡았던 전화기에서 손을 떼며 비칠거렸다.

그녀는 혼미해지는 정신 속에서도 혁철을 데려오라는 명령 비슷한 목소리를 어렴풋이 들었다. 안 돼요, 그것만은. 그 사람이 무슨 죄가 있단 말예요. 그 사실을 그 사람이 알면 안 된단 말예요. 안 돼요. 폭발 직전의 울분이 목구멍을 메웠지만, 이미 기력을 빼앗긴 하진에게서는 아무 말도 나가지 못했다.

3

비틀비틀 걷는 하진의 옆으로 지프차가 멎어섰다. 그녀를 먼저 발견한 건 오진규였다. 그 순간 혁철은 깜짝 놀랐다. 정신줄을 놓은 것 같은 하진을 보며 오진규는 아들의 눈치를 먼저 살폈다. 그럴 만한 일이 있었다. 혁철은 아버지 앞에서 언제 한 번 속마음을 드러내 본 적이 없었다. 그만큼 진중했다. 그런데 방금 전 공항을 출발하며 오진규는 아들의 얼굴에 비낀 깊은 수심을 알아보았다. 그건 아들을 관심하는 아버지라야만 가질 수 있는 미세한 감각이었다. 아니, 아들이 알면 안 되는 깊은 비밀을 간직한 아버지만이 느낄 수 있는 감각이라 해야 맞을 것이었다. 그 비밀은 아버지로서는 차마 수용할 수 없는 참으로 비열하고 수치스러운 것이었다.

6개월 전. 오진규는 중앙당 5과에 있는 윤일범의 집에서 술잔을 기울인 일이 있었다. 친구였지만, 마주 앉아 술 한 잔 기울이기도 바쁜 것이 그들의 일상이었다. 그날은 어쩌다 일찍 퇴근해 둘은 오랜만에 두리반을 가운데 놓고 허리띠를 풀었다.

술 몇 잔이 돌자 문득 윤일범이 지나가는 말처럼 물었다.

"자네 혹 대동강 악단에 있는 현하진이라는 여자애를 아나?"

"이 사람 한가한 소릴 하는구먼. 내가 춤추고 노래 따위나 부르는 여자애를 어떻게 알아."

"그렇긴 하지. 한데 자네가 관심 없는 건 알지만 이젠 알아야 될 거야. 암 알아야 되고 말고…."

벌써 혀 까부라진 소리를 하는 건가? 지금껏 윤일범과 지내오면서 처음 보는 풀어진 모습이었다.

"글쎄 담당자인 자넨 쉽게 알 수 있겠지만, 난 국제부야. 그리고 대동강 악단이라면 그저 그렇고 그런 애들인데 내가 왜 그런 애를 알아야 하나? 이것 봐. 쓸데없는 소리 말고 술이나 들게. 자네 나이가 들더니 점점 애가 되나 보지?"

"오진규, 말조심해. 그저 그렇고 그런 애들이라니. 몸과 마음 다 바쳐 윗분께 기쁨과 만족을 드리는 애들인데, 자네 무슨 말을 그렇게 하나, 엉?"

"아, 됐어. 주정이나 부리자고 날 불렀나? 나 그럼 갈까?"

"아니, 아니야. 가다니 아직 멀었어. 간에 기별도 안 갔는데."

둘은 연속 술잔을 부딪쳤다.

"알아야 돼. 그리고 받아들여야 해. 알겠나?"

진규가 부은 잔을 단숨에 마시고 난 윤일범이 또 개탄하듯 말했다.

"지금 뭐라고 했나? 받아들이다니, 그게 무슨 소린가?"

"이제부터 내 말 똑똑히 듣게. 현하진이란 애가 이젠 나이가 차서 악단에 더 못 있게 됐거든. 자네도 알지만 그런 애들을 그냥 내보내게 되면 지금껏 있었던 윗분들과의 은밀한 관계가 바깥세상에 알려질 조건이 생기잖나. 결국 입단속이 가능한 중앙당 내부자제에게 시집을 보내야 하는데, 그 하진이란 애가 결국 자네 며느리로 선정됐단 말이야. 아니, 며느리감이라 해야 하나? 아니지. 무조건 받아야 하니까 며느리지."

"뭐? 그게 정말인가?"

"정말 아니면, 내가 왜 더운 밥 먹고 식은 소릴 해."

"이봐 자네 정말 취했나? 취중의 소리지?"

"그래. 취중 개소리다. 왜? 야 인마, 넌 취중진담도 몰라?"

윤일범도 친구에게 이런 더러운 소식이나 전하는 게 화가 난 모양이었다. 오진규는 번쩍 머리를 들었다. 얼큰하게 마셨던 술기운이 단박에 빠져나갔다. 이게 무슨 일인가. 아찔한 벼랑으로 추락하는 꼴이었다. 오진규도 중앙당 5과가 하는 일에 대해 다는 모르지만 이것 하나만은 알고 있었다. 수도나 지방에서 인물이 잘빠진 여자애들을 모아

들여 악단 같은 데서 근무시킨다. 윗분을 위시한 측근들의 파티에 내보내 나체춤을 추게 하거나 노래를 부르게 하고 수청까지 들게 한다. 나이가 들면 중앙당 간부들의 자제 위주로 중매결혼을 시킨다. 만약 이를 거절하거나 이런 사실을 누설이라도 한다면 그건 목숨으로 대가를 치러야 했다. 대신 그들의 결혼 이후 생활은 당에서 철저히 관리하고 특별한 우대 공급으로 부족한 것이 없이 해준다. 하지만 이건 어느 누구든 사람의 자존심을 갖고서는 반갑게 받아들일 수 있는 일이 아니었다. 현하진은 그렇게 되어 오진규의 며느리가 된 여자였다. 어쩔 수 없이 받아들였다고 해도 절대 거짓이 아니었다.

오진규는 그 일이 왜 번개 치듯 지금 이 순간에 떠오르는지 그게 더 불안했다. 그는 아들의 눈치를 살피며 얼른 차문을 열고 나가 하진을 불렀다.

"애야."

몸을 가누기도 힘들었던 하진은 시아버지를 보는 순간 너무 놀라 그만 바닥에 풀썩 주저앉았다. 이어 승용차 한 대가 살같이 달려오더니 그들 앞에 멈춰 섰다.

"호위국 오혁철 대위 맞습니까?"

승용차에서 내린 사내 둘이 운전석에서 내리는 혁철에

게 다가서며 물었다.

"네, 그런데요?"

"우리와 함께 가주어야겠소."

사내의 말에는 어기면 용서치 않는다는 위협이 가득했다.

"무슨 일인데요?"

"중앙당에 들어가 보면 알게 되겠지요. 어서 타시요."

승용차가 떠나자 오진규는 망연자실했다. 바닥에 주저앉아 남편이 끌려가는 것을 보면서도 한 마디 항변조차 할 수 없는 자기 처지가 기막힌 듯 하진 역시 애꿎은 눈물만 쏟고 있었다. 아니 이제는 모든 것이 끝났다는 절망감에 자포자기 상태에 빠진 것 같았다.

오진규는 뭔가 묻고 싶었지만, 묻지 않아도 훤히 아는 일이라 멍하니 쳐다만 보다가 이내 정신을 차리고 며느리를 부축해 차에 태웠다.

집에다 하진을 눕힌 오진규는 정신없이 차를 몰았다. 청사에 닿자 급한 걸음으로 노크도 없이 윤일범의 사무실에 뛰어들었다.

"어? 자네 언제 왔나."

"지금 오는 길이야. 한데 대체 어떻게 된 일인가?"

"아들 일 말인가? 그러게 말일세. 자네가 없는 사이 문제가 생겼네."

"우리 혁철이가 하진의 과거를 알았다는 것인가?"

"그래. 그러지 않고서야. 조사를 하면 알게 되겠지만, 자네 마침 잘 귀국했네. 아들을 잘 설복해 보게. 우리 모두 무사하려면 이건 감당할 수밖에 없는 일이 아닌가?"

윤일범의 눈에는 간절함까지 어렸다. 오진규는 허탈에 빠져 그가 권하는 의자에 힘없이 주저앉았다. 입에서는 뼈를 긁는 신음이 흘렀다.

"아! 아!"

마침내 오진규가 머리를 감싸 쥔다.

"이보게 일범이. 그런 일을 갖고 어찌 아비가 아들을 설복한단 말인가, 엉? 족제비도 낯짝이 있어. 이 애비가 처음부터 추한 내막을 알면서도 비밀로 했다는 걸 알게 되면 혁철이 그 앤 날 용서하지 않을 거네."

"알아 안다구. 하지만 어쩔 수 없지 않나. 결혼한 이상 같이 살지 않으면 능지처참을 당한다는 걸 몰라서 그러나? 이보게. 그까짓 모른 척 묻어두고 사는 게 죽는 것보다 더 힘들다는 것인가? 혁철이가 위의 뜻대로 다라주지 않으면 본인들뿐이 아닌 우리도 다 죽어. 윗분의 의신을 추락시킨

대역죄로 참수를 당한다는 말일세."

"됐어. 그만하라고. 그걸 누가 모르나? 알기 때문에 애비 된 자가 아들에게까지 몹쓸 짓을 한 것이 아닌가?"

오진규는 괴로워 마냥 머리만 쥐어뜯었다.

노크소리가 들렸다. 들어오라는 윤일범의 대답에 젊은 사나이가 들어섰다. 아까 강변에서 혁철을 데려가던 그 사내였다.

"아무 말도 안 하며 계속 과장동지만 만나게 해 달라고 합니다. 어떻게 할까요?"

"들여보내게."

"알았습니다."

"진규, 이 사람아. 곧 아들이 들어오네. 진정하라구. 어떻게든 설복시켜야지."

오진규는 머리를 들고 주머니를 뒤졌다. 혁철이가 들어섰다. 소파에 앉아 침울한 기색으로 담배를 피워 무는 아버지를 보고 혁철이가 흠칫 놀란다. 오진규는 차마 아들의 눈길을 마주볼 수 없었다. 머릿속에 벌레가 들어앉은 듯 웅 웅 소리만 요란할 뿐 들어선 젊은이가 아들이 아닌 낯선 사람 같았다.

"한 마디만 묻겠어. 혁철인 하진이에 대해 대체 무엇을 알고 있나? 자네 아버지도 지금 걱정하고 있질 않나? 어서 말해 봐."

오진규의 귀에는 아들을 향해 던지는 윤일범의 말이 하늘에서 울리는 우레처럼 들렸다. 이제 아들의 입에서 어떤 말이 나오는가에 따라 운명이 결정될 것이었다. 벼락일까? 아니면 지나가는 열차의 기적에 불과할까? 뚜벅뚜벅 구둣발 소리가 가까워졌다. 윤일범의 묻는 말에는 아랑곳없이 아들은 아비인 자신에게 곧장 다가오고 있었다. 대체 왜? 이 아비에게 무엇을 물으려고? 오진규는 아들이 이미 모든 걸 알고 있다고 생각했다. 무슨 일에서나 경솔한 행동을 보이는 아들이 아니었다. 쉽게 심중을 드러낼 정도로 가볍지도 않았다. 지프 안에서 얼결에 던진 아비의 말에 의문을 가질 만큼 예민해졌다면 아들은 벌써 모든 걸 알고 지금껏 심각한 번민에 쌓여 있었을 것이다. 이제 올 것은 분명히 왔다. 그럼에도 부디 이 장소에서까지 아들이 몰랐으면 하는 바람은 대체 무엇일까? 체면일까? 아님 아들 앞에서 마지막까지 아비의 추악함을 보이고 싶지 않아서일까?

마침내 뇌성이 울렸다. 마지막까지 제발 하지 말았으면 했던 말이 드디어 아들의 입에서 터졌다.

"아버지도 이 일을 알고 계셨어요? 아시면서 이 결혼을 내게 권유했던 겁니까? 예? 대답해 보세요."

오진규는 가슴이 오그라들었다. 치욕이 던져주는 엄청난 무게를 감당할 힘이 이제 더는 오진규에게 남아있지 않았다. 아들은 아버지와 달랐다. 목에 칼이 들어와도 할 말은 하고야 직성이 풀리는 열혈청년이다. 그래서 오진규의 육신이 더더욱 오그라드는 것일까? 아니었다. 올바른 것만 가르치고 큰 사람이 되라 품에 안고 애지중지 키운 아들에게 아비로서 양보하지 말아야 할 치욕스러운 일을 스스로 강요한 죄. 그건 이제 와서 무엇으로서도 보상할 수 없는 것이었다. 아니, 이건 보상 문제만이 아니었다. 보상한다 해도 수치와 절망으로 하여 육신은 갈기갈기 찢겨질 것이었다. 이게 왜 일이 번진 지금에 와서야 사무치게 안겨드는 것일까? 오진규는 허탈했다. 그는 담배불을 끄고 자리에서 천천히 일어났다. 그리고는 초점 없는 우멍한 눈을 치켜들었다.

"그래, 알고 있었다. 알면서도 네게 같이 살라고 권했다. 언젠가는 말해 주리라 생각하면서 말이다. 됐냐? 이제 됐어?"

"그게 아버지란 분이 아들에게 할 짓입니까? 더러운 창녀인 줄 알면서 어찌 며느리로 받아들일 수 있단 말입니까? 왜요? 죽을까 겁이 나서 그랬어요? 아들의 존엄까지 팔아먹으면서 그리도 살고 싶었습니까?"

추상 같은 외침에 오진규의 주먹이 부들부들 떨렸다.

"뭐라? 창녀? 존엄? 이놈의 자식!"

오진규의 주먹이 드디어 이성을 잃고 아들의 뺨을 후려 갈겼다.

"그래. 이놈아, 난 살고 싶었다. 네 놈의 존엄이라는 게 대체 뭐냐? 애비까지 죽이면서 지켜야 할 존엄이 대체 뭐냐 말이다. 말해봐라 이 자식아!"

오진규의 볼로 줄기를 이룬 눈물이 흘러내렸다. 두 주먹을 쥐고 온몸을 부르르 떨며 불을 뿜듯 오진규를 쏘아보던 혁철의 눈이 마침내 힘없이 아래로 떨어졌다.

"으흐흐… 아부지이이…."

혁철의 두 다리가 꺾였다. 바닥에 꿇어앉아 어깨를 떠는 그의 눈에서도 굵디굵은 눈물이 뚝뚝 떨어져 내렸다. 오진규도 아들 앞에 꿇어앉았다. 떨고 있는 아들의 어깨에 후들거리는 손을 올려놓았다. 행동은 그랬지만 터져 나오는 오진규의 말은 준엄했다.

"이놈아 네가 아비한테 존엄을 들먹이느냐? 존엄? 이봐 일범이, 우리에게 언제 존엄이 있었던가? 젊은 네 가슴엔 그 존엄이라는 것이 얼마만 한 자리를 차지하고 있는지 모르지만 이 아비는 말이다. 60평생 모든 걸 다 버리고 살았다. 버리지 않으면 어쩔 건데, 엉? 하라면 하라는 대로 시키면 시키는 대로 그리 살아야만 살 수 있었던 것이 우리네 삶이었어. 이놈아, 그걸 바꿀 힘이 없다면 주제넘게 존엄 따위를 운운하지 마라. 그게 더 역하니까. 우리에게 남은 것이란 또 할 수 있는 것이란 너나없이 피해 받은 생명들을 서로 품어주고 안을 수 있으면 안아주는 것으로 세상을 살 수밖에 없었다는 것이다. 난 그렇게 지금껏 세상을 살았다. 가슴에 끓는 피가 분노에 역류하더라도 인간으로 태어나 똑같은 다른 인간을 비하하는 것만큼 어리석은 일은 없지 않느냐 이놈아. 하진이 그 애는 너를 사랑하고 있어. 너 또한 하진을 무척 아꼈고, 난 결혼 후 석 달 동안 너희들의 삶을 들여다보며 그걸 진하게 느낄 수 있었다. 존엄을 잃어버린 너나 내가 피해 받은 한 여자의 애끓는 사랑마저 품어줄 수 없다면 대체 우린 무엇으로 세상을 버틸 수 있다는 것이냐? 엉? 네가 부르짖는 그 존엄이라는 것이 대체 어디에 바탕을 둔 것이더란 말이냐? 어디 대답해 봐 이놈아."

"그만해요. 그만해. 으흐흐…."

혁철의 두 주먹이 바닥을 내리친다. 부르쥔 주먹에서 핏

방울이 튀어 오진규의 얼굴에 튀었다.

"아버지 내 입만 다물면 된다면 그렇게 할 게요. 그게 아버지가 바라는 것이라면 말입니다."

혁철은 뚝뚝 떨어지는 눈물을 피 흐르는 주먹으로 훔치며 밖으로 뛰쳐나갔다. 아무도 그를 제지하는 사람은 없었다. 그렇다고 잡아오라고 말하는 사람도 없었다.

윤일범이 안도의 숨을 길게 내쉬며 다가와 오진규의 손을 잡았다. 그의 눈에도 그렁그렁 눈물이 고였다.

"미안하네, 미안해. 어서 일어서라구. 혁철이도 이젠 알아들은 것 같은데 정말 다행이네. 자네 말을 듣고 보니 나 역시 젊은 애들 생활에 너무 많이 간섭한 것 같네. 매일이다시피 전화하고, 이상한 조짐이 보이면 부르고 감시하고. 이까짓 늙은 목숨이 뭐라고. 내 진정으로 용서를 빌겠네. 정말 미안하네."

"아닐세. 소리친 내가 미안하네. 자네도 어쩔 수 없었겠지. 이제 쟤들 일로 더 이상 자넬 괴롭히지 않을 테니 안심하게. 혁철이 그 앤 하진일 사랑하네. 사랑하기 때문에 더 괴로운 것 아니겠나. 그런 아픔을 만드는 이 시대가 원망스러울 뿐이네. 가겠네."

오진규는 또 다시 솟아오르는 눈물을 애써 참으며 윤일

범의 어깨를 두드려 주고는 사무실을 나왔다.

4

 하진은 석양빛에 물든 대동강물을 물끄러미 바라보고 섰다. 지금껏 부둥켜 잡고 버텨오던 모든 끈이 속절없이 끊어져 이제 자신은 허공에서 아찔한 계곡으로 추락하는 기분이었다. 오히려 편했다. 미련이란 대체 뭐였던지. 사람은 희망을 안고 살아야 한다지만 그녀에게 있어 그 희망은 사라진 지 이미 오래였다.

 열여섯 살에 평양으로 올라올 때까지만 해도 세상만물이 모두 자기를 위해 생겨난 것만 같았다. 잘 꾸려진 숙소와 분에 넘친 대접에 가슴 설레었고, 화려한 앞날을 예약하며 정해진 일과에 열중할 때까지만 해도 하진은 희망에 들떠 가슴을 들먹였다.

 하지만 오래가진 못했다. 지도자를 대동한 연회무대에 나서 나체춤을 추고 수청의 밤이 반복될수록 가슴에 간직했던 앞날에 대한 희망이 순식간에 사라짐을 억울하지만 받아들여야 했다. 사는 모든 것이 무의미했다. 삶은 변함없이 반복되어 흘러갔지만, 희망에 부풀어 있을 때와는 무언가 많이 달랐다. 무엇을 잃고 무엇이 남는지…. 사는 것이 의미 없다고 스스로 인정할 만큼 그냥 허탈했고 또 공허했다. 하지만 싫은 삶이어도 계속해야만 했다.

평양에 뽑혀 올라온 덕에 의식주 걱정을 모르고 살게 됐지만, 두고 온 홀어머니와 어린 동생들은 굶주림에 공부도 못했다. 병든 몸을 이끌고 어머니는 식구들을 위해 무거운 배낭을 지고 고달픈 행상을 다녀야만 했다. 어머니와 동생들을 위해 맏딸 노릇을 그런대로 할 수 있다는 것이 어쩌면 하진이 살아가는 이유였는지도 몰랐다.

나이가 차 상부에서 주선해 준 오혁철이란 군관과 결혼을 했을 때 그리고 결혼생활 한 달이 지났을 때 하진은 가슴 한 쪽 구석에 새로운 희망이 조용히 자리 잡고 있다는 사실을 알았다. 아마도 그것은 그녀가 너무 일찍 잃어버렸던 사랑 때문이었을 것이다. 사랑과 희망은 절대 별개의 것이 아니었다. 짓밟힌 여자의 몸으로 이성에 관해 다시 사랑을 느끼고 이성이 주는 사랑을 스스럼없이 받아들일 수 있었다는 것은 하진에게 있어 다시 소생할 수 있었던 희망이었고 미래였다. 하지만 그것 역시 오래가지 못했다. 비로소 하진은 수치스러움으로 얼룩진 자기 같은 여자가 어디 가든, 무엇을 하든 떳떳하게 하늘을 바라볼 수 없음을 통감하지 않을 수 없었다.

지금 서 있는 여기 대동강반은 결혼 후 혁철과 나란히 걸으며 순정으로 부푼 가슴을 들먹였던 곳이었다. 석양이 비낀 강은 신비할 정도로 아름다웠다. 그녀는 강물과 물속에 비낀 휘늘어진 수양버들을 젖은 눈으로 바라보았다. 여인이 길게 늘인 머리채처럼 물에 비껴 흐느적이는 버들가지며 불어오는 바람에 떠는 무수한 잎이며 그리고 푸른 강과의 이별이 아쉬워 물이랑에 얹혀 출렁이는 석양마저 그녀를 서글프게 바라보고 있었다.

하진은 흑, 흐느끼며 신었던 신을 기슭에 벗어놓고 한 발 두 발 강으로 들어섰다.

집에 들어온 혁철을 반갑게 맞아준 것은 방금 도착한 장모 순임이었다. 침울한 기분에서 벗어날 수 없었던 혁철은 순임을 보는 순간 와락 달려와 얼굴을 묻었다.

"어머님"

무던히도 따르던 장모였다. 일찍 어머니를 여읜 혁철은 결혼 후 순임을 어머니처럼 대했다. 하지만 지금은 반가움이 아닌 가슴에 들어찬 울분과 서러움이 한데 어울려 순임의 품에 저도 모르게 뛰어들었다. 혁철의 어깨를 다독여주며 순임은 의아해했다.

"에그, 우리 사위가 언제 어린애 때를 벗지? 무슨 일이 있는 건 아니지?"

"아닙니다. 무슨 일이 있겠습니까? 건강한 모습을 뵈니 나도 모르게… 너무 좋아서…."

"어서 옷 갈아입고 나오게. 한데 이 애는 어디 갔지? 퇴근한 남편에게 저녁 차려 줄 생각은 않고. 참 젊은 것들이란…."

"근데 어떻게 올라오셨습니까? 갑자기."

"하진이 그 애가 임신을 했다기에 시간을 좀 냈네. 보고 싶기도 하구."

"예? 하진이가 임신을 했어요?"

"왜 몰랐나? 하긴 덜퉁한 사내들이 안사람 사정을 어찌 알꼬."

순임은 혀를 차며 손수 부엌에 들어갔다. 혁철은 얼른 안방으로 들어왔다. 문을 닫자마자 침대에 엎드려 쾅쾅 주먹을 내려쳤다. 눈에서는 또 다시 눈물이 흘러내렸다. 침대 머리 탁자에 놓인 결혼식 날 찍은 혼례사진이 머리를 드는 혁철을 물끄러미 내려다보고 있었다. 자신은 웃고 있었지만 하진은 침울한 표정이다. 왜 그랬는지 그 당시엔 의아했지만 이제는 이해할 수 있었다. 가슴이 모자라도록 들어찬 깊은 상처를 안은 여인이 모든 사연을 묻어두고 결혼한다고 하여 웃을 수는 없었을 것이다. 비로소 혁철은 하진이가 왜 집에 없는지 문득 돌이켜졌다.

군복을 벗으려던 그는 불길한 예감에 다시 두루 방안을 살폈다. 탁자 위에 볼펜과 흰 종이가 놓여 있었다.

여보, 마지막으로 여보라고 불러도 괜찮죠? 미안해요. 정말 미안해요. 어지러운 몸이지만, 당신과 만나는 순간 난 당신 품을 내 모든 것을 심을 풍요한 터전으로 생각했어요.

늘 조마조마했습니다. 당신이 내 과거를 알게 될까봐서요. 당신이 알게 될 그때의 내 모습은 과연 어떨까요? 너무 무서웠습니다. 생각하기도 싫은 악몽의 나날이었습니다.

돌이켜 보면 내게 지난 결혼생활 6개월은 살얼음을 딛고 사는 아슬아슬한 날들이었습니다. 그랬지만 행복했어요. 가슴에 앉은 앙금보다는 당신이라는 지주가 있어 이제 내게도 구속이 없는 새 삶이 시작됐다는 그 한가지 생각에 전 너무너무 행복했습니다. 그런데 그걸 누가 깨뜨려버릴까봐, 그렇게만 되면 난 영원히 솟아오를 수 없는 나락으로 다시 빠져버리게 될 것 같아 본의 아니게 당신을 속이고 지금껏 살았어요. 그것이 아낌없이 내게 사랑을 쏟는 당신에 대한 최대의 모욕임을 알면서도 다시 희망을 찾은 내 삶이 풍비박산 날까봐 무서워서 그랬습니다. 하지만 그렇게 생각한 제가 너무 어리석었음을 이제 와서야 사무치게 깨달았습니다. 정말 죄송합니다.

 이제 무슨 낯으로 내가 당신 얼굴을 볼 수 있겠어요? 무슨 명목으로 당신의 뜨거운 사랑을 받아들일 수 있겠어요? 지나온 생이 저주스럽습니다. 그렇게밖에 살 수 없었던 내 삶이 누구의 강요에 의해 그리되었다고 변명하는 건 아닙니다. 어쩌면 그것이 이 나라에 사는 우리 여인들이 눈물을 머금고 받아들여야만 했던 운명이 아니었나 하는 말을 감히 드려봅니다.

 여보, 이제 저는 당신 곁을 떠나렵니다. 당신의 순결한 사랑에 먹칠을 하지 않기 위해서도, 먼 훗날 태어날 자식들에게 엄마의 가슴에 얼룩진 치욕의 먹물을 묻혀주지 않기 위해서도 저는 떠나야만 하겠지요. 순결한 당신의 가슴에까지 상처를 남기고 가는 이 몸을 너그럽게 용서해주세요. 양심 앞에 마지막으로나마 떳떳해지고 싶은 이 마음을 감히 당신께 바칩니다. 미안해요. 부디 행복하세요.

　　　　-당신을 평생 사랑하고 싶었던 여인으로부터

　눈물이 떨어져 얼룩진 종이가 혁철의 손에서 힘없이 떨어져 내렸다. 방에 들어와 종이를 집어 드는 순임의 의아한 얼굴을 차마 마주보지 못한 채 혁철은 정신없이 밖으로 뛰쳐나왔다.
　곧바로 대동강가로 나왔다. 어젯밤 찬 이슬을 맞으며 하진을 살펴보던 기슭이었다. 해가 져 어두워지는 강물 위로 짙은 안개가 밀려들기 시작했다.
　강으로 내려서는 낯익은 기슭에서 혁철은 하진의 신발을 보았다. 그걸 집어든 혁철은 목메어 소리쳤다.
　"여보… 하진아…."
　웅근 메아리가 되돌아왔다. 그것뿐, 안개에 휩싸인 강변은 아무 반응이 없었다. 한없이 조용했다.
　"으흐흐흑…."
　혁철의 비통한 울음소리가 오래도록 강변을 울렸다.
　조금 뒤 이른 아침때처럼 사정없이 밀려든 회색안개가 강변은 물론 온 도시까지 말끔히 덮어버렸다.

인간향기

1

한여름, 나는 김문성 씨와 함께 한강변의 서울숲 전망대에 올랐다. 후덥지근한 바람이 부는 강을 내려다보니 감회가 새로웠다. 십여 년 전 한국에 입국해 처음 바라보며 느꼈던 한강의 장쾌함이 다시 살아 내 육신에 휘감겼다. 허락만 된다면 한 번 목청을 다해 길게 소리쳐 보고도 싶었다. 빈곤을 털어내고 세계경제대국으로 부상한 한국근대사의 유례없는 기적을 세인들은 한강의 기적이라 말한다.

돌아보면 장구한 한민족사에 이처럼 국가 부상의 대명사로 작은 한강이 거론된 적은 없었다. 가슴이 벅차올랐다.

아마도 그건 내가 탈북자의 한 사람으로 장한 현대의 한국인들 속에 나란히 끼어있다는 내 스스로의 자부심 때문이었을 것이다. 이 땅의 폐허를 일구는데 벽돌 한 장 쌓아본 적 없는 몸이지만 한강의 장쾌함은 이렇게 마주할 때마다 차별 없이 찾아들곤 했다.

숨 한 번 길게 토하고 나서 나는 옆에 서 있는 김문성 씨를 돌아보았다. 오늘 나의 취재대상이다. 이제 한국에 입국한 지 삼 년 차, 지금 그의 눈엔 깊은 애수가 어려 있다. 나와는 정반대의 모습이지만 이해는 된다. 간난신고 끝에 한국에 입국한 탈북인들에게서 흔히 찾아볼 수 있는 표정이었다.

푸른 물엔 더위를 식히려 찾아든 시민들로 북적거렸다. 저 멀리에 더위를 피해 찾아든 피서객을 싣고 경쾌하게 달리는 유람선이 붕- 하고 긴 고동을 울린다. 발밑엔 넘어질 듯 수십 쌍의 오리 모양의 놀이배가 물결을 따라 흔들거렸다. 작은 오리배엔 거침없이 터트리는 맑은 웃음소리가 가득 찼다.

연인으로 보이는 젊은 두 사람의 장난이 조금은 도를 넘는다. 여자가 남자를 뱃전에서 아예 떨어뜨릴 심산으로 끙끙 용을 쓴다. 남자는 그게 싫지 않은 듯 그냥 여자의 허리를 붙안고 물 위에 등을 대었다 떼었다 하며 킥킥거린다.

"저런. 아, 아 저러다 강물에 떨어지면 어쩌려고…."

문성 씨의 급하면서도 근심 섞인 말이다. 나는 그의 어깨에 손을 얹으며 말했다.

"허허, 걱정 마요. 사랑놀이인데…."

"사랑놀이요? 그런 걸 난…."

문성 씨도 너부죽한 얼굴에 히죽이 웃음을 담는다.

"어때요, 보기 좋지요?"

"아, 네. 부럽습니다."

"왜요? 문성 씬 저런 사랑을 못해 봤습니까?"

내가 물었다. 그건 취재를 목적한 첫 질문이기도 했다.

"사랑이요? 난… 사랑이란 말을 함부로 입에 담을 수 있는 사람이 아닙니다."

"?"

그가 길게 한숨을 내쉰다. 진중한 표정엔 이름할 수 없는 자책과 좀처럼 지워버릴 수 없는 진한 괴로움이 어려 있었다. 낭만에 넘쳐 그냥 기분에 따라 질문을 한 내가 더 옹색할 지경이었다. 북에 두고 온 아내와 아이들에 대한 죄책감 때문인가? 하는 생각이 들자 나는 그의 심중이 충분히 이해되었다. 김문성 씨와는 오늘 두 번째 만났다. 첫 만

남 때 나는 이미 탈북 전 그의 이북에서의 생활과 탈북하게 된 경위를 들었다.

김문성은 북한인민보안성 정치대학 졸업생이다. 어깨에 별 두 알을 달고 S시 보안서 감찰과로 임명장이 떨어졌을 때 그는 세상이 마치 자신을 위해 생겨난 것만 같았다. 연인인 백영옥도 무등 기뻐하며 그를 축복해 주었다. 이후 두 사람은 날을 잡아 결혼했고 일 년 후에는 떡돌 같은 아들까지 보게 되었다. 그의 계급도 대위로 승급했다. 흐르는 물처럼 거침없던 그들의 삶에 변화가 생긴 것은 아들이 출생한 이후였다. 그건 마치 장맛비에 흐르던 골을 잃어버린 흐트러진 물길과 같은 것이었다. 불행하게도 아내가 첫 아이를 낳고 나서 탈모증에 걸려 탐스럽던 머리칼 전부를 잃어버렸다.

이어 둘째 아이까지 임신한 상태에서 아내의 발작은 어찌 보면 미친 광증 같았다.

일만 톤급 운반선인 백두산호에서 무선수로 근무했던 백영옥은 결혼 전만 해도 한 시대를 풍미할 만큼 절색의 인물을 자랑하던 여자였다고 한다.

"모든 것이 다 풍비박산이 났지요. 머리칼 한 오리 찾아

볼 수 없는 문어머리를 쥐어뜯다 못해 그게 가치 남의 탓인 듯 아내는 퇴근해 들어오는 나를 적의가 가득한 눈으로 쏘아보군 했답니다. 억장이 무너졌지요. 갓난아기는 젖 달라고 보채고 어미는 그걸 보는 척도 안 하고 져녁밥은커녕 거두지도 않은 방은 어수선하기 짝이 없었습니다. 처음엔 측은한 마음 때문에 들어서기 바쁘게 방을 거두고 밥을 짓고 안 먹겠다는 걸 억지로 떠먹여 주면서 결혼약속을 할 때의 감정에 충실하려 애썼습니다. 밤새워 안고 이제 약을 쓰면 머리칼이 새로 나올 테니 너무 상심 말라며 아기처럼 어르고 달랬지만 아내의 우울증은 갈수록 심각해졌답니다. 세월이 흐르면 좀 나아지겠지 하고 위안하며 그런대로 생활을 유지했는데 설상가상으로 국가식량공급이 본인에게만 나오고 가족 것은 자체로 해결하라는 지시가 떨어졌어요. 처음엔 그러다 이내 다시 재개되겠지 하고 생각했는데 웬걸 여섯 해가 지나도록 그냥 그 모양 그 꼴이었습니다. 정말 산다기보다 목숨을 보존하기 위한 전쟁을 치른다고 해야 할까, 다시 생각해보고 싶지도 않은 고역의 나날이었지요. 굶주림 속에 해를 넘기면서 아내도 차츰 우울증을 가시고 본래의 여인으로 돌아오기 위해 애를 썼지만 현실은 벌써 까마득히 아내의 삶에서 멀어져 있었습니다. 직업이 뭐든 시장에 나가 어떤 수단을 쓰던지 이윤을 만들어 자체로 식량을 해결해야 살아남는 세상이 됐는데 집안에만 구겨 박혀 잃어버린 용모에만 집착했던 아내로서는 정말 어디서 무엇을 해야 할지 캄캄하기만 했지요. 더구나 가발도 없이 수건으로 대충 머리를 감싸고 외출을 해야 하는 아내였습니다. 살아있어도 죽은 목숨이나 다름없었죠. 애들은 배고파 울고 입에 무얼 넣어줄 것이 없는 빈털터리의 설움은 진정 죽고 싶은 충동만 불러왔습니다. 육 년 전 아내와 결혼하며 세상을 다 가진 듯 환희와 낭만으로 웃던 때는 먼 옛날의 아득한 추억이었습니다."

그의 이야기는 내 눈앞에도 생동한 화폭을 그려주었다. 당시의 상황은 누구나 같은 형편으로 어울려 살던 주민들의 모습을 여러모로 바꿔놓았다. 먹을 것이 부족한 인간 사회는 오로지 인간만이 지녔다는 양심과 배부를 때 정해놓은 모든 규칙과 질서들을 사정없이 파괴해버렸다. 도덕성이란 건 배고픔 앞에서는 어쩌면 무맥한 겉치레에 불과한 것일 뿐, 거리엔 득실거리는 거지들과 한 끼 먹을 걸 찾아 동분서주하는 무리들로 인산인해를 이뤘다. 펀펀 걸어가다가도 갑자기 쓰러지는 사람도 있었다. 쓰러지면 다시 일어나지 못했다. 하룻밤 자고 나면 길 옆 공지에 새 무덤들이 부지기수로 생겨났다. 아들이 어머니의 집을 찾기가 두려웠고 아버지가 딸의 집에 가기를 삼갔다.

내 입이 아닌 다른 사람의 입에 내 입에 넣을 것을 양보해 줄 아량은 이미 멀리 물 건너 간 지 오랬다. 그것이 친혈육이라 해도 상관없었다. 그런 상황에서 김문성 씨의 아내는 산사람에게 도움이 되지 않는 거추장스러운 존재일 뿐이었다.

결혼 육 년이 지난 어느 날 간난신고로 버티던 김문성 씨 마음에 이상한 변화가 찾아왔다고 한다.

그로서는 어쩌면 상상도 못해 본 일이었을 것이다. 잠재되었던 본능이 오로지 가정에 충실했고 직무에 충실했던 그를 서서히 그러나 완벽하게 바꿔놓았던 것이다.

2

그건 그가 한유진이라는 여성범죄자를 취급하면서부터였다. 범죄도 보통범죄가 아니었다.

희유금속장사는 반역죄로 다스리는 중대범죄다. 황금 몇 그램도 아닌 수십 킬로그램을 국경 너머로 밀수하다가 적발된 여자였다. 적발된 것만 수십 킬로일 뿐 조사가 깊어지면 몇 백, 몇 천 킬로그램이 될지 알 수 없는 상황이었다. 나이는 아내와 비슷했지만 중범죄를 저지른 사람치고는 너무나도 연약한 여자였다.

그 여자는 등이 살짝 휜 곱사등이었다. 병색이 짙은 파리한 피부, 가는 다리, 가슴은 큰 바가지 하나를 엎어놓은 듯 흉하게 두드러졌다. 핏줄이 불거진 팔과 손은 앙상하기 그지없었다.

이목구비만은 단정했다. 정면으로 익히 마주볼 수 없으리만치 강렬한 그리고 사연 많은 눈빛을 가진 여인이었다. 취급대로라면 여자는 중형을 선고받아야 했다. 이제 판결을 받으면 장애의 몸으로 십여 년의 감옥생활이 차례질 것이지만 그것을 견뎌낼 수 있는 육체가 아니었다. 문성은 그것이 안쓰러웠다. 범죄자 앞에서 자비를 몰랐던 손이 스스로 떨리기 시작했고 곧이곧대로 조서를 내려 쓸 수가 없었다. 경우야 어찌됐든 핍박한 세월을 이기기 위해 행한 생계형 범죄일 뿐이었다. 이제 어떻게 조서를 꾸미는가에 따라 여자의 운명도 바뀐다. 두 사람의 눈이 마주쳤다. 여자의 강렬한 눈빛이 부드럽게 변해 그를 안타깝게 쳐다보고 있었다. 하많은 사연을 호소하는 그 눈빛에 문성은 가슴이 울렁거렸다.

다음날 문성은 한유진을 데리고 외진 곳에 자리 잡은 그녀의 집을 찾았다. 조서를 마감하기 전에 범죄자의 집 수색은 필수였다. 호송대원들을 일부러 밖에 세워둔 채 문성은 여자와 함께 집안에 들어섰다. 며칠째 주인 잃은 수수한 방이었지만 한유진의 외모처럼 어디라 없이 정갈했다. 자질구레한 세간을 알뜰하게 정리해 찬장에 올려놓은 거며 윤기가 도는 장판을 보는 순간 얼핏 그 방 한가운데에 어인 일인지 수건을 쓴 아내가 앉아 있는 착각에 문성은 흠칫했다.

결혼하고 아내와 오순도순 웃으며 살던 그때가 지금 보는 방 안에 그대로 재현된다. 그는 눈을 슴벅거렸다. 못 견디게 가지고 싶은 생활이었다. 반면 이제 다시 가져볼 확률은 거의 없는 생활이기도 했다.

"수색할까요?"

문성의 입에서 나간 말은 이미 범죄자에게 하는 하대가 아니었다. 한유진의 눈이 정면으로 부딪쳐왔다. 문성은 그 눈길을 쫓았다. 벽장이 놓인 뒷벽, 그 속엔 과연 무엇이 감춰져 있을까? 긴장한 듯 보였지만 한유진의 미간엔 미소가 피어있었다. 그 미소엔 티가 없었다. 어떤 게임에서 이긴 승자의 교만함도, 상대의 마음을 잡아버린 희열에서 비롯된 미소가 아니었다. 문성은 흠칫했다. 그의 심장이 갑자기 발작했다. 쿵쿵… 얼굴도 확확 달아올랐다.

"들어와."

당황한 문성은 밖에 대고 소리쳤다. 대원들은 정히 신발을 벗고 방바닥에 서있는 문성 대위를 보고 함부로 뛰어들지 못했다. 수색은 형식으로 진행됐다.

서에 돌아와 한유진을 구류장에 들여보내고 나서 문성은 오랫동안 방 안을 거닐었다. 마른 바람만 설치는 이 땅에 과연 법대로만 산다면 살아남을 사람이 몇이나 될까? 불법이 곧 생을 연장하는 길임을 삼척동자도 다 아는 현실이다. 그렇다면… 사색은 깊었지만 결론은 간단했다. 문성에게 있어 한유진은 이미 범죄자가 아니었다. 못할 것도 없었다. 불쑥, 자신감이 치밀었다. 조서를 어떻게 꾸미는가에 달렸고 어떤 보상을 누구에게 주는가에 따라 흐르던 냇물이 산으로 오를 수도 있는 현실이었다.

며칠 안 있어 한유진은 무죄로 풀려났고 문성은 정치대학 재강습을 받으러 평양에 올라가게 되었다. 은밀한 물밑거래가 있은 뒤여서 담당자는 어디든 적당히 잠적하는 것이 필요했다.

석 달 동안 문성은 집과 떨어져 평양에서 재강습을 받았다. 그 기간은 그를 본래의 그로부터 완전히 탈바꿈하게 한

시기이기도 했다. 석 달 후 다시 집으로 돌아올 때의 문성은 올라가기 전의 김문성과는 또 다른 모습이었다.

"무엇이 그렇게 달라지게 만들었습니까? 돈이었나요?"

나는 웃으며 물었다. 문성은 고개를 끄떡였다.

"돈보다 누리는 향수였겠지요. 강습으로 올라가 본 평양은 내가 육 년 전 보안성정치대학을 다닐 때와는 근본적인 차이를 갖고 있더군요. 내밀 돈이 없으면 완전히 반놈(절반짜리라는 뜻-평양속어) 취급을 받는 곳이 바로 평양이었어요. 돈도 달러나 엔, 인민폐(위안)가 아니면 돈 취급을 안 했습니다. 내화(북한화폐)를 가지고는 축에도 끼지 못할 만큼 모든 게 변해 있더군요. 참, 그 여자의 신세를 많이 졌습니다."

"필요한 걸 다 해결해주었던가요?"

"아낌이 없었습니다. 처음엔 보내주는 돈이 아까워 조금씩 정말 기회를 봐가며 썼지만 쓰는 횟수가 많을수록 뱃심도 커졌습니다. 보는 눈도 달라졌고 행동거지도 달라졌지요. 내려올 즈음엔 한때 천금 같았던 백 달러가 그냥 용돈으로만 뵈는데, 참 사람의 변화란…."

"돈은 써본 사람이라야 벌 줄도 안다는 말이 있지요. 어땠습니까? 그 여자도 몹시 기다렸을 텐데…."

문성은 대답 대신 하늘을 올려다본다. 헬기 한 대가 한강 위를 배회하고 있었다. 우르릉거리는 엔진소리가 그렇게 정다울 수가 없었다.

"피서객이 많아 혹 사고가 없나 살펴보는 헬기일 겁니다."

나는 헬기를 바라보며 아는 체를 했다.

"압니다. 참 인간사회의 구수한 모습이지요? 살펴주는 손길이 있다는 것만으로도 난 가슴이 뿌듯합니다."

"북에선 느껴볼 수 없는 현실이지요."

"선생님은 참 좋겠습니다."

"왜요? 갑자기 그게 무슨…."

"이 좋은 현실을 마음껏 쓸 수 있겠으니 말입니다. 북에 계실 때도 작가생활을 하셨다 들었습니다."

"그랬죠. 부끄럽긴 하지만… 인민을 세뇌시켜 오늘과 같은 북의 현실을 만드는데 일조한 나쁜 사람이었습니다."

"이곳에 오지 않았다면 그런 자책은 없었겠지요. 저 역시 같은 심정입니다."

문성 씨의 말이 많이 떨렸다. 어떤 예감에 나는 흠칫하며 그의 생각 깊은 얼굴을 이윽히 들여다보았다. 문성 씨가 눈을 감는다. 어쩐지 쏟아지려는 눈물을 감추려 일부러

감은 것 같았다. 그건 지울 수 없는 자책에 모대기는 그의 마음의 표현 같았다. 아니나 다를까 감은 눈귀로 축축한 것이 마침내 흘러나온다.

"이제부터 제가 하는 말을 듣지 마십시오. 작가이니 아시리라 믿습니다. 그냥 소설 얘기라면 얼마나 좋겠습니까?"

"무슨 말인지 알겠습니다. 듣지 않겠습니다. 그냥 마음에 새기지요. 어떤 얘기라도 말입니다."

강습에서 돌아와 보니 아내는 가발을 쓰고 푸짐한 저녁상을 차리고 있었다. 가발은 신통하게 만들어 진짜처럼 보였다. 그 순간 문성의 머리에 섬광처럼 한유진의 얼굴이 떠올랐다. 그녀는 문성이 평양으로 떠나갈 때 한 약속을 지켜 그를 대신해 지금껏 가족을 돌보아즈고 있었다. 그렇지만 아내의 눈에는 서슬 푸른 냉기가 돌았다. 이미 세월을 잃어버린 아내로서는 눈앞에 닥친 현실을 감안할 여력이 없었다. 문성은 아내의 냉랭함을 차마 마주볼 수 없었다. 솔직한 말이지만 그런 아내의 표정이 섬뜩할 정도로 싫었다. 이때의 문성은 더는 의무나 본분에 매여 사는 사람이 아니었다.

"그 여자와 어떤 관계에요? 네? 어쩜 당신이 그렇고 그런? 흐흑…."

아내는 대성통곡했다. 아니 악을 쓴다고 봐야 정확할 것이었다. 상에 다가붙어 밥을 먹으려던 두 아들마저 숟갈을 든 채 멀뚱멀뚱 아빠 엄마만 쳐다본다.

"더러워, 구역질 나. 어쩜 좋아할 여자가 없어 그따위 병신과 놀아난단 말이요. 내 나보다 나은 년과 그리했대도 이렇게 자존심은 망가지지 않겠소. 어서 그년이 보내준 거니 실컷 먹소. 어이고 내 팔자야…."

뜻밖의 막말에 문성은 조소했다. 네가 무엇이 그리 잘났더냐? 너의 자존심이란 대체 무엇이었단 말이냐,

그때처럼 아내가 미워보기는 처음이었다. 처녀 때 그처럼 아련하고 사심 없던 백영옥의 모습은 이미 단 한 군데도 찾아볼 수 없는 낯선 여자가 지금 그를 향해 악에 받친 폭언을 마구 퍼붓고 있다. 오만 가지 정이 와스스 낙엽처럼 떨어지는 순간이었다. 그 길로 집을 나온 문성은 어두운 밤길을 정처 없이 걸었다. 은혜를 베풀고도 되레 귀뺨 맞는 경우란 바로 이런 때일 것이었다. 한유진이 불쌍했다. 그리고 미안했다. 어느덧 문성의 발길은 그 여자의 집을 향해 걷고 있었다. 멈춰선 곳은 낯익은 집 대문 앞이었다. 갑자기 오기가 생겼다. 어쩌면 그건 보란 듯이 보여주고 싶

은 마음의 충동이었고 저도 모르게 불쑥 치민 겁 없는 용기였다. 그때까지만 해도 한유진과 함께 살 생각까지는 하지 않았다. 그가 주는 돈으로 세상 빛을 보면서도 그걸 사랑과 연결시킬 용기는 차마 내지 못했다. 하지만 이 순간 잊혔던 사랑의 빛이 부드러운 봄빛처럼 스스럼없이 안겨들었다.

대문 안으로 들어가는 발길은 당당했다. 노크도 없이 마치 제집처럼 출입문을 열어젖혔다. 조용히 앉아 책을 읽던 한유진의 눈이 반짝 빛을 뿌린다.

"잘 있었소?"

"아이, 어떻게 소식도 없이, 어서 올라오요."

반가움에 겨운 큰 목소리였지만 꿈속에서처럼 아련하게 들렸다. 어쩜 어렸을 때 장난치다 밤새우고 들어가면 욕보다 먼저 밥부터 챙겨주며 부드럽게 어르던 엄마의 모습을 방불케 한다. 쿡, 솟아오르는 뜨거운 것이 찔끔 눈귀에 맺힌다.

"식사는 하셨어요?"

"아니."

절레절레 고개를 젓는 문성의 모습은 분명 엄마 앞의 철없는 막내다.

그날 밤 문성은 한유진과 동침했다. 여자의 품은 따스했다. 어설픈 몸이었지만 문성에게는 따뜻했고 한없이 부드러운 엄마 품 같았다. 세상 근심 다 털어버리고 오랜만에 달게 잤다. 꿈에서는 그녀와 함께 싱그럽고도 풍만한 꽃밭을 실컷 거닐었다.

3

"빠르게 딴 열매였군요. 이해됩니다. 죄의식은 열매를 딴 이후에는 생겨나기 힘든 것이지요, 오로지 그 경우엔 한 걸음 더 내딛는 발전만이 있었을 텐데, 곧 이혼에 착수했던가요?"

"네. 주저되지 않더군요, 마치 무조건 해야 할 직무수행처럼 말입니다."

"하, 참 대단한 결단을 했네요. 내가 알기로는 어깨에 별을 단 사람이 이혼을 하면 군복을 벗어야 하는 걸로 알고 있는데…."

"맞습니다. 한데 그 별이 내게 무얼 가져다준 것이 있습니까? 계속 그렇게 살 수는 없었지요. 군복 입은 자는 미(未)공급에도 어데 가서 장사도 못하는 실정인데, 아이들은 커가고, 그까짓 것 미련이 없었지요. 이후 난 인맥과 돈을 이용해 단 석 달 만에 이혼을 성사시켰습니다."

"그와 동시에 군복도 벗었겠군요."

"네. 섭섭지 않았습니다."

"그 다음 그 여자와 결혼했던 건가요? 그가, 한유진이라는 그 여자가 선뜻 문성 씨를 받아주던가요?"

나도 모르게 나간 질문이다. 어쩌면 그 질문 속에는 약간의 야유와 빈정거림 같은 것이 섞여 있었던 것 같다. 그건 내 실수였다. 대체로 겪어보지 않은 사람들은 이런 불륜의 결말에 이미 잠재된 도덕과 윤리라는 잣대를 먼저 갖다대게 마련이다.

문성은 잠깐 얼굴을 붉히며 누런색이 도는 종이 한 장을 품에서 꺼내 정히 펼쳤다.

"그거, 북에서 생산되는 종이가 아닌가요?"

내가 제꺽 알아보자 "맞습니다." 하며 문성은 종이를 내게 내밀었다. 바랜 종이에 연필로 쓴 글씨가 연하게 보였다. 지방공장에서 파지를 모아 재생산한 종이다. 연필로 글을 쓰면 북, 찢겨지기도 하는 엉터리 종이지만 그것마저 부족해 소학교에 입학한 아이들이 작은 상자에 담은 모래 위에 글씨 쓰는 연습을 하던 그때가 선명하게 떠올랐다. 나는 종이 위의 글을 정신없이 읽었다.

2012년 x월 x일

그 사람은 참 어려운 결심을 했다. 이럴 땐 난 어쩌면 좋은가, 내게 과연 사랑을 품을 자리가 있는 것인가? 난 서른다섯 해 동안 이성을 모르고 살았다. 또 나를 이성으로 보는 남자도 없었다. 사랑에 대한 갈망은 내게도 있지만 나는 일찍이 그것을 접고 돈을 택했다. 그것이 이 사회를 저버리는 행위임을 모르지 않았다. 그렇지만 하고 싶었다. 아마도 내게는 운명적으로 그 길이 맞는 것 같았다. 아니 그 길을 택하지 않았다면 나는 지금 이 세상에 살아 있지도 못했을 것이다. 처음엔 나 하나만을 위해 열심히 돈을 벌었다. 벌어도 많이 벌었다. 그렇게 번 돈이 어느 날 나를 죽음에서 살렸고 주위의 많은 사람들을 도와주도록 했다. 이제는 내가 번 돈이 내게 사랑까지 가져다준다. 돈이 물어온 사랑을 감히 사랑이라 말할 수 있을까? 어느 날 밤 울먹이며 찾아온 남자, 술 한 잔 들어가자 나는 이제 어찌해야 하냐며 엉엉, 내 품에 안겨 울음을 터트렸다. 그는 보통 사람도 아닌 별을 단 보안원이다. 아니 내 품에 엎뎌 울음을 터트리는 그 순간만은 보안원이 아닌 한 평범한 남자였다. 가슴이 뭉클했다.

나는 나도 모르게 남자의 등을 어루만졌다. 나를 죽음에서 구원해준 남자, 이제 이 남자가 내게 잊어버렸던 사랑까지 되찾아주려 한다. 고맙다. 죽도록…. 아마도 나는 이 남자를 위해 내 남은 한생을 바쳐야만 할 것 같다.

2012년 x월x일
하늘이 참 맑다. 그가 이혼을 하고 내게 청혼했다. 잘한 건지 잘못하는 건지 나로서는 판단하지 못하겠다. 그도 나도 사리분별을 아는 성인이다. 받아들이면 당분간은 힘든 시간을 이겨내야 할 것이다. 아니 파멸이 올지도 모른다. 나를 법망에서 피해가도록 만들어준 그가 나와 함께 살림을 펴는 그 순간을 법망은 결코 스쳐가지 않을 것이다. 절대 빠져나갈 수 없다는 것을 그 사람은 알까? 알면서도 이러는 거라면? 아니 몰랐으면 좋겠다. 알면 내게 사랑을 구애하지 않을 테니까….

아, 내가 사랑을 가져보다니… 꿈만 같다. 반생이 지나도록 갈망하던 아니 돈과 바꿔버렸던 사랑이 이렇게 소리 없이 문득 찾아들다니… 나에겐 지금 아무것도 안 보인다. 그냥 그 사람만 보인다. 설레는 마음, 끝을 모르게 펼쳐진 아득한 무릉도원의 한복판에 지금 내가 앉았다. 죽음 앞에서도 사랑할 수만 있다면, 한순간의 사랑을 위해 기꺼이 목숨을 버려도 좋다는 말이 지금 나를 붙잡고 아등바등 놓아주지 않는다. 내 일생에 가장 행복한 순간이 있다면 바로 이 순간이다. 나는 이 순간을 영원히 기억하겠다.

나는 종이를 접혀 있던 대로 정히 접었다. 함부로 접을 수가 없었다. 접는 순간 이름할 수 없는 감동이 스멀스멀 찾아들었다. 그냥 멍해 아무 생각도 나지 않았다.

"뭐라 할지… 문성 씬 참 행복한 사람이구려…."

나도 모르게 나간 말이다. 그러고 보면 처음 애수에 잠겼던 문성 씨의 표정이 두고 온 가족이 아닌 바로 이 여자 때문이었다는 생각이 느닷없이 찾아들었다. 지금도 그의 모습은 진중하다. 방금 내가 한 말도 그는 미처 듣지 못한 듯하다.

"탈북하면서 우연히 한유진이 쓴 일기책을 보게 되었지요. 그냥 떠나올 수 없어 그 부분만 떼어 들고 강을 건넜습니다. 사랑의 증표처럼… 힘이 되더군요. 그건 나도 미처 예상 못한 힘이었지요."

"왜? 함께 오지 않았습니까. 그렇게 떼어놓고 발길이 떨어지던가요?"

무심결에 내가 던진 말이다. 나로서도 너무 아쉬워서다.

"청했지요. 힘에 부치면 내가 업고서라도 갈 테니 걱정 말고 함께 떠나자고 했습니다. 뭔가 앞을 기약할 수 있는 길이 아니었으니까요. 정말 떨어지기가 싫었습니다."

"?"

"국경까지 따라 나온 유진은 같이 강을 건너자는 내 말에 웃으면서 말했습니다. 어서 가라고… 난 여기서도 잘 살 수 있으니 걱정하지 말라며 조용히 내 등을 떠밀었습니다. 쿡, 눈물이 솟더군요. 같이 산 지 겨우 두 달, 정말 아쉬웠어요."

"지금은… 연락이 됩니까?"

갑자기 김문성의 두 볼로 거침없이 눈물이 떨어졌다. 마치 줄 끊어진 구슬처럼…….

"연락이… 되지요. 아… 그런데 선생님 난 어쩌면 좋습니까? 예?"

문성은 섰던 자리에 풀썩 꼬꾸라졌다. 그리고는 엉엉 목 놓아 울기 시작했다. 나 역시 당황했다. 왜서일까? 그 여자가 잡혀 구속됐는가? 충분히 그럴 수 있었다. 첫 번째는 문성의 도움으로 위기를 모면할 수 있었지만 불륜으로 이룬 남편의 탈북에는 결코 무사할 수 없는 여인이었다. 그녀에게는 분명 남편을 고의로 탈출시킨 혐의를 충분히 씌울 수 있는 여지가 있었다.

장애인인 그 여자에게 있어 징역은 곧 죽음을 의미했다. 그랬기에 김문성의 오열이 더 마음을 아프게 한다. 뭐라고 할 위로의 말도 떠오르지 않는다. 잠시 허둥거리던 나는 이내 마음을 다잡았다. 이럴 땐 실컷 울게 놔두는 것이 더 나은 것이다. 가슴에 얹힌 하많은 사연과 괴로움을 눈물로 씻어낼 수만 있다면 얼마나 좋을까.

우리가 선 주위로 사람들이 지나가며 의아한 표정을 지었다. 하지만 언제 그런 것에 신경을 쓸 여유가 내게는 없었다.

강 하류로 내려갔던 유람선이 물갈기를 날리며 다시 나타났다. 울긋불긋 화려한 옷들로 단장된 배 안에서 질러대는 관객의 함성이 전망대까지 울려왔다. 김문성의 울음소리는 더 이상 들리지 않았다. 그도 함성을 들었으리라… 아니 함성 속에 그의 가냘픈 울음소리가 자취 없이 사라져 버렸으리라.

김문성이 얼굴을 든다. 손수건으로 눈가를 문지르는 그

의 모습이 왠지 장해 보였다. 나는 그의 어깨에 손을 얹었다. 나이로 보면 나보다는 이십 년이나 아래인 젊은 사람이다. 힘들겠지만 한창인 그 나이에 그만한 상처를 이겨내지 못할 이유는 없다. 그러나 다음 순간 나를 향해 던진 김문성의 말에 난 그만 입을 하, 벌리고 다물 줄 몰랐다. 내가 짐작했던 것과는 전혀 다른 말이 그의 입에서 튀어나왔다. 나직한 음성이었지만 내게는 유람선에서 울린 함성보다 곱절 큰 소리로 들렸다.

"이제 며칠 후면 저의 본처와 두 아들이 한국으로 입국합니다. 아… 선생님 그 여자는 끝내… 한유진은 끝내."

웅, 귓속으로 무언가 파고들었다.

"아니, 어떻게… 그게 무슨 말이요? 처가 아닌 전처가 온단 말입니까?"

"예."

문성은 눈물을 삼켰다. 소리 없는 울음이지만 소리 낼 때보다 더 아프게 들렸다.

"그 여자가 선뜻 나를 따라 강에 들어서지 않은 이유가 바로 그거였습니다. 이제야 알게 됐어요. 한국에 입국한 후 제가 브로커를 통해 제일 먼저 알아본 것이 두고 온 내 아이들이었습니다. 어쩔 수 없이 본처와 통화를 했는데 그때마다 그 여자는 울먹이며 당신이 그렇게 떠나갔어도 잊지 않고 매달 돈을 보내주어 진정 고맙다고 말했습니다. 사실 난 아무것도 보내준 것이 없는데 말입니다."

"그럼 그 돈은 누가?"

나는 알면서도 그렇게 물을 수밖에 없었다. 진한 감동이 목젖까지 차고 올랐다.

"한유진은 내가 없는 그 땅에서 나를 대신해 내 아이들을 돌보았습니다. 이제 와서 또 본처와 아이들의 탈북비용까지 모두 부담하며 강을 넘겨 보냈고요."

"그랬었군요. 그런 걸 난…."

"선생님은 작가이니 잘 아실 것 아닙니까 말해 주세요. 이럴 땐 난 어찌해야 합니까?"

나도 그걸 어떻게 표현해야 할지 잘 모르겠다. 내 예상까지 뒤집어버린 여인이다. 아니 나도 아직 나 아닌 다른 이들에 대한 진정한 사랑이 부족한 탓이리라. 그래도 단, 한마디는 할 수 있겠다.

─한유진, 네가 그리 돋보이는 것은 어느 날 네 가슴에 포근히 내려앉은 사랑이란 그것에 네 모든 것을 다 바쳤기 때문이구나, 하고.

무언가 가슴을 쳤다. 만약 한유진이 그때 김문성과 같이 강을 건너와 이곳에 정착했더라면 어떻게 됐을까? 지금처럼 불륜으로 시작된 두 사람의 사랑이 그토록 듣는 사람을 감동으로 설레게 하지는 못했을 것이다.

사람이란 아름다움 앞에서는 누구나 다 숭엄해진다. 그것이 비록 도를 지나친 행위에서 비롯된 것이라 해도 사람을 위한 진심과 헌신에 바탕을 두고 있다면 그것을 아름다움이라 말하지 못할 이유는 없다.

두 사람이 만든 불륜의 끝이 이토록 향기를 풍기는 것 또한 그런 이유에서 비롯된 것은 아닐까?

불쑥 상상이 떠올랐다.

지금 한유진은 그토록 진심을 바쳤던 사람들을 다 떠나보내고 어떻게 살고 있을까? 혹, 텅 빈 방에서 이런 글을 쓰고 있을지도 모른다.

-이젠 모두 떠나버렸다. 다시 오지 못할 곳으로… 한데 난 왜 외롭지 않을까? 나는 내가 한 일을 후회하지 않는다. 죽어서도… 이유가 뭐냐고 물으면 난 서슴지 않고 대답할 것이다. 내 가슴엔 아직 그 사람의 향기가 남아있다고, 그 향기가 있어 난 너무 행복하다고….

눈이 젖어들었다. 나는 김문성의 흔들리는 어깨를 와락 그러안았다.

한 덩이가 된 두 사람의 머리 위로 붕— 출발을 알리는 유람선의 고동소리가 길게 울려 퍼졌다.

금덩이 이야기

1

정치범관리소에 잡혀 들어온 영수는 일 년 전에 입소한 윤칠보 노인과 한집에서 살았다. 둘 다 혼자였던 만큼 동거로 배정됐는데 혼자보다는 좋은 것 같았다.

첫날에 노인은 비교적 말을 많이 했다. 노인은 오십에 아홉 살 더 얹은 나이라 했고 한뉘 땅을 가꾸며 살았다고 어눌하게 말했다. 호감형 얼굴은 아니었다. 외모 전체가 어수선했다. 등이 구부정했고 여덟 시 이십 분을 가리키는 연한 두 눈썹과 누가 풀더미를 거름더미라 말해도 맞수다 하고 고개를 끄떡일 순해 빠진 눈이며, 또 밥 먹고 나서 귀 떨어진 빈 사발에 지렁이가 꿈틀대는 물통의 물을 가득 떠 주면 연방 고맙다며 단숨에 꿀꺽 꿀꺽 마셔버리는 커다란 입까지 맘에 드는 구석은 일절 없었다. 그렇지만 양쪽으로 축 늘어진 귓바퀴 아래에 매달린 새끼손가락 마디만 한 귓불만은 영수의 마음에 쏙 들었다.

 어릴 때 영수는 엄마에게서 관상에 관한 이야기를 자주 들었다. 그 중 남자나 여자나 귓불이 크면 그게 큰 재산을 모을 상이라고 한 말만은 지금까지 기억에 또렷하다. 어릴 때 들은 말이어서 문신처럼 인이 꼭 박혀 있었다. 지금도 거울을 볼 적마다 귓불부터 먼저 보며 제 귓불도 남 못지않게 크다고 제풀에 좋아 죽는다. 길에서 사람을 봐도 귓불부터 먼저 보곤 한다.

 노인은 슬하에 딸 둘을 낳아 키웠는데, 고난의 행군 때 둘 다 한꺼번에 잃었다고 했다. 맏딸은 굶어 죽었고, 작은 딸은 어디론가 가출해 종내 찾지 못한 채 관리소로 들어왔다며 울먹울먹하다 왕, 울음을 터트렸다. 실은 맏딸이 굶어 죽기 직전에 잡혀 와서 죽은 걸 실지 보지는 못했다고도 했다. 그래서 더 가슴이 옥죄어든다며 짬만 나면 눈물을 쥐어짰다.

 젊었을 때 노인은 이것도 아니고 저것도 아닌 어영부영

한 성격이어서 장가들 때를 홀랑 놓쳤다고 했다. 그럼에도 평생을 홀아비로 살 팔자는 아니었던지 뒷집에 살던 과부와 연분이 닿아 사십이 다된 나이에 결혼이라는 걸 했다고 한다. 여자는 시집와서 몇 달 안 돼 사고로 남편을 잃고 한숨으로 날을 밝히던 파랗게 젊은 생과부였다. 노인보다 9년이나 어렸다고 한다. 조용한 성품이고 남편 말이라면 팥으로 메주를 쑨다 해도 예, 그렇지요 이를 말이나유, 하고 대답하는 어질어 빠진 여자였다.

  노인은 그런 아내의 숫진 성품이 얼마나 예쁘고 대견한지, 또 얼마나 복덩이 같은지 집에만 들어오면 얼싸안고 쩝쩝 입을 맞추며 돌아갔다. 숫제 말없이 입술을 내주면서도 잘 익은 꽈리처럼 활딱 붉어진 얼굴을 아내는 내내 지우지 못했고, 내려 깐 눈도 밥상을 물릴 때까지 들 줄을 몰랐다. 그 모양이 또 너무 귀엽고 가슴이 싸해 발끝까지 쩌릿쩌릿했고, 어떤 때는 가슴이 환희로 들끓어 찔끔 오줌까지 싸지른 줄도 몰랐다며 노인은 제풀에 킬킬 웃었다. 그럴 때 보면 노인은 이름처럼 좀 모자라는 사람 같기도 해 영수는 비웃음을 띠고 째려보기도 했다.

  사람의 정신을 홀랑 다 뺏어버리는 고운 아내가 있어 20년을 하루같이 밤이 낮인지, 낮이 밤인지 몰랐다는데 그런 노인에게 어느 날 변고가 찾아들었다. 그건 마치 어둠을 이용해 살금살금 기어드는 도적고양이 같이 예고도 없이 부지불식간 찾아든 변고라고 했다. 그 변고는 노인에게 있어 뼈를 깎는 아픔이었고 그때까지의 삶을 송두리째 뒤엎는 시련의 막바지였다.

 1997년에 들어서며 삼 년째 계속되던 '고난의 행군'이란 굶주린 악귀가 사람들을 마구 잡아먹기 시작했다. 영수에게도 그때의 이야기는 별로 먼 얘기가 아니다. 그에게도 당시의 참상이 문신처럼 생생히 새겨져 있다. 갑자기 국가식량공급이 끊겨 굶어 얼굴이 퉁퉁 부은 사람들이 전국 어디나 차고 넘쳤고 먹을 것을 찾아 돌아다녔다. 뭐라도 건지면 그날은 숨을 쉴 수 있었고 빈손이면 숨을 멈춰야 하는 비몽사몽의 환각 같은 날들이었다. 굶어 죽는다는 것이 그렇게 맹랑한 것인 줄 그때 사람들은 처음 알았다. 며칠씩 굶어 힘이 빠진 몸을 더 이상 움직일 수 없어 자리에 누우면 그대로 저세상에 가버렸다. 아침이면 돌덩이처럼 굳어진 시신을 실은 달구지며 리어카가 집집에서 나와 곡소리도 없이 산으로 향했다. 하도 많이 죽으니까 사람 죽었다는 소리가 나중에는 향방 없이 짖어대는 건넛집 개소리같이 들렸다. 노인의 큰딸도 그런 굶주림 때문에 자리에 누웠고, 작은딸은 먹을 것을 찾아 가출해버렸다.

평시에 우러러 보던 맑은 하늘이 그처럼 무심해 보일 줄은 몰랐다며 노인은 꺽꺽, 흐느꼈다. 다른 사람도 아닌 농사꾼이 먹을 것이 없어 살점 같은 딸자식을 굶겨 자리에 눕혔으니 왜 아니 허망하랴. 노인뿐이 아닌 영수도 그때 절망이라는 것이 어떤 건지 처음 느껴봤었다.

노인은 훌쩍거리며 계속해 말을 이었다.

일 년 분배를 받는 가을인데도 쌀이 없어 굶는 식구들을 보다 못해 노인은 농장관리위원회에 찾아갔다. 노인이 그나마 움직일 힘이라도 가진 것은 식량 탈곡을 위해 일을 나가면 농장에서 어설프긴 하지만 식사 한 끼씩 내주었기 때문이다. 늘어진 식구들을 더 이상 보지 못하겠다며 분배 몫에서 얼마간 먼저 떼어달라고 애걸하자 관리위원회 간부라는 사람이 하는 말이 "굶는 게 어디 당신 집뿐이요? 지금 탈곡한 식량은 전량 군부대로 수매될 식량인데 아직 그 양이 형편없이 모자란단 말이오. 가서 한 달만 기다리우. 알겠소?" 했다.

한 달이라니? 이 사람 미쳤구만. 당장 떼죽음이 날판인데…. 목구멍까지 치민 울분을 겨우 삭이며 노인은 풀썩, 무릎까지 꿇고 그 사람 가랑이에 매달렸다.

"아, 이것 참. 굶는 게 당신 집 하나가 아니라니까. 당겨주는 눈치가 보이면 너도나도 벌떼처럼 달려들 텐데 그리되면 군부대 수매량을 무슨 수로 맞추우? 눈이 있으면 좀 보오. 탈곡장을 에워싼 저 총 든 군대 안 보이오? 수매량을 맞추지 못하면 군법에 의해 처형당할 수도 있는 판인데, 누구 죽는 꼴 보려고 이러우? 나가우. 어서, 아, 빨랑."

어허, 망할 놈의 세상. 이를 어째? 허탈에 빠진 노인은 거친 손에 밀려 나오면서 하늘을 원망하며 한탄했다.

"내 이놈의 세상이 이리도 각박한 줄 몰랐구나. 어찌 죽어가는 사람을 놓고 옥수수 한 되 내주지 못한다는 게냐. 무어 군대? 그놈의 군대가 백성을 말려 죽이는구나. 어허."

뒤에서 쏘는 독기어린 눈길도 의식 못한 채 노인은 꺼이꺼이 울며 집으로 내려왔다. 기실 그렇게라도 울분을 토한 것이 노인으로선 기적이었다. 정말이지 고지식한 순둥이로 하라면 하라는 대로 수걱수걱 일만 해왔다. 남들처럼 밭에서 달구지로 낟알을 실어들이면서도 강냉이 이삭 하나 제집으로 슬쩍 묻혀올 줄도 몰랐다.

집에 들어와 처자식의 누렇게 뜬 얼굴과 허옇게 부르튼 입술을 내려다보는 노인의 눈에 드디어 번쩍 섬광이 일었다. 앙상하지만 걷어올린 팔뚝에선 불근불근 굵은 핏줄이 일어섰다.

다음날 밤작업 때 노인은 퇴근 무렵 남몰래 허리춤에 강냉이 몇 이삭 쑤셔 넣었다. 누가 지켜보는 것도 몰랐다. 난생 처음 도둑질이라는 걸 해봤다. 아무리 순둥이라도 굶고 있는 처자식들을 그대로 저승에 보낼 수는 없었다. 그러나 정문에서 노인은 총 든 군인에게 잡혀 부대가 주둔한 건물로 끌려갔다.

군부대에 보낼 식량수매량을 맞추지 못하면 군법에 의해 처형당할 수도 있다던 농장 간부의 말은 공연한 말이 아니었다. 노인은 식량도둑으로 체포됐고 군법에 의해 속전속결로 다스려졌다. 아마도 그건 수단과 방법을 가리지 않고 낟알을 도둑질해 야금야금 빼돌리던 또 다른 사람들에게 본보기가 된 엄중처벌이었는지도 모른다. 잡히기만 하면 본때를 보일 테다 하고 이를 갈던 군부대 수뇌부의 결정에 의해 시범처벌대상이 된 노인은 결국 그날 밤으로 어디론가 끌려갔다. 끌려간 후 나도는 말은 도적질보다 노인이 토한 울분 때문에 더구나 용서받지 못했다는 소문이었다. 나라를 원망하고 군대가 백성을 말려 죽인다는 그 말 때문에 결국 저승사슬을 목에 걸었다고 숙덕거렸다.

어디로 끌려갔는지 아는 사람은 아무도 없었다. 보름이 지나고 달이 바뀌어도 끌려간 노인이 죽었는지 살았는지 조차 몰랐고 점차 사람들의 기억에서 사라졌다. 다만 부족한 식량사정으로 혼란한 이때 저 혼자 잘 먹겠다고 낟알을 도둑질한 행위는 절대 용서받을 수 없으며, 또 용서받을 꿈도 꾸지 말라는 대책 강연만 그간 여러 차례 진행되었을 뿐이다.

2

영수도 노인과 별반 다른 처지가 아니었다. 노인과 같은 마을에 살지는 않았지만 그도 '고난의 행군'이란 악귀에게 부모님, 동생, 누나 다 잃어버리고 고아로 집도 없이 여기저기 먹을 것을 찾아 돌아다녔다. 어느 날 줄을 잡아 골동품 밀수를 위해 국경 쪽에 갔다가 잠복한 보위원의 손에 덥석 잡혔다. 영수는 관리소에 들어와서야 손에 쥐고 움직인 물건이 국보급 문화재였다는 것을 알았다. 직접 훔친 것도 아니고 어떤 자들의 심부름을 한 것뿐인데, 그놈들이 잡히지 않으니 억울하지만 본인이 끌려올 수밖에 없었다는 것이다.

영수가 수용소에 들어와 들은 데 의하면 처음 노인은 이곳에 들어오는 순간부터 울며 지냈다고 했다. 울어도 소리가 없는 울음이었다. 그저 눈물만 양볼을 타고 하염없이 흘러내렸다. 당장 눈물을 거두라고 채찍에 후려 맞을 때면 제발 우리 마누라에게 내가 여기에 잡혀왔다는 소식만이라도 전해 달라고 손을 비비며 사정했다고 한다. 그것 때문에 더 큰 매를 맞았다. 아무도 그러마고 다답해주는 사람도 없었다. 뼈를 파고드는 채찍소리가 등골을 오싹하게 해도 노인은 감각 없는 고목처럼 빌고 빌며 눈물만 뚝뚝 옷섶에 떨어뜨렸다.

영수도 노인의 그런 모습을 여러 번 보았다. 영수뿐이 아닌 이제 많은 사람들은 노인의 흘리는 눈물이 무엇을 의미하는지 잘 알고 있었다. 굶어 늘어진 처자식의 갈라터진 입에 삶은 옥수수 알 하나 넣어주지 못한 것도 한이지만 그보다 더 아프고 쓰린 것은 이후 식구들의 안부를 전혀 모른다는 것이었다. 노인은 점점 더 시들어갔다. 영수가 보기에도 더 이상 생을 이어가기가 턱없이 부족해 보였다.

어느 날 산에서 찍은 땔나무를 끌어내리는 현장에서 노인은 영수에게 이런 말을 했다.

수용소에 갇힌 보름 동안 노인과 거의 같은 장소에서 일했지만 일을 하면서 별로 긴 말을 나눠보지 못했다. 나눌

정황도 아니었다. 들키기만 하면 혹독한 처벌이 따랐다. 이날만은 달랐다. 호젓한 골짜기에서 끌고 있던 나무통에 앉는데 노인이 곁에 와 앉았다. 주머니에서 신문지 조박을 꺼내 마른 낙엽을 비벼 말아 한 대 피워 물고는 후, 하고 길게 연기를 내뿜는다.

"이것 보게 영수. 자네 금덩일 좋아하나?"

노인은 그렇게 말꼭지를 뗐다. 뜻밖의 말이었다.

"예에?"

"금덩이 말이야 황금. 금을 모르나?"

"알지유 그런데유?"

"혹 기회가 되면 말이야 내가 살던 고향집에 꼭 가보게나 응? 주소는 내가 알려줄 테니."

"거길 내가 어떻게 가유? 나두 갇힌 몸인데유."

"아직 젊지 않나. 혹 용서받아 이 수용솔 나갈 수도 있잖나. 나가게 되면 꼭 내가 살던 고향에 가서 우리 마누라 한 번만 찾아보게나. 응? 내 말을 하면 반가워할 거야. 아니 눈물부터 흘리겠지."

마누라라는 말을 할 때 노인의 목소리가 갈렸다. 흑, 느끼는 그때 노인의 두 눈에서 마른 날 갑자기 소나기 내리듯 주르르 눈물이 흘렀다. 무슨 눈물이 그리도 많은지, 영수는 노인의 몸이 온통 눈물로 만들어진 것 같아 얼결에 노인의 등을 어루만졌다. 앙상했다. 마치 겨우내 추위에 진이 다 빠져 나동그라진 마른 등걸을 만지는 느낌이었다. 섬뜩했다. 노인이 다시 말을 이었다.

"우리 집엔 마누라가 있고 딸 둘이 있었어. 개들 참 귀했는데. 인물도 고왔구."

관리소에 들어온 닷새째 되는 날에 이미 영수에게 해준 말이었다. 노인은 지금 반복해 딸 자랑을 하는 줄 모르고 있는 것 같았다. 아니 알면서도 그리움에 못 견뎌 하는 말인지도 몰랐다.

"마누라는 말이지 끔찍이도 날 위해 살았어. 내가 농장일을 하고 집에 들어가면 말이야. 늘 밥 차린 상에 신문지를 덮어놓고 기다렸지. 손 씻고 상에 앉으면 신문질 내리고 가마에서 김이 문문 나는 국그릇을 두 손으로 잡아 꺼내고는 아따가, 하고 덴겁해 귓불을 쥐면서도 마누라는 날 보고 활짝 웃었어. 허허허."

노인은 마치 지금 그때 저녁상을 받는 순간인 듯이 즐겁게 웃었다. 영수가 슬쩍 쳐다보니 검게 죽었던 얼굴빛이 환하게 빛난다. 뭐, 별것도 아닌 걸 가지구, 치. 영수는 속으로 코웃음을 쳤다.

금덩이 이야기 _ 239

"손이 얼마나 따가울까? 하면서도 나도 같이 따라 웃어 줬지. 젊을 때부터 보인 그런 웃음이 20년이 훌쩍 지나도 도대체 변하지 않데. 지금도 눈에 선해. 마누라와 같이 사는 내내 난 한 번도 부엌에 내려가 불을 지펴 본 적이 없었다네. 마누라가 다 했으니까. 마누라가 덥혀 준 뜨뜻한 온돌에 등을 대고 난 장밤 달게 잤지. 아침에 일 나갈 때면 온몸이 날아갈 듯 거뜬했어. 아 참, 좋은 때였어. 허허, 가만 이거 나만 떠들었군그래. 영수 자넨 장가를 갔었댔나?"

"아니요. 따라다닌 여자는 있었지만유. 근데 아바이처럼 뭐, 좋은 추억은 없어유."

"왜? 그게 무슨 말인가?"

"여기 들어오기 썩 전에 말이에유, 노상에서 만나 친했댔는데유. 무얼 먹거나 쓸 만한 걸 사줄 때만 날 보고 웃데유."

"여느 땐 울었나?"

"아니요. 울지는 않았지만 많이 쌀쌀했지유. 돈 몇 푼이래두 팔아 뭘 먹을 때면 또 해시시해지구."

"배고파서 그랬겠지. 그래도 곁에 있어 준 것만도 어딘가?"

"그렇긴 해유. 늘 따라다녔으니까유."

"자네처럼 고아였나?"

"모르겠어유. 많이 굶은 여잔 맞아유. 곁에 있는 게 좋긴 하데유. 어쩌다 돈 좀 생겨 맛나는 걸 사 같이 먹을 땐 부족해두 살이 푹푹 찌는 것 같았으니까. 재깔재깔 말두 잘하구. 내 하자는 대루 다 했어유. 아, 그만해유. 다시 만나지도 못할 걸 왜 자꾸 말꼭지 떼유?"

"그렇군. 혹 여기서 나가게 되면 그 여자도 찾구 우리 집도 찾아가 보는 거지?"

"거야 뭐…. 생각해 보구유. 하긴 나가기만 한다문야 뭐."

"가보게나 꼭. 응? 내가 이래봬두 말이야 왕년에 돈깨나 모았지 뭔가. 이건 내가 자네에게만 말하는 비밀인데 이리 오게."

노인은 주위를 한 바퀴 휘, 둘러보며 영수의 귀에 입을 갖다댄다.

"마누라가 늘 앉아 있는 부엌바닥에 말이야. 아까도 말했지만 내 금덩일 두 개나 묻어놨지 뭔가. 흐흐 그게 어떻게 됐는지 참 궁금해."

영수는 황당한 눈빛으로 노인을 쳐다보았다. 분명 제정신이 아닌 것 같다. 그런 금덩일 두 개나 갖고 있으면서 처자식을 굶어 늘어지게 했단 말인가? 앞뒤가 안 맞는 노인의 말에 영수는 또 코웃음을 쳤다. 나가는 말은 심드렁했다.

"아주머니가 꺼내서 팔아 몽땅 잡쉈겠지유. 배고픈 세월이잖유."

"아니야 마누란 내가 금덩일 묻어둔 거 몰라. 도적질도 아는 도적질이라 하지 않나? 차마 시커먼 부엌바닥에 금덩이가 있는 줄 어찌 알겠나?"

"흐흐 그게 진짜라문 되우 아깝네유. 내가 막 아쉬워유."

"왜 그러나? 누가 가져가기라도 했다는 말인가?"

"아주머님이 금덩일 묻어 논 거 모른다니까 하는 소리지유. 이사 갈 수도 있잖아유. 어쩌지유?"

영수는 노인의 말을 부정하면서도 바짝 구미가 당김을 어쩔 수 없었다. 금덩이니 뭐니 하는 노인의 말이 말짱 거짓말 같아 아쉽니 어쩌니 하며 횡설수설 대꾸했지만 한편으로 생각해 보면 진실 같기도 해서였다. 그건 노인의 축 늘어진 커다란 귓방울 때문이었다. 영수의 눈으로 볼 때 그건 무시할 수 없는 축재의 상징이었다. 다른 써늘한 생각도 들었다. 그건 늘 벙어리처럼 말을 않던 노인이 지금 너무 많은 말을 했기 때문이다. 방금 노인의 버쩍 마른 장작개비 같은 등짝을 만지며 영수는 분명 송장냄새를 맡았다.

죽기 직전에 사람은 꼭 하고 싶은 말을 한다는데, 정말이지 그때만은 절대 거짓말은 안 한다고 했는데…. 영수는 노인이 그런 황당한 거짓말을 할 이유가 없다고 고쳐 생각했다. 혹 운명을 앞둔 노인의 헛소리라면? 영수는 바짝 정신을 가다듬고 노인을 올려다보았다. 노인의 이름이 뭐더라, 하고 생각했다. 옳아. 윤칠보. 노인의 이름이 윤칠보지? 갑자기 영수는 노인이 지금 진짜 온정신인지 반정신인지 확인하고 싶어졌다. 영수는 노인의 눈을 똑바로 쳐다보며 거푸 불렀다. 마치 제 동무 부르듯.

"칠보야. 칠보야. 칠보야."

세 번 부르는 억양이 모두 달랐다. 높았다가 낮아졌고 마지막엔 무게 있게 불렀다.

순간 노인의 눈에 놀란 표정이 어렸다가 이내 사라졌다.

"허허 그놈. 오돌차기란…. 그러고 보면 오랜만에 내 이름을 들어보는구나."

노인의 눈길이 먼 지평선에 머문다. 관리소에 수감된 사람들은 이름을 가지고 있었지만 이름을 불리는 일이 없었다. 번호 아니면 되는 대로 지은 별명을 불렀다. 아들뻘 되는 어린놈이 맞대고 이름을 불렀어도 노인은 그 소리가 무척 반가운 표정이었다. 영수는 노인의 정신이 아주 말짱함을 알았다.
 "미안해유. 난 아바이가 정신이 확 돌아버린 줄 알구."
 "왜? 내가 금덩이 얘길 해서? 그거 정말이야. 무게가 꽤 나가는 건데 꼭 찾아가 보라구, 응?"
 "알았어유. 거짓말이래두 찾아가 볼 게유. 걱정마유."
 저쪽에서 꽥꽥거리는 작업반장의 목소리가 들렸다. 노인이 먼저 일어났다. 영수도 따라 일어섰다. 나무통을 아래로 내리 끌면서 노인은 또 중얼거렸다.
 "우리 마누라 날 참 귀하게 여겼지. 한데 내가 여기 온 줄도 모르고 있을 테니. 알았대도 가슴이 아플 테지만 모르면 더 가슴이 쓰리잖나. 그게 식구들 사이에서만 통하는 그리움이 아니던가? 나도 지금 마누라가 어찌됐는지 모르니까 집 나간 딸은 돌아왔는지, 무얼 제대로 먹고는 있는지, 다 죽어 나자빠지지는 않았는지…. 어허, 전생에 내 무슨 죄를 이리도 많이 지었을고."
 나무를 끄는 노인의 다리가 갈지자로 비틀거렸다.
 "굶어 떼죽음이 나는 세월인데 무얼 어떻게 제대루 먹어유? 죽지 않음 다행이지유."
 영수는 그때 노인의 말을 새겨듣지 못했다. 그냥 그리움에 빠진 넋두리로만 여겼다.

삼일 후인 새벽에 노인은 죽었다. 노인은 눈을 감으며 온몸을 부들부들 떨었다. 한 마디 말도 새어나오지 못했지만 자꾸만 헛손질하며 입을 우물거렸다. 꺼풀밖에 없는 두 눈을 감기면서 영수는 노인의 손에 꼭 쥐어져 있는 작은 종이쪽지를 보았다. 삼일 전에 말한 꼭 한 번 찾아가 보라 하던 황해도 금천군의 어느 리에 있다는 집 주소가 거기에 적혀 있었다. 영수는 깜짝 놀랐다. 금천읍이라면 영수에게도 생소한 곳이 아니었다. 금천읍에는 해를 넘기며 노상생활을 한 영수의 추억이 있는 고장이기 때문이었다.

3

기적 같은 일은 노인이 죽은 이틀 후에 일어났다. 영수가 관리소에서 풀려났다. 어쩌다 삼 년에 한 명씩 일 잘하는 죄수들에게 행해지는 퇴소 혜택이 영수에게 차례진 것은 아니었다. 국보급 골동품을 도적질한 진짜 도적이 잡혀서 영수가 무죄로 된 것이었다. 퇴소하면서도 영수는 이것이 꼭 윤칠보 노인이 하늘나라에서 베풀어준 혜택 같아 가슴이 알알했다. 그때까지 영수는 노인과 나눈 마지막 말을 기억하고 있었다. 노인이 남긴 집 주소 또한 선명히 기억했다. 제발 노인의 가족이 살아 있길 간절히 바랬다.

그는 지금 길을 걸으면서 깊은 생각에 잠겼다. 노인이 죽기 삼일 전 혼자 중얼거리던 말이 다시 상기돼 귓전을 두들겼다.

"우리 마누라 참 귀한 여자였지. 내가 관리소에 온 줄도 모르고 있을 테니. 알았대도 가슴이 아플 테지만 모르면 더 가슴이 쓰리잖나. 그게 정든 식구들 사이에서만 통하는 그리움이 아니던가? 나도 이후 마누라가 어찌됐는지 모르니까. 집 나간 딸은 돌아왔는지, 무얼 제대로 먹고는 있는지, 다 죽어 나자빠지지는 않았는지…."

그때 노인의 눈에서 하염없이 눈물이 쏟아졌었다. 그건 유언이나 마찬가지였다. 식구들이 얼마나 그리웠으면, 얼마나 보고 싶었으면… 그랬어도 영수는 민망했다. 그렇게 눈물을 흘리기 시작하면 그 끝이 어딘지 딱히 알 수 없는 노인이었다. 이젠 불귀의 객이 되었다. 불쌍했다. 객사만큼 서러운 것도 없다. 왜 그러는지 집이 아닌 밖에서 객사하면 사람들은 그 시신을 집안에 들이지 않는다. 마당에 두었다가 그대로 산에 옮겨 묻었다. 어린 시절 어른들이 하는 말을 들으며 고개를 갸웃하던 일도 기억났다. 멍청히 그런 생각을 하노라니 갑자기 집이 그리워졌다. 영수에게도 한때 집이 있었다. 아빠 엄마도 있었고 동생, 누나도 있었다.

그런데 이제는 없다. 몹쓸 세월이 싹 다 쓸어갔다. 혼자 남았다. 노인의 말처럼 이렇게 풀려났지만 갈 집도 반겨줄 사람도 없었다. 죽었다 해도 울어줄 사람도 없었다. 노인처럼 애태우며 기다려줄 사람도, 기다릴 사람도 없다. 근데 그것이 영수에겐 얼마나 다행한 일인지 몰랐다. 가슴이 덜 아프니까. 어데 가서 확 죽어버려도 다른 사람의 눈물샘을 터트릴 일도 없으니까.

영수의 걸음은 어느새 노인이 그처럼 그리던 고향집으로 가고 있었다. 가서 부엌바닥에 묻었다는 금덩이를 찾고 싶었다. 그걸 찾아 노인의 가족도 살리고, 저도 배불리 먹고 싶었다. 도둑 기차를 탔다. 내려서 걷고 걸어 삼일 만에 목적지에 도착했다.

마을은 크지 않은 시골 동네였다. 마을 입구에 들어서서 웅기중기 들어앉은 집들을 쭉 둘러보았다. 해가 저물어 어스름이 깃드는 저녁이었지만 집집의 굴뚝에선 연기 꼬투리 하나 새어나오지 않는다. 폐허 같았다. 서글펐다. 뼈가 앙상한 검정개 한 마리가 길 옆 썩은 거름더미에 코를 대고 킁킁 냄새를 맡다가 마을을 둘러보는 영수를 멍히 쳐다보았다. 질펀한 눈곱이 더덕더덕 앉은 검정개의 눈길과 마주치는 순간 영수는 소스라쳤다. 비로소 그 여자, 은혜가 생각나서였다. 졸졸 강아지처럼 어디든 따라다니던 은혜 였다. 노인 앞에서는 별로 좋은 기억이 없다 했던 그 여자 의 표상이 왜 지금 가슴 뭉클하게 떠오르는지. 뭘 먹여줄 땐 재깔재깔 말도 잘했다. 쳐다보는 눈길엔 고마움이 한가 득 실렸었다.

"오빠, 나 아무래도 이젠 집에 가야겠어."

어느 날 은혜가 말했다. 그건 잡혀가기 삼일쯤 전이었다. 먹을 걸 얻지 못해 연 며칠째 굶었었다.

"그래? 잘 생각했다. 어서 가 봐라."

"그간 고마웠어."

"근데 왜 갑자기 집에 갈 생각을 했지?"

"나도 몰라, 그냥 가고 싶어졌어. 누렁이처럼 나두 집에 가고 싶어."

"누렁이라니? 무슨 소리야?"

은혜는 먹지 못해 부르튼 입술을 놀리며 떠듬떠듬 이런 이야기를 들려주었다.

제 집에 누렁이 한 마리가 있었단다. 어느 날 그 누렁이 가 없어졌다. 연 며칠 종적이 묘연했다. 새벽에 오줌이 마 려워 뒷간에 갔다 오는데 툇마루 밑에서 낑낑 개울음소리 가 들렸다. 틀림없이 누렁이가 내는 앓음소리였다. 황급히 엄마를 깨워 살펴봤다. 어디서 주어 맞았는지 뼈밖에 안 남은 누렁이의 허리가 위로 휘어 있었고, 뒤 항문이 헝, 벌어져 있었다.

"얘가 죽을 임박이 되니 집으로 돌아왔구나. 불쌍한 것."

엄마는 쯧쯧 혀를 차며 눈언저리를 훔쳤다. 엄마의 말처럼 누렁이는 먹을 것을 찾아다니다가 어떤 놈팽이의 몽둥이에 얻어맞고 허리가 부러진 것 같았다. 죽어도 집에 가서 죽겠다는 생각으로 한 치 한 치 기어오던 중 항문까지 헝, 벌어진 모양이었다. 마침내 툇마루 밑 제집으로 기어와 지금 마지막 숨을 몰아쉬는 중이었다. 낑, 낑, 끼잉…. 얼마나 괴로우면? 뼈를 긁는 신음소리에 은혜는 가슴이 옥죄어 들었다.

은혜는 눈물이 글썽해 그런 이야기를 들려주며 이제는 집에 돌아가겠다고 했다. 왜? 갑자기 죽을 때라도 됐다는 건가? 하긴 며칠째 굶었으니. 그간 한 번도 집에 가지 않은 것도 아니었다. 갔다가는 영수를 찾아 또 오군 했다. 영수는 갈 테면 가라고 콧방귀를 뀌었다. 그렇지만 서운한 기분도 없지 않았다. 은혜처럼 돌아갈 집마저 없는 떠돌이신세가 서글프게 안겨 들어서였다. 그때 영수는 처음으로 은혜를 부러운 눈길로 쳐다보았다. 은혜를 그렇게 떠나보내고 다시는 만나지 못했다. 그 길로 국경에 나왔다가 이내 관리소로 잡혀 들어갔으니까.

윤칠보 아바이만 말꼭지를 떼지 않았다면 은혜에 대해 다시 생각할 일도 없었다. 한데 지금 처음 보는 검정개 앞에서 문득 은혜가 생각난다. 은혜가 가면서 누렁이 소리를 한 것 때문인가? 그런 것 같았다. 지금은 살아있는지. 혹 없어진 이 못난이를 찾아 정처 없이 헤매지는 않는지. 영수는 난생처음 자기가 타인의 안부에 신경을 쓰고 있는 것에 놀랐다. 아마도 그건 한방지기로 정 붙은 윤칠보 노인이 그에게 얹어주고 간 정 같았다.

영수는 쳐다보는 검정개 앞으로 한 발 다가섰다. 개가 꼬리를 흔든다. 피골이 상접했다. 훅, 불면 쓰러질 것 같이 앙상하기 그지없다. 대체 어디에 꼬리를 흔들 힘이 남아있는지. 영수는 손을 내밀어 검정개의 이마를 쓸어주었다. 혀를 너불너불하며 개는 꼬리뿐이 아닌 소뿔처럼 뼈만 우뚝 솟은 엉덩이까지 마구 흔들었다. 검정개의 눈곱 낀 눈이 좁혀지며 환히 웃었다. 먹을 것보다 인정이 더 그리웠던 게냐? 영수는 개에게 아무것도 줄 것이 없는 두 손을 마주 비볐다. 그 다음 무거운 걸음을 옮겼다. 윤칠보 노인의 집이 있는 곳이 이 동네였다.

영수는 몇 집 문을 두드려 물어서야 마침내 노인의 집을 찾을 수 있었다.

4

집 앞에 왔을 때 하늘이 어두워지며 부슬부슬 비가 내리기 시작했다. 휘, 불어온 쌀쌀한 동풍이 옷자락을 날린다. 그렇지만 영수는 그걸 느낄 여유가 없었다. 노인의 집은 오래된 농촌가옥이었다. 문짝이 떨어져 나간 대문 앞에서 "주인 계세유?" 하고 거푸 불렀다. 아무 응답이 없다. 네 귀 나무기둥을 세우고 엮은 산자에 흙을 이겨 발라 벽을 만든 흔히 보는 시골흙집이었다. 지붕엔 기와 대신 한 뼘 반으로 자른 나무를 쪼개어 얹었다. 땔감이 없어 아궁이에 쓸어 넣었는지 이빨 빠진 곳이 많았다.

방문 앞까지 들어간 영수는 길게 놓인 툇마루 밑을 바라보았다. 어느 농촌집이나 툇마루 밑엔 개집이 있다. 그래서 그 앞은 늘 반질반질했다. 한데 이 집 개집 앞은 부드러운 짚 검불만 어지럽게 널려 있었다. 개가 깔고 앉았던 검불 같은데…. 출입문인 부엌으로 들어가는 문 앞도 어수선했다. 영수는 그걸 확인한 순간부터 가슴이 두근거렸다. 사람냄새가 사라져버린 집이 분명한 것 같아서였다.

그래도 혹시? 출입문 앞에서 영수는 똑똑 문을 두드렸다. 기척이 없었다. 관리소 안에서 노인에게 말했던 것처럼 식구들 모두 어데 떠나간 것인가? 두근두근 심장이 뛰었다. 다시 두드렸다. 안에서 중간 문을 여는 소리가 희미하게 들렸다. 뛰던 심장이 그제야 제자리를 찾았다.

"누구시우?"

힘 빠진 노파의 목소리가 들렸다. 하도 반가워 얼른 부엌문을 열었다. 순간, 영수는 하마터면 뒤로 넘어질 뻔했다. 산 사람의 얼굴이라고 말할 수 없었다. 마치 논판에 세운 오랜 허수아비 같았다. 빈 허울뿐인 사람 아닌 사람이 간신히 서서 자기를 쳐다보고 있었다. 움푹 들어간 눈, 자글자글한 주름을 뚫고 솟아오른 검은 흙빛의 광대뼈, 깁고 덧기워 남루한 옷, 이가 다 빠져버린 홀쭉한 볼, 사람 얼굴이 아닌 어떤 초상이 멍히 영수를 보고 있었다.

"저, 한상녀 어무이 아니에유?"

"내가 한상년데. 누구시유?"

심드렁한 대답이었다.

"예 난 저, 윤칠보 아바이 소식 갖고 왔어유."

"어? 윤칠보?"

순간, 우묵 들어간 노파의 눈동자 속에서 푸른빛이 번쩍

했다. 영수는 분명 그 빛을 보았다.

"어서 들어와유. 날래, 냉큼."

한 발 다가선 노파는 그 마른 얼굴에 주르르 눈물을 흘리며 영수의 팔을 잡아끌었다. 영수는 안으로 발을 들이고 휘, 눈길을 휘둘렀다. 아무것도 없는 칙칙한 방안이 영수의 눈길을 단번에 집어삼켰다. 퀴퀴한 냄새가 풍겼다. 비릿한 냄새까지 섞여 숨쉬기도 괴로웠다. 마치 세상을 벗어난 저승같이 음침했다. 정지에 올라서자 노파는 후들후들 떠는 팔을 들어 영수를 잡아 앉혔다. 축축한 눈이 애절하게 쳐다본다. 그 눈은 썩은 나무 등걸에 박아 넣은 유리알 같았다.

영수는 차마 윤칠보 노인이 죽었다고 말할 수 없었다. 어쩐지 그리 말하는 것이 이 노파를 당장에 쓸어 눕히는 일 같아서였다.

"이보게 젊은이, 우리 영감은 대체 어딨소? 응? 왜 집에 안 온다우?"

쉴 새 없이 눈물이 떨어졌다. 저렇게 바짝 마른 고목 어디에 샘 원천이 있는지.

"저기 산속에 있어유. 깊은 산속에유. 으흐흐."

영수도 마침내 눈물을 떨궜다.

"그게 무슨 소리유? 산속이문? 그러니까 뭐유. 살아 있다는 말씀이유? 죽었다는 말씀이유?"

대답 대신 줄줄 눈물만 쏟아졌다. 이때껏 어떤 슬픔 앞에서도 영수는 눈물을 몰랐다. 너무나 많은 괴이하고 슬픈 죽음들을 보았어도 눈물 한 방울 흘리지 않았다. 그만큼 인정이 메말라서였던가? 근데 이 노파 앞에서 왜 이리도 펑펑 눈물이 쏟아지는지.

"죽었어유?"

노파가 다시 묻는다.

"어어엉, 엉, 엉…."

영수는 그만 방바닥에 엎드려 대성통곡했다. 망연히 앉아 영수를 이윽히 지켜보던 노파의 얼굴에서 눈물이 사라졌다. 이어 구들이 내려앉을 듯 깊은 한숨이 쏟아졌다. 뚝, 소리를 내며 무릎을 펴고 일어난 노파는 아무 말 없이 문이 열려져 있는 윗방으로 들어갔다. 영수는 주먹으로 눈물을 씻고 노파가 들어간 방에 들어섰다. 맞은편 벽 밑에 작은 개다리상이 놓였다. 상 위엔 맑은 물이 담긴 귀 떨어진 사발 하나가 달랑 놓여 있을 뿐. 아마도 노파는 매일 이렇게 물을 떠놓고 영감의 무사귀환을 빌고 또 빌었던 것 같다. 놀라운 건 상 뒤에 누런 털을 가진 죽은 개가 네 발을 번디디고 벽에 기대어 서 있었다. 버쩍 마른 박제 표본 같은 것이었다.

노파는 미리 준비하고 있었던 듯 낡은 이불 속에서 액틀에 넣은 사진 한 장을 꺼내 귀퉁이에 검은 천 오라기를 둘렀다. 그 다음 그걸 물사발 뒤에 올려놓았다. 그 앞에 노파는 정중히 무릎을 꿇고 절을 올렸다. 두 번 절하고 난 노파가 풀썩, 그 자리에 꼬꾸라졌다.

가슴 속 밑바닥까지 긁는 슬픈 울음소리가 방안을 가득 채웠다.

"으흐흑…. 끝내 가셨구려. 영감, 야속해유, 배고파 집 나갔던 누렁이도 저렇게 제집에 돌아왔는데 영감은 왜? 기다리는 내 생각은 전혀 안 했다우? 돌아오지 못할 곳에 끌려갔다는 건 나두 알아유. 그랬어두 죽을 때가 되면 집에 돌아오겠지 했는데. 여보 영감, 짐승도 집에 와 죽는데 사람이 왜 죽어서까지 제집에 오지 못한단 말이유. 예? 어찌 그렇게? 으아아아…."

애끓는 통곡이 터졌다. 영수는 다른 것을 보고 있었다. 검은 띠를 두른 사진 속의 네 사람이었다. 가족사진인 듯싶었다. 자매로 보이는 두 앳된 여자가 사진 속에서 자기를 바라보고 있었다. 자매 중 한 여자가 영수의 시선을 부여잡고 놓아주지 않았다. 분명히 그 여자애였다. 바로 은혜…. 그러니까 결국, 은혜도 죽었다. 죽은 은혜가 사진 속에서 환히 웃고 있었다.

으흐흑. 드디어 영수의 눈에서도 좔좔 눈물이 쏟아졌다. 달랠 수 없는 아픔이 온 육신을 감아 휘저었다. 엉금엉금 다가간 영수는 제상 앞에 엎드린 앙상한 검불 같은 몸을 안아 일으켰다.

노파의 통곡소리는 이미 멎었고 두 눈은 힘없이 감겨져 있었다. 노파도 이렇게 굳어지는가? 왜? 마지막 지탱점이 무너져서? 영수는 노파를 마구 흔들며 몸부림쳤다.

"죽지 마유. 이제부턴 내가 모실 테유. 밥을 빌어서라도 굶기지 않을 테유. 일어나유, 예?"

노파는 미소를 짓고 있었다. 소식 없는 영감을 두고 죽지도 못했던 노파였다. 아마도 이제는 한을 털고 편안히 두 눈을 감을 수 있었던지 안도하는 듯싶은 엷은 미소가 자글자글한 주름위에 눈꽃처럼 피어있었다.

마침내 노파의 입이 열렸다. 새어나오는 목소리도 온화했다.

"이제 됐네. 영감이 간 걸 알았으니 나도 따라갈라우. 미련 같은 거 없네."

영수는 노파를 와락 그러안았다. 급한 나머지 부르짖었다.

"이러지 마유. 이제부터 내가 곁에 있을게유, 예? 그러니까 정신을 잃지 말아유. 이제 우린 걱정 없어유, 윤칠보 노인이 말하기를 저 부엌바닥에 금덩이를 묻어 놨다 그랬어유. 내 금방 파낼 게유. 제꺽 팔아 쌀도 사올게유. 이렇게 가면 안 돼유. 네? 정신 차려유 어서유."

후들후들 떠는 앙상한 손이 영수의 머리를 쓸었다. 그 얼굴에 미소가 가득하다. 세상 시름 다 던져버린 미소 같았다.

"우리 영감이 부엌 바닥에 금덩이가 있다고 젊은이께 말했수? 흐흐흐."

노파의 얼굴이 환하게 펴졌다. 행복한 모습이었다. 그때만큼은 고목 같던 모습이 새순을 뽑아내는 거목같이 우아하게 보였다. 말을 잇는 입술까지 붉게 상기된다.

"이보우 젊은이, 그 부엌바닥에 있다는 금덩이가 바로 나라네. 알겠수? 저녁때 아궁이에 불을 지필 때면 영감은 늘 날 보고 금덩이라 추어줬거든. 으으윽."

웃던 노파의 목울대가 갑자기 급하게 오르내렸다. 가팔라진 숨소리가 섬뜩할 만치 거칠었다. 헉, 헉 숨을 톺으며 노파는 간신히 말을 이었다.

"그, 그으때가 지 진짜루 좋았는데, 저, 저엉말 그때가 그, 그립네에— 유."

안색이 죽어갔지만 노파의 입가엔 그냥 미소가 감돌았다. 영수는 그 미소가 더 가슴 아팠다.

"가지 마유, 이, 이렇게 가, 가면 안 되지이. 안 된다구유. 은혜를 봐서라두 이제부터 내가 어무이로 모시려 했는데유, 아, 아…."

영수의 애끓는 통곡소리가 낡고 곰팡이 낀 집을 사정없이 들부수고 있었다.

와아앙앙…. 아앙앙아….

밖에서는 우르릉 뇌성이 울었다.

확대재생산

1

술자리나 모임 때 하영감이 하는 이야기 첫머리에는 늘 여자가 등장한다. 오늘도 같다.

"그 여자는 말이야. 당위원회 출입문 앞에서 두 손으로 가슴을 움켜쥐고 주저앉았어. 심장이 뛰다 못해 당장 밖으로 튈 것 같았던지, 노크를 하려고 내민 손이 후들후들 떨리고 종아리까지 바르르 떨렸다 이거야. '어떻게 해. 나 어떻게 해…' 주저앉은 여잔 그렇게 웅얼거리며 이번엔 두 손으로 얼굴을 덮었어. 등엔 질펀한 땀까지 흘러 삼베옷 적시듯 겉으로 배어나왔지. 그 정도면 들어왔던 길로 되돌아

도망갈 법도 하건만, 아니지. 그럴 담은 없었겠지. 누가 호출했다고? 초급당 비서 어른이 불렀으면 그건 하늘의 명령이나 다름없잖나? 눈물이 발려 번들번들해진 얼굴을 손등으로 훔치고 나서 여자는 결심한 듯 천천히 일어나 후들대는 손을 내밀어 간신히 문을 두드렸어. 아니 두드린다기보다 허빈다고 해야 맞을까? 허허."

하영감이 그쯤 얘기하고 주머니를 뒤지자 여러 눈들이 제멋대로 번뜩인다. 호젓한 호숫가로 주말을 맞아 산책을 나온 탈북자들이다.

"또 북한 얘기군. 하기야, 한데 대체 무슨 일인데? 듣고 보니 되게 담이 약한 여자네. 뭐 용서받지 못할 큰 잘못이라도 저질렀나?"

"그러게, 당위원회가 사람 잡는 보위기관도 아닌데 뭘 그다지나…."

"무슨 사상문제에 걸렸겠지. 안 그러우 영감?"

모여 앉은 눈들에 의문이 실리며 이구동성으로 묻는다.

"너들 말이야 한때 북한에서 떠들던 확대재생산이 뭔지 모르지. 하긴, 야 인철아 너 몇 살이더라."

"내 그럼까? 스물다섯입다."

"에쿠나, 일찍두 도망쳤네. 부럽구나. 이 좋은 세상에 꽃 같은 나이로 왔으니."

하영감은 그러면서 주머니에서 담배를 꺼내 한 개비 꼬나물고 불을 붙인다. 후, 하고 연기를 내뿜는 주름진 얼굴에 애수가 서린다.

"자, 자 영감님. 확대재생산이라면 듣던 소린데… 맞다. 그게 70년대 70일 전투 때지 아마?"

나이 지숙해 뵈는 사람이 그렇게 아는 체를 한다.

"아니 80년대 후반이지. 북한 전국이 외화벌이로 부글부글 끓던 때 나온 구호였어. 날마다 생산전투를 벌이고 한쪽으론 절약, 절약 하며 뭐든 아껴 쓰는 것이 확대재생산이라며 누더기든 깨진 유리든 파철이나 파동 뭐 이름 가진 건 다 수거해 바치라 그랬지. 전기도 가정당 한 등씩만 쓰고. 말하자면 확대재생산이란 새로 생산하는 것 말고 여기로 말하면 재활용 같은 뭐 그런 거?"

"제길, 그럼 뭐요? 삼십 년 전 고망년 떠 얘기를 하는 거요? 영감님이 돌았나. 재미없게서리."

"야 이 녀석아 이건 역사야. 네놈이 역사를 듣기 싫어하는 걸 보니 사람 되긴 똥집이 글렀다. 문제는 말이야 북한 정치가 그때나 지금이나 손톱눈만큼도 달라지지 않았다는 거야. 그러니까 이건 역사가 아닌 현실 얘기라 해도 틀리지 않는단 말이지. 안 듣겠음 말구."

"아, 아 하던 얘기야 마저 해야지 빼기는, 젠장."

"고럼, 고럼 이젠 말 끊지 않을 테니까 영감님! 어서 계속해유."

"어험."

피던 담배를 밑굽에 물이 담긴 종이컵에 던지고 나서 하 영감이 큰 기침을 한다. 오고고 쳐다보는 눈들이 다시 호기심으로 반짝거린다.

*

"들어와."

다소 거친 음성이 안에서 울렸다. 살며시 문을 열고 들어선 여자는 얼핏 고개를 들었다가 기겁하듯 숙인다. 긴 책상을 가운데 놓고 양옆으로 쭉 둘러앉은 사내들이 우묵한 눈이 정면으로 맞혀서다 뭐든 나타나면 당장에 도륙 낼 스산한 눈길처럼 여겨졌는지 "어떻게 해" 하고 아까와 같은 말이 다시 여자의 잇새에 머문다.

"동무가 김은옥이야?"

상석인 듯 책상 끝에 창문을 등지고 앉은 사람이 소리치듯 묻는다.

"네에…."

"이 동무 봐라. 김일성청년동맹원의 목소리가 왜 그래? 어깨를 펴. 당의 후비대인 청년동맹원이면 어디서나 당당해야지 자, 허릴 쭉 펴라우."

끝에 앉아 은옥이와 가까운 위치에 있던 남자가 그리 말하며 움쩍 일어나 한 손으로는 여자의 가슴을 짚고 한 손을 엉덩이에 댄 다음 으쌰, 제법 구령까지 치며 힘을 준다. 남자의 손이 아무 꺼림 없이 봉긋한 가슴을 짚고 엉덩이를 눌러도 여자는 잠깐 얼굴을 붉혔을 뿐 별 반응 없이 허리를 편다.

"그래 그래야지. 여기 앉은 사람들은 말이야, 다 중앙당의 지시로 검열 차 내려온 지방당 간부들이야. 당 일꾼이니까 어머니란 뜻이기도 하구. 이제 책임자동지가 묻는 말에 그리고 기타 질문에 숨김없이 에, 엄마 앞이라 생각하고 솔직담백하게 말하면 돼. 허물없이 말이야. 알겠소 동무?"

"아, 아 박 비서는 무슨 말이 그렇게 자상해. 은옥동무. 여기 은광탄광에서 비사회주의 현상을 사찰하는 우리 검열단이 왜 동무를 불러들였는지 생각해봤나?"

아주 무게 있는 억양이다. 조금 안정을 찾던 은옥의 가슴이 다시 팔딱팔딱 뛴다. 검열단? 말로만 들었지 이렇게 가까이 마주서 보긴 처음이다.

전날 청년동맹조직생활총화에서 청년동맹 비서가 요즘 맹원들 속에서 발생하는 안일해의한 현상들에 대해 조목조목 지적하며 우리 초급단체 내에서는 절대 무의미한 연애와 나태한 생활 현상들이 나타나서는 안 된다고 강조하던 일이 떠올랐다. 상호비판 시간에는 은옥이가 날선 비판을 제일 많이 받았다. 비판 내용은 다름 아닌 채탄소대 소속 채탄공 강철무와의 연애였다.

군대에서 갓 제대한 강철무와는 결혼까지 약속한 사이다. 그래서 막장 컨베이어 운전공인 은옥은 교대가 끝나기 무섭게 쪼르르 철무를 찾아가곤 했다. 일하는 여덟 시간 동안 내내 보고 싶어 죽을 지경이었으니까, 그와의 만남은 여간 즐거운 것이 아니었다. 철무도 찾아오는 은옥을 얼싸안으며 반갑게 맞아주곤 했다. 처음엔 안아주는 것이 어색해 얼굴을 붉히며 눈을 흘겼지만 차츰 그 횟수가 늘자 만나면 은근히 안아주길 바랐다. 근데 그것이 회의에서 비판받을 정도의 사상적 결함인 줄은 깜깜 생각도 못했다.

혹, 검열단이 그것 때문에 불러들였다면?! 아이 창피해, 하는 생각에 저절로 가슴이 오그라드는데 아니나 다를까 책임자의 말이 다시 귀를 후린다.

"여성동무가 말이야 소문엔 연애전문가라며? 맞아? 생긴 건 아주 얌전하게 생겨가지고…."

"얌전한 고양이 먼저 부뚜막을 차지한다지 않습니까? 또 요즘 사내놈들 저런 얌전형을 매우 좋아한다나요."

"오호, 박 비서는 어찌 그리도 잘 아시오."

"당 일꾼이 하는 일이 사람과의 사업 아닙니까? 추세를 몰라서야…."

은옥은 그냥 잠자코 있었다. 뭐라 대꾸할 말도 없다. 아무튼 남자인 강철무를 무척 좋아했으니까. 그리고 만나면 거절 없이 안겼고 입도 맞췄고, 그러니까 언제나 긴장되고 전투적으로 살아야 될 김일성청년동맹원이 이런 비난 섞인 야유를 받아도 당연하다는 생각에 속이 한 줌만 해져 오돌오돌 떨었다.

"인정하는가?"

아주 다짐받듯 묻자 "네에" 하고 은옥이 간신히 대답한다.

"접수력은 좋군 그래. 100일 전투로 온 나라는 물론 전체 탄광이 혁명적 열의로 부글부글 끓는데 그 앞장에 서야 할 새 세대청년들이 뒷골목에서 그따위 짓거리로 세월을 보내면? 한심해. 이 탄광이 참 한심하단 말이야."

"이보라우 동무. 인정되면 지금껏 동무가 한 나태한 행위들을 거기 종이에 쓰라우. 알겠어?"

앞에서 아니꼬운 눈초리를 보내던 사람이 그렇게 인정사정없이 내쏜다.

"네 알겠습니다."

은옥은 더더욱 움츠러드는 심적 부담을 이길 수 없어 길게 한숨을 내불었다. 그다음, 앞에 놓인 16절지 종이를 당겨 볼펜을 댔다. 뭐부터 써야 할지 얼른 글귀가 생각나지 않는다. 그냥 윙, 하는 잡음만 머릿속을 휘저었다. 지금 여덟 쌍의 눈길이 자기를 내려다보고 있다는 생각도 아주 멀리에 있었다. '어떻게 해'. 너무 속상해 또 그 소리가 입속을 메운다.

"빨리 쓰시오. 시간 없소. 또 다른 해의분자를 심의해야 되니까."

'글면 사랑하는 사람과 노닌 것도 죄가 됩니까?' 하는 말이 목구멍까지 올라왔으나 차마 내뱉지 못한다. 지은 죄에 덧죄를 씌우는 것 같아서…. 똑딱, 똑딱 벽시계의 초침소리가 그렇게 크게 들릴 수 없었다.

"쓰면서 대답하라우."

한 사람이 적막이 싫은지 침묵을 깬다. 어인 영문인지 모르겠지만 은옥은 그 말이 무척 반가웠다. 마치 돌출부 같은 생각이 들었다.

"네."

"그 남자와의 관계는 몇 번이지?"

"네에? 그건."

마침내 올 것이 왔다. 쾅, 뭔가 머리를 떡메 치듯 한다. 그런 것까지 말해야 되남? 당 조직 앞에선 혼자만의 비밀도, 잊을 뻔한 말하자면 묻어둔 잘못까지 다 말하라 교육받았지만 정작 앞에 닥치니 숨이 막혔다. 글쎄 사람이 말을 할 게 있지, 그런 건 둘만의 비밀인데 그걸 이 많은 간부들 앞에서 공개해? 그런 걸 어찌 이 사람들은 눈썹 하나 까딱 않고 묻는 거지? 창피하지도 않나 봐. 하나 왠지 항거는 배꼽 아래로 쑥, 자취 없이 내려가고 선처를 바라는 안타까운 눈초리만 파르르 떨린다.

"그건요, 저 그건 좀 말하기가…."

"그러니까 뭐야 하긴 했다는 소리네. 동둔 사상체계가 확실히 섰구만. 솔직해 엉? 아주 좋아."

"흐흐흐."

여기저기 킥킥대는 소리가 났다. 비죽한 눈초리로 쳐다보는 눈길과 마주치자 은옥은 그만 모닥불을 들쓴 듯 얼굴이 화끈해 두 손에 얼굴을 묻는다.

"아, 아 창피해할 건 없고, 솔직하다는 건 그만큼 개진이 빠르다는 증거야. 그런 걸 쓰기 힘들면 말로 자아비판을 해도 돼. 말한다는 것도 용기가 필요하니까 말이야. 용기를 낸다는 건 확실히 제 잘못을 안다는 것이고 따라서 고친다는 뜻이 아니겠어? 그러니 말해 봐. 우리가 조사한 바로는 연애상대인 강철무와 분명한 관계를 가졌다고 하는데 그걸 동무 입으로 이실직고하지 않으면 동문 영원히 제 잘못을 고치지 못하게 되는 게야."

"자 자, 유 비서도 말이 많네그려. 그만한 것도 모르는 동무 같지는 않고, 책임자인 내가 직접 묻겠소. 몇 번이지?"

뇌가 몇 바퀴 팽그르르 고패 친다. 솔직히 그 횟수를 세보지 않은 이상 그걸 그대로 딱 몇 번이다 하고 말할 자신이 없었다. 철무 오빠는 몰래 관계를 가질 때마다 이것은 우리 둘의 사랑의 증명이라고 말했다. 부끄럽긴 했지만 그럴 때마다 속으로 얼마나 즐거웠는지 모른다. 둘만의 일이어서 남들이 모르는 비밀을 가졌다는 것도 얼마나 가슴 뿌듯한 것인지 처음 알았다. 근데 그걸 이 많은 사람들 앞에서 말하라고?

"아이참 어떻게 해."

이번엔 속으로가 아니라 겉으로 크게 내뱉었다.

"어떻게 하긴 뭐 어떻게 해? 솔직히 비판하면 되지. 이 동무 아직 정신이 덜 들었네. 여, 우리가 지금 할 일이 없어 아까운 시간을 들이며 이러고 있는 줄 알아?"

"알겠어요. 저… 저….”

"저저가 뭐요? 몇 번이요?”

"저어……. 두, 두 번….”

"뭐요? 두 번씩이나? 어디서?”

은옥은 아무것도 들리지 않았다. 한 번이라면 솔직하지 못하다 할 것 같고 그렇다고 곧이곧대로 말하면 한심한 바람둥이라 할 거고 해서 적당히 두 번이라 했는데 이 사람들은 그걸 두 번씩이나? 하며 놀란다. 한 번이라 할 걸 괜히. '어떻게 해. 아 아 창피하게 글쎄 이걸 어떻게 해?' 얼굴은 붉어지다 못해 당장 터질 것 같다.

은옥의 온정신은 이미 구중천에 날았다. 강둑에서, 또 한 번은 일요일 휴식 때 호실에서, 하고 떠듬떠듬 마치 남의 말을 하는 것처럼 뱉는다. 언제 어느 순간에 그 방을 뛰쳐나왔는지도 몰랐다. 아마도 모멸에 들뜬 발이, 그리고 다리가 달아오른 몸을 사정없이 들쳐 업고 삼십육계 줄행랑을 치게 한 것 같다. 그러나 나오면서 앙칼지게 한 말은 분명히 들었다. 그러한 상황에서 그나마 들을 수 있었던 것은 절대 떼어놓고 살 수 없는 사랑하는 강 오빠에 관한 말이었기 때문이었다. 오빠는 지금 몇 백 리 밖에 있는 왕장이라는 곳에 기업소 외화벌이 과제를 수행하는 사금채취장에 나가 있다.

"강철무. 그를 소환해 당장 불러들이시오."

책임자의 독 오른 말이 뒤통수를 후려치자 은옥은 그만 풀썩 복도에 주저앉았다. 그리고 먼 왕장 쪽을 바라보며 안타깝게 중얼거렸다.

"오빠, 어떻게 해."

2

강철무가 중앙당의 방침에 의해 도당에서 파견한 비사회주의 구루빠(검열단)가 찾는다는 통지를 받은 것은 그날 일이 끝난 저녁이었다. 아침 다섯 시부터 어두울 때까지 사금채취를 하느라 육신이 노그라질 정도로 지쳤는데 밤차로 당장 기업소로 들어오라는 호출장이 떨어졌다고 채취조 책임자가 알려준다. 다음날 아침 아홉 시까지 당위원회에 도착하라는 구루빠 즉 검열단의 호출에 강철무는 아연했다.

저녁을 먹고 나서 책임자에게 대체 뭘 조사하는 검열단이냐고 묻자 안일부화 즉 남녀관계의 무질서함을 들추고 그에 합당한 대책을 세우기 위해 파견된 구루빠라고 한다. 강철무는 곰곰이 생각했다. 뭐 어릴 적부터 지금까지 말짱 들춰봤자 아무것도 꿀릴 게 없었다. 젠장, 피곤하게…. 저기 저 책임자 같이 매일이다시피 과부집이나 드나드는 사람은 아무렇지도 않고 왜 들춰봐야 미세먼지 하나 없는 나를? 넨장, 그래서 한 마디 했다.

"과부네 집 드나드는 사람은 안 찾는답니까?"

말이 떨어지자마자 책임자가 발끈한다. 노루 제 방귀에 놀란 셈이다.

"이 자석. 너 날 염두에 두고 지껄이는 게지 엉?"

킥킥거리는 웃음소리가 난다.

"뭐 꿀리는 거 있소? 아니면 아닌 거지."

"이 자석 보게. 과부집에 드나든다고 다 너처럼 선을 넘는 줄 아냐?"

"아니 내가 무슨 선을 넘었다고 그래요?"

"야, 너 은옥이와 만나기만 하면 마른 장작에 불붙듯 하는 걸 모르는 사람이 어디 있냐? 에헤, 자식 잘 걸렸지. 자고로 오입이란 할 수는 있겠지만 들키지 달아야제. 머절싸

하게 들켜서 호출이나 당하고 으음 음."

"아니 은옥이는 내 결혼 상댄데 그게 뭐 흠이요? 책임자는 안 그러오? 이동작업 나왔다가 집에만 들어 가문 아주마일 찾아 신체검사부터 한다면서 무슨."

"이 자석아 너 그걸 어떻게 알았어 엉?"

그러자 저쪽에서 누가 먼저 답을 준다.

"에이, 탄광쟁이 에미네들 저들끼리 모여 앉으면 못하는 소리가 없음메. 그게 무슨 비밀이라구 나 참."

함북명천내기가 그러며 이야기를 잇는다.

"친정나들이를 간 탄광 어느 에미네가 말이야 갑자기 배가 아파서 그쪽 진료소 의사를 찾아가 배를 쓱 걷어 올렸대나. 근데 무슨 숯덩이를 칠해 놓은 것처럼 아랫배가 시커먼데 그걸 본 의사가 화들짝 놀라며 '아주마이 배꼽 주위가 왜 그렇게 거멓소?' 하니까 이 에미네가 비죽비죽 웃으며 '네에… 이거 말임매? 이건 저, 집의 남정네가 탄광재라서 그렇습매' 하더라재!"

억양이 마치 그 부실한 아줌마가 말하는 것처럼 신통해와, 하고 웃음이 터졌다. 저마다 한 마디씩 한다.

"아니 그 자식은 목욕도 안 하고 마누라 배를 문댔대?"

"헤이, 피곤하면 그럴 수도 있지 우리 막장에도 그런 게

으른 놈들 많은데."

"하긴 탄가루라는 게 물에 씻는다고 다 빠지는 건 아니지, 그래도 그렇지 으하하…."

연달아 시답잖은 잡담들이 여기저기서 터진다.

아무튼 철무는 주섬주섬 준비를 하고 이내 역에 나왔다. 북행열차에 올라 네 시간 만에 탄광에 도착해 합숙에 오니 밤 열두 시 안팎이었다. 오면서 내내 생각에 생각을 거듭했지만 도무지 답을 낼 수 없어 철무는 늦은 시간이지만 은옥이가 든 호실 문을 두드렸다. 호실 막내인 향이가 속옷 차림으로 삐죽이 맨얼굴을 내밀었다가 철무임을 알고 샐쭉 웃고 들어가자 이내 은옥이가 나왔다. 둘은 아무 말 없이 걸어 강둑에 나왔다. 낮에 '어디서?' 하는 질문에 답한 지점이다. 잔디 위에 치마를 쓸며 앉던 은옥이가 어색하게 웃는다. 어떻게 물을까 하고 아까부터 은옥의 낯색만 살피던 철무가 요때라는 듯 입을 연다.

"왜 웃어?"

"아니, 아무것도 아니에요. 그냥."

"나보니까 좋아서 그래?"

"네."

알릴락 말락 죽어 들어가는 대답이다.

"그런 것 같지 않은데? 왜 우거지상이지?"

"아니에요. 그냥 그저."

"도대체 모르겠네. 비사 구루빠가 왜 날 찾지? 혹 은옥인 알아?"

"그건 저어…."

은옥은 긴 한숨을 내쉬고는 이것저것 낮에 당한 일을 하나도 빼놓지 않고 이실직고한다. 덤덤히 듣고 있던 철무가 검열성원들 앞에서 두 번 어찌어찌했다는 말을 듣고는 발칵 성을 낸다.

"뭐야? 너 그게 정말이야?"

"자 잘못했어요. 제발, 성내지 말아요. 그래도 난 많이 줄여서 대답했는데…."

"이런 멍청이. 그걸 지금 말이라고 해? 아니 생각해 봐. 우리 둘이 저지른 일을 대체 누가 안다고 묻는 대로 주절거려. 너 머저리 맞지 응? 아이구 이런 똥 머저리와 내 참."

"나 나두 무슨 정신에 그 그런 대답을 했는지 모 몰라요. 제발 성내지 말아요. 그땐 정말 심장이 쪼 쫄아 죽는 줄 알았단 말예요."

"야, 이 정신 빠진 계집애야. 너 그 말은 생각 안 나데? 일이 끝난 후 이젠 나도 비밀을 가졌다고 너 그랬잖아. 비밀을 가졌다는 건 어른이 된 증표라며 좋아할 땐 언제구. 한데 그걸 그렇게 쉽게 불어? 비밀이란 건 지켜야 비밀 아니야? 그딴 질문에 예잇, 그랬습다. 것두 두 번입니다. 하면? 그게 비밀이야? 공개방송이지."

와아앙, 울음이 터졌다. 은옥은 울면서 서러움을 토한다.

"그 그래도 비밀 다, 다는 불지 않았는데… 얼마나 많이 줄였는데… 실지론 우 우리 형편없이 마 많이 했잖아요. 어 엉엉엉."

울다울다 치마까지 뒤집어쓴다. 빨간 팬티를 입은 엉덩이가 훌떡 드러난 것도 모르고, 철무는 "에잇 내 너 같은 거 다시 상종하나 봐라. 이거야 더러워서 내 살겐?" 하며 훌떡 일어나 퉤, 가래침까지 뱉고는 뒤도 안 돌아보고 사라진다.

울다 말고 그 꼴을 보는 은옥의 입이 또 비죽비죽하다 두 손으로 얼굴을 감싸며 또 와앙, 울음을 터트린다.

"나쁜 사람. 엉 엉, 식 올리기 전엔 절대 치마 벗기지 말라는데 부득부득 벗기고는. 와아아아앙… 나 이제 어떻게 해."

3

 합숙방에 들어와 대충 자리를 펴고 한잠 푹 잔 것 같긴 한데 벌써 일어난 동료들이 왁작 떠들며 깨운다. 눈을 뜨자 이것들이 아주 신명이 나 지껄여댄다.
 "여 두 번. 어서 일어나. 벌써 여덟 시야."
 "으하하 우리 호실 2번 동무 왔네. 여 두 번. 몹시 피곤했구만. 오자마자 세 번째 일 치렀나? 이 자식 어젯밤 몇 시에 들어왔지?"
 이런 쌍, 아니 벌써 소문이 났어? 하룻밤 새? 철무는 이불을 안고 앉아 이쪽저쪽 히죽거리는 동료들을 쏘아본다.
 "이런 개자식들. 대체 누가 그딴 소문 퍼뜨려? 재수 없게, 남이야 몇 번이든 무슨 상관인데?"
 "왜? 난 듣기 좋은데, 제 좋아하는 여자와 그랬다는데 뭐가 어때서, 한데 어떻데? 좋았어?"
 "여, 어떻게 좋았는지 설명 좀 해보라우 응? 두 번이니 생동할 거 아니야 아니 세 번인가?"
 "그러게 한 번도 아니고, 야하 얼매나 좋았을까? 이거 숫총각 서러워서 살겐?"
 탄광 전반에 소문이 빠르게도 퍼졌다. 그것도 순식간에. 조만간 강철무라면 몰라도 두 번이나 2번이라면 모르는 사람이 없게 될지도 모른다. 밖에 나서면 만나는 사람마다 저를 두고 쑥덕거릴 것만 같아 은옥이는 애초 출근할 엄두를 못 냈다. 창피하고 부끄러워 얼굴에 모닥불을 들쓴 것 같아서… 그와 달리 철무는 승벽으로 몸이 달았다. 도무지 참을 수 없다. 구루빠면 구루빠지 이렇게 소문을 퍼뜨려 도대체 뭘 얻자는 게야. 식당에 들러 먹는 둥 마는 둥 숟가락질을 하고 쟁강 소리까지 내며 퇴식구에 식판을 밀어 넣은 철무가 신경질적으로 뛰쳐나온다.

기업소 정문위엔 희고 긴 천에 붉은 글씨로 '모두 다 당의 제시한 확대재생산 전투에로!'라고 쓴 현수막이 버젓이 걸렸다. 그걸 올려다 본 철무는 "확대재생산? 저거 두 번 생산하라는 소리 같은데 이런 젠장" 하고 툴툴대고는 손목시계를 들여다본다.

정확히 오전 아홉 시, 철무는 초급당위원회 출입문을 벌컥 열었다. 욱, 하는 성질대로라면 누구든 도륙을 낼 기세다. 너들 아직 2번이 무서운 걸 모르지? 집에서도 첫째보다 둘째가 일을 치고 직장도 1인자보다 2인자가 더 무서운 원인이 어데 있다고 보는 게야? 자식들, 그런데 내게 2번 별명을 하루아침에 붙여 줘? 이제 그 대가를 톡톡히 치르게 할 거다. 아직 군대 성격이 그대로 남아 있는 야생마 같은 강철무는 매서운 눈초리로 좌중을 쭉 둘러본다.

마치 성인군자인 양 기름을 발라넘긴 머리들을 빳빳이 쳐들고 앉은 검열단 성원 여덟 명이 강철무에게는 하찮은 코흘리개처럼 보였다. 물론 그중 한 사람은 탄광초급당 비서다. 강철무로서는 어떤 경우든 움츠러들 위인이기도 했다. 삼 년 전 철무가 복무한 군부대 정치위원으로 재직한 사람이었으니까.

"강철무동무요? 잘 왔소. 앉으시오."

긴 책상머리 상석에 앉은 사람이 위엄 있게 손을 들어 자리를 가리킨다. 철무는 끝머리에 앉았다. 책상 위에는 은옥이 때처럼 흰 종이와 볼펜이 놓여 있었다.

"여기 왜 불려 들어왔는지는 알겠지? 쓰시오. 삼십 분을 주겠소. 솔직하게 쓰면 더 이상 문제 삼지 않을 거고, 그러나 만약 뭔가를 숨기려 든다면 그땐 동무에 대한 조직문제를 따로 보겠소. 알아들었소?"

볼펜을 손에 쥔 철무는 쓸 염을 않고 말하는 사람을 쏘는 눈길로 쳐다보며 벌떡 일어난다.

책임자 옆 첫 머리에 앉은 초급당 비서는 미소를 띤 채 묵묵히 지켜보고만 있다.

"당신들은 대체 뭐하는 사람들이요?"

철무의 첫 말이다. 이런? 좌중은 갑자기 찬물을 뒤집어쓴 듯 숨소리마저 죽었다. 무거운 침묵 속에서 기고만장한 강철무의 소리가 다시 터졌다.

"나는 당에 바칠 금을 채취하느라 아침 다섯 시부터 어두울 때까지 허리 한 번 펼 새 없이 일하는데 당신들은 여기 선선한 곳에 앉아 남녀관계나 캐며 그렇게 바쁜 나를 충성의 외화벌이 전투장에서 불러들였소? 어이고야 머리에 기름까지 찰찰 바르고, 이것 보시오. 당신들은 사람의 인품이 빤질빤질한 머리칼에서 나오는 줄 아시오?"

이것 참, 방 한가운데 폭탄이 작렬했다. 아니 글쎄 이건 대체 어떻게 생겨먹은 자식이기에 영도의 감투를 쓴 당 일꾼들 앞에서 이따위 망발을 거리낌 없이 퍼붓지? 저건 정신병자가 분명하다. 온정신으로야 어찌 감히? 모두 입을 딱 벌리고 멍청히 강철무만 바라보는데 비죽이 웃던 초급당 비서가 "에이, 어이" 하며 손사래를 친다.

"강철무동무. 여기 모인 사람들은 말이야, 다 한다 하는 당 간부들인데 그리 말하면 쓰나 앉게, 어서."

어서, 라는 말에 어지간히 힘이 실렸다.

'어허 참. 정치위원 동진 왜 또 이런 때?' 마치 하늘의 명령이라도 받은 듯 강철무가 주춤하며 자리에 앉는다. 역시 옛 상관의 파워가 장난이 아닌 것 같다.

"언제 올라왔나?"

"어제 밤차로 왔습니다."

"은옥이는 만나봤나?"

강철무가 벌떡 일어나 군인처럼 차렷 자세를 취한다.

"옛. 정치위원동지. 어젯밤 오자마자 만났습니다."

"뭔 소릴 들었는지 모르겠지만 지금 투정을 하나? 새 별명이 마음에 안 드나 부지?"

"예?"

"2번 말이야. 아니 두 번인가?"

"듭니다. 아 아니… 안 듭니다. 2번이 뭡니까? 2번이."

"왜? 그게 뭐 어때서, 2번이 있어야 1번도 있는 거 아닌가?"

"그런 뜻이 아니잖습니까. 어찌 남녀간의 문제를 그렇게 밤새 유포시켜 사람 얼굴을 따갑게 만드는 겁니까? 그것도 당 간부들이. 이게 사람이 할 짓입니까?"

"원래 소문이라는 게 그래. 아마도 당사자의 입을 통해 새나간 것 같은데 그럼 어쩔 셈인가. 헤어지기라도 하겠다는 건가?"

"그건, 정치위원동지."

"난 정치위원이 아닌 초급당 비서야 오브는 그만 하게."

"내게는 영원한 정치위원이십니다. 은옥이와는 단호히 헤어질 겁니다."

"뭐? 단호히? 이런 참. 이유가 뭐요?"

"그건 여기 앉은 이 사람들에게 물어보십시오."

"여, 동무?"

빽. 소리가 울렸다. 바로 상석에 앉은 검열단 책임자다. 본직은 도당위원회 지도원이라 했다. 거의 발작하다시피 터진 고함소리에 모두가 움쩍 놀라 화들짝 머리를 쳐든다.

"이 동무 보자보자 하니까, 여 지금 제정신이야? 대체 누굴 보고 이 사람들이라 하는 게야 어?"

"바로 당신들 보고 하는 소리요."

강철무는 아주 침착하게 느긋한 목소리로 맞선다. 거기엔 직위나 믿고 까불지 말라는 야유가 한껏 실렸다. 일부러 약을 올리려는 속심 또한 빤히 들여다보인다.

"뭐 당신들? 이것 보오, 초급당 비서동무. 저게 당신 산하 당원이 맞소?"

"네 맞습니다. 군에서 입당하고 제대해 우리 탄광에 배치된 아주 배짱 있는 청년이지요."

"뭐요? 이렇다니까, 비서동무까지 그러면 되겠소? 내 말은 그게 아니잖소."

 강철무는 속으로 웃음이 터지는 것을 간신히 참았다. 정치위원동지도 아직 군대물이 다 안 빠진 것 같다. 분명 제 편이라는 생각이 머리를 꽉 채운 순간 새로운 기운이 밸 밑굽에서부터 고속으로 출발해 목구멍을 타고 입으로 왈칵, 거침없이 튀어나온다.

 "그럼 뭡니까? 날 보고 비판서를 쓰라구요? 이것 참… 이것 보시오. 여린 여자를 불러 들여 남자와 무슨 짓을 어떻게 했냐 따지고 집요하게 달라붙어 그 횟수까지 억지로 말하게 만든 당신들이 도당에서 파견한 비사(비사회주의)구루빠요? 지금 제정신들입니까? 보아하니 혈색들이 울긋불긋 한창 빛을 발하는 단풍잎처럼 아주 기름진데 그렇게 힘이 넘치면 막장에 들어가 석탄이나 푸시오. 지금이 어느 때요. 온 나라가 당의 내세운 100일 전투로 당과 수령께 기쁨과 만족을 드리려 아글타글 시간을 쪼개가며 불철주야 일하는데 여기선 남자 여덟씩이나 앉아 남녀 침대 횟수나 따지며 앉았소? 부끄럽지도 않소? 내 말이 틀렸다면 어디 대답해보시오. 이게 옳습니까?"

 진짜 누가 '원고'이고 '피고'인지 알다가도 모르겠다. 강철무는 책상까지 탕, 친다. 입으론 분수발 같은 침이 뛰었고 이마엔 굵은 핏줄이 가로세로 얽혔다.

"말은 청산유수군. 동무, 정신 차려!"

철무의 바로 앞에 앉은 사람이 그렇게 소리치며 벌떡 일어난다.

"뭐라고요?"

"이런 사람이 어떻게 당원이 됐지? 그럼 사회 전체가 충심으로 부글부글 끓고 있는 이때 여자나 끼고 안일해의하게 산 강철무 동무의 머릿속 사상은 대체 뭔가? 긴장되고 전투적인 분위기에 찬물을 끼얹은 행위가 아닌가? 그리고 우리 비사 구루빠는 당 중앙의 방침을 받고 여기 은광탄광에 파견된 검열단이요. 참된 당원이라면 누구를 막론하고 구루빠의 심의에 허심한 태도를 보여야 하는 거 아니야? 결혼도 안 한 여자를 얼려······."

강철무가 얼른 그 말을 가로챘다.

"얼리다니, 말조심하시오. 우리 둘은 결혼을 약속한 사이란 말이요. 뭘 안다구 그러시오?"

"약속을 했지 부부가 된 건 아니잖아. 결혼 전에 살림할 집도 없는 사람이 여자를 끼고, 참 나···. 그게 안일부화한 사상이 아니야? 뭘 잘했다구 떵떵대? 이봐 청춘남녀간의 사랑도 당에 기쁨을 드리고 만족을 드리는 선에서 혁명적

확대재생산 _ 283

으로, 전투적으로 해야 한다고 당에서 가르쳤어 안 가르쳤어. 전투적이란 말이 무슨 말인지 알기는 알아? 약속이나 했다구 밤에 끌어내 옷 벗기고 무얼 뭘뭘 어찌어찌하는 게 전투적이야? 글쎄 혹, 그것도 만만찮은 일이니 전투적이다, 하고 생각할지는 모르겠지만… 대가리에 나태한 사상만 가득 차 갖고 어서 행패야? 나는 구루빠의 명의로 이 동무에게 엄중한 당적 책벌을 줄 것을 공식 제의합니다. 노동계급의 무자비한 프롤레타리아독재가 무엇인지 정신이 번쩍 들도록 콱, 안겨줘야 할 것 같습니다. 이상입니다."

강철무는 기가 막혔다. 뭐라고 할지 얼른 답이 생각나지 않는다.

"나도 찬성이오. 난 구루빠 책임자로서 그 제의를 100프로 받아들입니다. 여 제대군인동무. 동무가 어떤 경로를 통해 당 대열에 들어왔는지는 몰라도 머리가 그렇게 텅텅 비어 가지고 앞으로 뭘 해 당의 신임을 받겠소. 우선은 자숙과 공손부터 체득하시오. 어떤 경우에도 당 조직을 우습게 여기는 현상에 대해서는 당은 절대 용서할 수 없소. 어떤 사람이든 말이야. 설사 세인을 놀래는 노력적 성과를 이루고 진정 쓸모있는 지식과 자질이 있다 해도 당 앞에 머리를 숙일 줄 모르는 사람은 아무짝에도 쓸모없소. 어떤 문제에 봉착하더라도 0.001퍼센트의 잘못이 섞였다면 무조건 순응해야 하는 것이 당원의 참된 자세며 수양이 아닌가? 초급당 비서동무, 어떻소. 강철무동무를 안일부화, 그리고 당 조직에 대한 무차별반항, 안하무인의 독단적 판단에 따른 무지한 행패에 준하여 엄중한 처벌을 내리는 것에 동의합니까?"

강철무는 일이 이렇게까지 비약될 줄은 미처 몰랐다. 그는 슬그머니 옛 상관을 바라보았다.

어떤 처벌이든 해당 당조직책임자의 동의 없이 강행할 수는 없었다. 그러하기에 이제 어떤 말이 초급당 비서의 입에서 나오는가에 따라 그의 운명이 결정될 절체절명의 순간이다.

잠시 후 당비서실을 나온 강철무는 긴 한숨을 내쉬었다. 감정에 휘둘려 공연히 우뚤거렸다는 아픈 후회가 가슴을 메웠다. 그럴수록 은옥이에 대한 분노가 치밀었다. 글쎄 머저리같이 왜 둘이 한 일을 그렇게 토설한단 말인가? 그러지만 않았다면! 둘만의 비밀은 둘만이 간직해야 구설없이 공고한 것이 아니던가? 그러나 오후 점심시간 이후에 다시 당비서실에 불려가서야 그 분노와 원망이 잘못된 것임을 알았다.

당비서 즉 정치위원동지를 만나고 나오는 그는 이미 오전 아홉 시에 초급 당비서실 문을 세차게 열고 들어서던 혈기왕성한 강철무가 아니었다.

*

"그 강철무라는 사람이 영감 같은데, 맞지요?"

"참 거 물어봐야 아나? 딱 들으면 알겠구만."

"그래 그건 그렇고, 그담 어떻게 됐소? 당비서가 구루빠 책임자 말에 동의했다오?"

"아마 그랬겠지. 그러니까 저 영감 바빠서 도망친 거 아니겠어?"

"그럴 만도 해. 당 중앙의 지시를 받고 도당에서 파견한 검열단 앞에서 그 정도 야료를 부렸으면 그거 틀림없이 정치범 수용소감인데 안 그래요?"

"누가 아니래나? 하지만 정치위원동진 강철무를 처벌하겠다는 제의에 동의를 안 했거든."

"예에? 아니 왜? 안 하면 소속 당원을 교양 못한 초급당비서에게도 책임이 따랐을 텐데."

"아, 그래서 그토록 여자를 원망하던 마음도 싹 다 사라졌겠네그래 흐흐."

"거 막걸리 한 잔 보내. 목말라. 나이 먹은 사람 우대할 줄도 모르는 놈들 같으니."

 "아 예 얼마든지요. 자… 찰랑찰랑 막걸리 대령이요."

 하영감은 막둥이가 내민 막걸리 한 사발을 쭉 들이키고서야 다시 말을 이었다.

 철무가 구루빠의 심의결정 때문에 밖에 나왔다가 다시 들어갔을 때 당비서실엔 초급당 비서 혼자 있었다. 비서는 여전히 입가에 미소를 띠고 그를 맞았다.

 "아직도 두 번이란 별명, 마음에 안 드나?"

 이미 한풀 죽은 철무는 벅벅 뒤통수만 긁는다.

 "녀석. 당 일꾼이 뭐 네 동무쯤으로 보이더냐?"

 "잘못했습니다. 아까는 너무 격해서…."

 "고쳐, 여긴 군부대가 아니거든. 정문으로 들어오면서 봤지."

 "뭘 말입니까?"

 "'모두 다 당의 제시한 확대재생산 전투에로!' 하는 구호 말이야."

 "네 봤습니다. 100일 전투를 성과적으로 끝내자면 확대재생산이 생산 못지않게 중요한 거 아닙니까?"

 "그렇긴 하지. 하지만 당 일꾼은 확대재생산이란 당의 구호를 자네처럼 해석하지 않아."

"예? 그게 무슨…."

"다시 한 번 묻겠어. 은옥이를 버릴 텐가?"

"솔직히 너무 고지식해서… 싫습니다. 여자가 어찌 그런 말을…."

"고지식이라… 허허 녀석. 바로 그 고지식이 당에서 바라는 성품이 아니던가?"

"?"

초급당 비서가 천천히 다가와 철무의 어깨에 손을 얹는다. 그윽이 들여다보는 눈길은 틀림없이 어린 학생이 저지른 잘못을 같이 아파하는 담임선생님의 눈길 같았다.

"은옥이의 외조부는 왜정 때 수령님을 모시고 싸운 반일 지하조직원이었어. 말하자면 항일투사반열이지. 알고 있었나?"

"아니, 처음 듣습니다."

"그렇겠지. 알고 난 지금은 어떤가, 그냥 싫은가?"

"?"

"허허 철무, 자네 자신을 확대재생산해 보게. 우리 당 일꾼들은 말이야 어떤 조건에서든 사람을 먼저 본다네. 아니 사상을 먼저 보는 사람이라 할까!"

"저어… 비서동지 용서해주십시오. 제가 생각이 짧았습니다. 다시는 안 그러…."

철무가 무릎을 꿇고 울컥한다. 그 다음 당 비서를 우러러 본다. 그 눈에는 두 번 다시 지금의 강철무로 살지 않겠다는 표정이 역력했다.

"난 자네를 처벌하지 않기로 했네. 머릿속의 사상을 개진할 기회를 주는 셈이지. 그게 내가 할 일이니까, 어서 가서 은옥이를 만나보지 그래. 그 여자처럼 당 조직을 존엄 있게, 어머니처럼 대하는 것이 자신을 확대재생산할 필수의 지름길이라는 걸 명심해. 계속 막장에서 석탄을 푸는 노동자로 살 텐가? 어서."

"알겠습니다. 저… 비서동지. 비서동진 영원히 저의 정치위원이십니다. 고맙습니다."

환멸

벌써 20년 전 일이다. 그러고 보면 세월이 참 유수 같다. 어느새 이렇게 훌쩍 가버렸을까?

하나 나에게는 20년이 아닌 100년 세월이 흘렀다 해도 절대 지워지지 않을 아프고도 저린 기억이 있다.

내가 살아 있는 동안에는…. 이제 그 이야기를 하려 한다.

혼자 알고 묻어 두기에는 그렇게 가버린 그 여자에게 너무 미안해서, 아니 죄를 짓는 것 같아서….

1

나는 북에서도 글을 쓰는 작가였다. 별로 큰 재간은 없었지만…. 그 고난의 세월에 작가라 해서 생활이 다른 사람보다 별로 나은 것은 없었지만 그래도 궁한 것을 가리려는 체면은 있어 낡은 양복이지만 언제나 깨끗이 차려 입고 볼일을 보러 다니곤 했다. 그러고 보면 그 모습이 남들에게는 돈푼깨나 주머니에 건사한 사람처럼 보였던 모양이다.

한 여름날로 기억된다.

그날, 생을 건지기 위한 북적임이 매섭게 번뜩이는 농민시장 옆을 지날 때였다. 면목도 없는 꾀죄죄한 사내가 내 앞을 막아섰다.

푹 꺼진 눈, 누렇게 멍든 피부, 너덜너덜해진 옷, 며칠 세수도 못한 것 같은 어지러운 사내의 외모는 그 자체로 가난의 총 집합체였다. 거리에 나서면 심심찮게 보이는 흔한 모습이었지만 정작 내 앞에 와 서자 나는 벌써부터 엄습해 오는 안 좋은 예감에 주머니에 손부터 넣었다. 사실 내 주머니 안에는 100원짜리 지폐 석 장이 있었다.

수출이 전업인 수산사업소 회계 노릇하는 아내가 아침에 글친구들과 같이 오래간만에 시장에 나가 한 잔 하라고 넣어 준 돈이었다. 여유가 없는 것은 뻔했지만 나에 대한 아내의 관심은 여간 깊은 것이 아니어서 나는 늘 고맙고 한편으론 죄스러운 마음을 안고 살았다.

직업과 관련해 인맥이 좀 있었던 관계로 지인들 태반이 한자리 하던 놈들이라 늘 신세만 지고 보답은 못했었는데 그 눈치를 안 아내가 어떻게 돈을 마련해 이렇게 나를 시장에 떠민 것이다. 근데 시장 초입에서 이런 사내와 맞닥뜨렸으니 속이 떨린 것은 당연했다. 친구들 벌써 불렀는데 돈을 떼이면? 절레절레 내 머리가 저절로 돌아갔다.

"저,"

사내가 뒤통수를 벅벅 긁는다.

"무슨 일입니까?"

그 순간의 나의 바람은 길이나 묻던지, 제발 구걸은 하지 말아 달라는 것뿐이었다. 그러나 그건 내 마음속 바람일 뿐.

"한 푼만 주시우, 아내가 죽어가고 있습니다, 죽 한 그릇이면 일어 날수도 있는데요."

바라지 않던 말이다. 가난에 찌든 너무 일찍 굵어진 사내의 주름진 볼로 주르르 눈물이 흘러내렸다.

절망이 연연한 그 눈빛을 외면하기에는 내 마음이 너무도 약했다. 어쩔 수가 없었다.

황망히 100원짜리 한 장을 꺼내 던지듯 사내에게 줘버리고 나는 급히 그 자리를 떠났다.

 자칫 우물거리다간 또 다른 거지들에게 둘러싸일 수도 있는 상황이었다. 고맙다고 백 배 사례하는 그 사내의 말도 듣지 못하고 삼십육계 줄행랑을 치는 내 모습이 그 사내에게는 어떻게 비쳐졌는지.

 그 후 한 달이 지나도록 그 절망적인 얼굴이 내내 지워지지 않고 어른거렸다.

 다시 날짜가 흘러 잊혀질만도 했던 어느 날, 나는 시내 중심으로 가로질러 흐르는 강둑에서 한 범죄자에 대한 사형이 있으니 오후 세 시까지 나와 달라는 통지를 받았다. 뭘 볼 게 없어 사람 죽이는 걸 구경하랴만 조직적인 지시였기에 내키지 않았지만 시간을 맞춰 그곳으로 나갔다. 그래도 시내유지라 맨 앞자리에 초대 받았는데 그 덕에 박아 놓은 말뚝 앞에 내다 세운 사형수의 얼굴을 똑똑히 볼 수 있었다.

 순간 나는 내 눈을 의심하지 않을 수 없었다.

 바로 그 사람이었다. 눈물 글썽이며 한 푼 도와 달라던 그 주름투성이 사내의 얼굴을 알아보는 순간 나는 못 견디게 뛰는 내 심장의 울림을 들었다.

사내의 죄는 주변 산에서 풀을 뜯던 농장 부림소를 잡아 죽인 무거운 죄였다. 근데 가관인 것은 고기는 단 한 점도 먹어보지 못하고 즉각 붙들려 죽임을 당하는 것이었다. 사형장에 모인 수만 명의 시민들의 얼굴에 쓸쓸한 미소가 비끼는 것도 그것이 이유 중의 하나래도 거짓은 아니었다. 그 남자의 사정을 어렴풋이나마 알고 있는 나였지만 동정은 되나 용서와는 선뜻 동조되지 않았다.

'바보 같은 놈, 그 수준이면 다칠 걸 다쳐야지, 소를 잡으면 총살감이란 걸 정녕 모르고 있었는가?'

연유가 고갈된 현실에서 부림소는 사람 이상으로 귀히 여기던 때였다. 지금도 그렇지만, 농사에 명줄을 걸고 살 수밖에 없는 낙후된 나라 형편에서 부림소 도살에 대한 용서는 있을 수 없었다.

측은한 마음은 그저 그뿐, 총소리는 울렸고 사람들은 뿔뿔이 흩어져 갔다.

그런데 이상한 일이 있었다. 처음 그 사내와 만났다 헤어진 때와는 달리 지금의 그의 죽음은 분명 더 큰 충격이었음에도 불구하고 이내 나의 기억에서 사라졌다는 것이다.

그것도 말끔히. 그 다음날부터 나는 아무런 후유증도 없이 정상적인 일상으로 돌아갔다.

그 후 일 년이란 날짜가 흘러간 어느 날 나는 먼 시골에 있는 무림탄광 지배인이 보내는 초청장을 받았다. 지금은 글쟁이지만 나의 본시 전공은 지질학이었다. 전문작가 자격이 주어지기 전 나의 직무도 탄광 책임기사였었다. 지긋지긋한 지하굴에 들어가기가 지겨워서 결국 직업을 바꾸는데 성공했지만 이렇게 가끔 기술 상태를 봐 달라는 초청을 받곤 했었다. 그 지배인과는 술잔도 여러 번 나눈 어찌 보면 친구 같은 사이여서 난 곧 가겠다는 답장을 보냈다.

2

그날 밤. 어둠을 겨우 밀어버리는 하현달이 처마 아래로 슬금슬금 기어들자 나는 써레기 담배가 든 작은 함을 들고 마루에 나앉았다. 굵직하게 한 대 말아 불을 붙여 한 모금 빨며 서너 발쯤 떠오른 여인의 눈썹 같은 달 모양을 쳐다본다.

아내가 하나뿐인 딸을 데리고 친정으로 간 뒤여서 집안 분위기가 썰렁해 잠도 안 오고 한밤중에 궁실거리며 담배통이나 붙안고 나앉은 내 모습과 어쩌던 비슷해 보이기도 했다.

어흠, 어흠 건기침을 해대며 달과 별을 쳐다보노라니 또다시 클클해졌다. 부글부글 끓는 육에 한 잔 곁들이고 싶은 사치한 욕망이 건뜻 치밀었지만 그건 꿈이고, 궁한 놈이 생각은 양반이라 제풀에 화가 나 반나마 타버린 마라초를 마당에 쥐어뿌리고 나는 훌쩍 일어섰다.

흉흉한 세월이었다. 눈만 빠개지면 어디서 누가 죽었소, 누구누구도 죽었소, 하는 소식이 봄철 제비 찾아들 듯 날아든다. 정말이지 그 대열에 지금껏 끼이지 않은 것만 해도 감사에 감사를 거듭할 일이었다.

이내 뭔가 포기할 줄도 아는 걸 보면 나는 그래도 조금은 철이 든 것 같았다. 절레절레 머릴 흔들며 방안에 들어가려는데 "저…." 하는 인기척이 내 발길을 멈춰 세웠다.

엉? 뭘 잘못 들었나 싶어 문을 열려는데 이번에는 선생님, 하는 목소리가 또렷이 들려왔다.

나는 돌아섰다. 마루 밑에 왜소한 사람이 꿇어앉아 있었다. 목소리로 봐서는 분명 여자인데, 왜? 아연해진 나는 황급히 다가갔다.

"누구신데, 어인 일루 이렇게? 어서 일어나시오."

황망결이지만 나는 예의를 갖춰 여자의 손을 잡아 일으

켜 세워 마루에 앉혔다.

달빛에 일별한 여자의 모습은 몹시 초췌했다. 찌든 땀내도 화악 풍겨온다. 그러나 언제 그런 걸 탓할 경황이 내게는 없었다. 술병 든 남자도 아닌 이게 뭔? 아닌 밤중에 여손님이란 말인가? 얼핏 주위를 둘러 본 나는 얼른 그녀의 손을 이끌고 방안에 들어섰다.

"선생님 절 좀 살려 주십시오."

들어와 구들에 앉자마자 밑도 끝도 없이 던진 여자의 말이다. 여자라기보다는 아직은 소녀다. 여윈 얼굴에 비낀 그 수심을 무슨 말로 다 표현할지, 무척 예쁘장하게 생긴 얼굴 모습이었지만 짙게 드리운 어두운 음영이 그 모든 걸 다 빼앗고 있었다. 언제 빨아 보았는지 헝클어진 머리에는 뽀얗게 먼지가 앉았고 무릎마디엔 상처가 고름으로 번져 누렇게 엉켜 붙어 있었다. 그것을 안 보이려 무릎에 자주 손을 얹어 가리려 애썼지만 북받치는 설움 때문에 흘러내리는 눈물을 훔칠 때마다 흉하게 드러나 내 눈을 아프게 만들었다.

나는 방안을 가로지른 빨래줄에서 세수수건을 내려 그녀에게 넘겨주며 살갑게 물었다.

"울지 말고 어디 차근차근 얘기해 봐 응? 어찌 이 밤중에 무슨 연유로 날 찾아왔는지 그리고 내가 해 줄 일이 무엇인지 차분하게 말해 봐. 자 이젠 울음을 그치고."

"선생님, 고맙습니다."

그녀는 수건으로 눈물을 닦았다. 그리고는 처음으로 눈을 들어 나를 올려다본다. 무척 아름다운 눈이었다. 거친 외모와는 달리 그윽한 빛을 뿜고 있는 그 눈에 서린 사연은 대체 무얼까? 상황은 별로였지만 나로서는 이 순간 직업 특유의 욕망이 꿈틀 용솟음침을 어쩔 수 없었다.

"선생님, 전 무림탄광에서 일하고 있는 김순애입니다, 올해 열여덟 살이구요."

"무림탄광? 거기서 무슨 일을 하지? 권양기 운전공, 아님 취사원?"

흔히 그 또래 여자 아이들이 할 수 있는 일들이다,

"아닙니다, 저는 막장에서 석탄을 캐는 채탄공입니다."

"뭐? 네가 막장에서 일한다고?"

"네, 벌써 일 년이 넘었습니다."

목소리는 참으로 맑다. 겉은 감당키 어려운 짐에 억눌려 무참히 파괴됐지만 내면은 역시 순결무구한 조선 여성의 정기가 또렷이 살아 있었다. 순간 나는 무림탄광 지배인 녀석에 대한 환멸이 저도 모르게 욱 치달아 오름을 느꼈다.

날이 밝으면 곧 마주할 얼굴이다. 썩어문드러질 놈, 아무렴, 사람이 없어 아직 다 피지도 못한 어린 양에게 돌짐을 지워? 나도 지겹도록 겪어서 아는 일이지만 탄광 막장 일이란 이런 어린 양들이 할 일이 못 된다.

발파를 해 떨어뜨린 석탄을 삽으로 퍼 컨베이어에 싣는 일이 8시간 동안 쉼 없이 계속된다. 지금에 와서 그런 중세기적 노동도 사치가 되었다. 폭약이 없어 곡괭이로 탄 벽을 찍어 강제로 떼내 그걸 넓적 삽질로 쇠로 만든 광차에 실어 나른다.

무림탄광 실태는 자주 가 보진 못했지만 나도 어느 정도 알고 있었다. 제강소 종업원들의 가정에 공급하려 늪지대 주변에 깔린 탄맥을 탐사해 수직으로 파고 들어가 석탄맥과 맞닥뜨린 곳인데 그 석탄층 높이라는 것이 고작 80센티다. 그냥 사람이 앉은 키 높이였다. 거기다 동발까지 세워 높이를 빼앗기고 나면 앉아서도 마음대로 몸을 움직일 수 없게 되는데 오랫동안 숙달되지 않고서는 하루 생산량을 감당키 어렵다.

옹송그리고 앉아 송곳처럼 날을 세운 곡괭이로 쪼아 석탄과 씨름하는 이 일을 여자들은 감히 엄두를 내지 못한다.

뭐 시키지도 않지만. 근데 이 어린 여자가 지금 그 일을 하고 있다니 나로서는 도무지 믿을 수가 없었다. 이게 정말이라면 지배인 그는 분명한 개자식이다. 하지만 나는 생각을 깊이 하지 않을 수 없었다. 다른 특이한 사항이 없이 그리할 순 없는 것이다. 엄연히 노동법이 존재하고 있는데 그렇게 안하무인으로 일을 처리할 사람으로 지금껏 보아 오지 않았기 때문이었다. 나는 머리를 기웃거리며 물었다.

"그런데 내게 하고 싶은 말이 무엇이냐?"

나를 안타까이 쳐다보던 순애는 급기야 눈을 내리깔더니 슬피 울기 시작했다. 나는 멍히 지켜볼 수밖에 없었다.

"선생님 절 좀 도와주십시오, 네?"

"내가? 어떻게??"

"우리 탄광지배인 동지와 친한 사이라 들었습니다. 그리고 선생님은 어려운 사람들을 잘 도와주지 않습니까. 전 믿을 곳이 없어서, 저… 막장일만 면하게 해주시면 평생 이 은혜 잊지 않겠습니다. 흐흑."

"부모는 없느냐?"

순애는 내 물음에 몹시 주저하는 눈치를 보이며 말했다.

"돌아가셨습니다. 저에겐 이제 아무도 없습니다."

예상했던 대로다. 지금 생각하면 너무 무정했지만 당시

에는 죽었다는 그 말이 별로 놀라운 말이 아니었다. 나는 답답해 오는 심정을 달랠 길 없어 다시 두툼하게 담배를 말아 불을 붙였다. 깊숙이 빨아 한가득 연기를 뿜으며 고개를 숙이고 있는 순애만 바라보고 있었다.

밖에서 개 짖는 소리가 들려왔다. 컹컹 그 짖음 소리가 다른 개들을 부르며 점점 요란하게 가세되기 시작했다. 그 소리에 갑자기 순애가 머리를 쳐들었다. 그 눈에 긴장이 비낀 것도 나는 분명 보았다.

"선생님 전 이젠 가보겠습니다. 제가 이곳에 온 것이 알려지면 선생님께도 안 좋습니다. 닥친 일이 답답하여 이렇게 찾아뵈었습니다. 무례를 용서하십시오."

말릴 새도 없었다. 그 말을 남기고 체형에 어울리지 않는 날렵한 걸음으로 그녀는 급히 밖으로 사라졌다. 뒤따라 마당에 나섰지만 어디로 빠졌는지 그림자도 보이지 않았다. 더 요란스럽게 들린 것은 개 짖는 소리뿐이었다.

방안에 다시 들어와 이미 펴놓은 자리에 누웠으나 잠은커녕 눈정기가 점점 또렷해졌다.

꼭 귀신에게 홀린 것 같기도 하고, 그러나 아프게 맺혀오는 불우한 운명에 대한 연민의 마음만은 메마르긴 했지만 내 가슴에서 떠날 줄 몰랐다.

3

다음날 나는 일찌감치 일어나 무림으로 향했다. 여자의 부탁도 있어 마음이 급해졌는지도 몰랐다. 국산 낡은 자전거를 타고 해뜨기 전에 집에서 출발했다.

무림탄광에 도착한 것은 오전 7시 반쯤이었다. 8시가 교대시간이라 분주히 움직이는 사람들로 북적여야 맞는데 현장에는 사람 그림자 하나 찾아볼 수 없었다.

왠지 바닥에 가라앉은 것 같은 무거운 분위기라 고개를 기웃하면서 나는 지배인실의 문을 열었다. 책상에 앉아 턱을 고이고 뭔가 생각에 잠겨있던 학송은 나를 보자 무등 반가워하며 자리에서 일어났다. 인사를 나누고 자리에 앉자 그가 궐련갑을 내 앞에 밀어놓았다.

"무슨 일이 있는 건가?"

담배에 불을 붙이며 내가 물었다.

"그래 있지, 한 대 피우고 현장에 들어가 보자구."

조금 후 둘은 갱 안으로 들어가는 인차를 탔다. 인차래야 광차의 바가지를 떼내고 본체에 굵은 철근을 잘라 용접으로 발 팔을 붙인 것이 전부였다. 구불구불한 철길을 따라 30도 경사 길로 500여 미터 내려오자 평도가 나졌다. 평도를 따라 100여 미터 들어오니 그때부터 채탄장으로 선정된 올리굴이 있었다. 15미터 간격으로 정해졌을 그 올리굴 첫 번째 굴이 지금 무참하게 무너져 내려앉아 있었다. 기술상 맨 안쪽부터 채탄을 해야 이치에 맞는 것인데 탄맥이 잡히자마자 첫 굴부터 먹어버렸으니 문제가 서도 단단히 선 셈이다. 설상가상으로 그 첫 번째가 붕괴까지 된 마당이라 지배인으로서는 골치 아픈 일이기도 했다.

"이거 왜 이랬나? 이러고도 지배인인가?"

내가 물었다.

"안하면 어째, 초급당에서 당장 탄을 내놓으라고 하니 어쩔 수 없었어."

"아무리 그래도 그렇지. 이거야 자살행위인데, 자네도 참 어지간하군."

"자, 욕은 차차 하기로 하고 어떤가, 이걸 무시하고 맨 안에서부터 탄을 캐 나오면 별문제는 없겠지?"

"이제 뭐 그렇게 할 수밖에 더 있겠나? 여기서 내가 할 일은 뭔데?"

"딴 건 없네, 자네 뒷심을 좀 써달라는 거지."

"뭐라구?"

"이 실태를 시 당위원회에 좀 통보해 주게. 이걸 복구하고 다음 채탄장 위치로 진입하면 또 다시 탄을 캐라고 초급 당에서 독촉할 거네."

"아니 한 번 일을 쳤으면 됐지 두 번째도 설마 그럴라구?"

"아니야, 이달 생산 계획이 있지 않나. 첫 생산 공급은 아마 종업원이 아닌 시 당위원회 일꾼들 가정인 것 같은데 자네가 이 실태를 말하면 혹 그 사람들이 여기 와서 보고 다른 탄광에 의뢰할 수도 있잖은가? 이젠 좀 제대로 갱을 운영하고 싶네, 도와주겠나?"

나는 쓸쓸한 미소가 피어오름을 숨기지 않았다. 기술문제 때문에 초청한 줄 알았는데 그게 아니었다. 압박해 오는 힘이 무게를 더해 견딜 수 없어 버둥거리는 김학송이 불쌍해 보이기도 했다. 그러나 이러한 힘의 행위는 이미 보편화된 사회현상이었고 그걸 이겨내는 것은 본인의 능력에 관한 문제였다. 조금은 항거해 보려는 그의 마음이 이해는 갔으나 나는 지금 그것보다는 어젯밤 찾아온 김순애라는 여자에 관한 학송의 처사에 더 관심이 갔다.

"하나 묻지. 이 탄광에 김순애라는 여자애가 있나?"

"김순애? 아니 자네가 그 처녈 어찌 아나?"

"그저 우연히. 그를 막장에서 일 시킨다는 게 맞나?"

"그래. 근데 말하자면 많이 복잡하니까 후에 얘기하기로 하고 어쩌겠나? 도와줄 거지?"

나는 고개를 끄떡였다. 그러고 나서 오금을 박듯 힘주어 말했다

"대신 글자 하나 빼먹지 말고 그 여자애에 대해 말해 달라구 알겠나?"

그 순간 김학송이 얼굴에 고통의 빛이 어렸다. 나는 그 표정을 보면서 그렇게 예사로운 문제는 아니구나 하는 느낌을 받았다.

"자 이젠 나가세."

그가 앞장서 걸었다. 질척거리는 갱도길은 불편하기 그지없었다. 갑자기 학송이 긴 한숨을 내쉬며 말했다.

"순애를 어떻게 알게 됐는지는 모르겠지만 거기에 개입 안 하는 게 좋을 거네."

"왜? 무슨 정치적 문제라도 끼어 있는 건가?"

"그래,"

학송은 고개를 주억거리며 천천히 입을 열었다.

"그 애는 처단자 가족이네. 그 아비라는 사람 역시 이 탄광에서 일하던 사람이야. 배급이 끊겨 굶게 되고 처까지 병

으로 늙게 되자 이 사람이 어느 날 농장부림소를 잡아먹었네. 그래서 총살을 당했지. 결국 하나밖에 없는 딸인 순애가 아비의 뒤를 이어 여기 탄광에 배치 받았네. 헌데 문제는 그 애를 무슨 정치범 취급하듯 한다는 거지."

나는 숨 막히는 충격 속에 말없이 그의 이야기를 들었다. 그럼 순애가 그때 그 사내의 딸!

"그 또래 애들처럼 여자가 할 수 있는 일이 아닌 남자들만 일하는 막장에서 일 시키라는 공식지시를 받았거든. 매일이다시피 내려오는 보위원은 늘 그 애의 생활에 대해 체크해. 그러니 측은한 마음이 있다 해도 어찌 쉬운 일을 시킬 수 있겠나. 그건 나의 권한 밖의 일이네."

"무슨 말인지 알겠네. 그건 지배인으로서도 어쩔 수 없지."

"근데 어떻게 자네가 그 애를 아나?"

"어젯밤에 날 찾아왔더군, 자네에게 말해 막장일을 면하게 해 달라구."

"그랬나? 어젯밤에 자넬 찾아갔었다구? 어이구 일은 그렇게 된 거였구만."

"왜 그러나."

"자 타세."

벌써 사갱에 도착해 있었다. 광차에 올라 밖으로 나오면서도 학송은 내내 한숨만 내쉬는 것이었다.

4

그가 왜 말없이 한숨만 내쉬었는지 나는 밖으로 나와서야 알게 되었다. 사무실에 들어오자 학송이 내게 말했다.

"식사도 못했겠는데 조금만 기다리게. 난 회의가 있어서."

"아니 아침에 무슨 회읜가?"

"담당보위원의 입회하에 열리는 순애에 대한 사상투쟁 회의네."

"아니 왜?"

"그 애가 임신을 했네."

"무어? 그게 무슨 말인가?"

학송은 또 다시 깊은 한숨을 쉬며 밖으로 나갔다. 출근 시간에 왜 사람 한 명 볼 수 없었는지 그제야 그 이유를 알 것 같았다. 나는 한식경이나 애꿎은 담배만 태우며 궁실거리다가 끝내 궁금증을 이길 수 없어 물먹는 척하고 취사장 안으로 들어갔다. 회의는 바로 잇달린 식당에서 진행되고 있었다. 마시고 싶지 않은 물을 사발에 떠 마시면서 나는 배식구 틈을 통해 들려오는 격앙에 찬 목소리를 들었다.

"김순애 동무는 사상적으로 문제가 있는 동무입니다. 그는 어젯밤에도 자기 작업장을 이탈하여 함께 일하던 사람들을 찾아 나서게 함으로써 결국 채탄장 붕괴까지 초래하게 만들었습니다. 평시에도 김순애는 자본주의 날라리 사상에 물젖어 막장에서 남녀관계를 유발시켜 준비된 동맹원들의 긴장성을 해의하게 만들었습니다. 김순애 동무는 우리 청년들의 수치이며…"

나는 더 듣고 싶지 않아 조용히 문을 열고 밖으로 나와 버렸다.

간절한 애원으로 나를 쳐다보던 그 눈빛, 소망어린 그 눈빛엔 회의에서 단죄 받는 죄명과는 너무도 다른 순결함과 외부로부터 압박되는 알 수 없는 힘에서 벗어나 보려는 가련한 발버둥만이 담겨 있었다. 아침 햇빛은 영롱한 빛을 발하며 뜨거운 기운을 내 몸에 실어주었지만 나는 한 겨울 홑옷을 입은 사람처럼 부들부들 떨었다.

나는 바다가 보이는 둔덕에 올라섰다. 순애는 그토록 위험을 무릅쓰고 내게로 달려와 억울한 신상을 호소했지만 여기서 내가 할 수 있는 일은 눈물을 흘려주는 것밖에 다른 아무것도 없었다.

이때처럼 나는 나에 대해 환멸을 느껴본 적은 일찍이 없었다. 주제넘게 글을 쓰는 작가? 정의의 붓을 들었다는 너의 붓은 과연 무엇을 위해, 누구를 위해 어떤 글을 쓴다는 건지. 쓸 것은 아무것도 없었다. 그냥 가슴에 적어둘 수밖에…. 굳어진 표정 없는 얼굴로 하염없이 바다만 바라보는 내 가슴은 기슭을 할퀴는 파도처럼 세찬 격랑을 일으키고 있었다.

어떻게 알았는지 학송이 다가와 삽질에 굳어진 마디 굵은 손을 내 어깨에 올려놓았다.

"너무 마음 쓰지 말게. 그게 우리의 현실인걸."

나는 힐끗 그의 너부죽한 얼굴을 올려다보았다.

"취사장에서 나가는 자네를 봤네. 순아는 자네를 어찌 알았나?"

나는 중얼거리듯 입을 우물거렸다. 그 순간 어인 일인지 순애보다는 눈물로 얼룩진 얼굴로 한 푼 구걸하던 그 애 아버지 모습이 눈앞에 그림처럼 떠올랐다.

"아마 인정과 따뜻함이 그리워서였겠지. 처단자의 딸이라는 오명 때문에 그 애 주변은 늘 찬 서리만 가득했잖은가. 찾아올 곳은 언젠가 아버지를 도와주었다는 그 알량한 작가. 어쩐지 힘도 주견도 있어 보이는 그 사람의 존재가 아무데도 기댈 수 없는 순애의 가슴을 늘 희망으로 부풀게 했던 거였어. 얼마나 인정이 그리웠으면, 그러나 그 희망마저도 아무 쓸모 없는 한갓 시정잡배에 불과한 존재임을 그 애가 알게 된다면, 이봐 학송이. 난 어쩌면 좋단 말인가? 으응?"

"그래 무슨 말인지 알겠네, 자네나 나나 다…. 어린 순애가 사내들뿐인 막장에서 무슨 일인들 안 겪었겠나. 하지만 그 모든 것들이 쓰레기 치우듯 순애를 망가뜨리기 위한 것이었음을 아무도 몰랐을 거네. 처단자와 그 가족의 운명이 어떻게 끝나는가를 곁의 청년들에게 실물로 보여 준 생동한 화폭이었어."

"그렇다면 순애는 이제 어떻게 되나."

"몰라서 묻나? 그 애는 어마어마한 죄명의 연루자가 되었지. 아비의 복수를 위해 갱을 무너뜨린 암해분자. 건전한 청년들을 여색으로 유혹해 자유풍을 불게 한 이색분자, 다시는 저 맑은 하늘을 바라볼 수 없게 될지도 몰라. 저길 보게 그 애가 가네."

순애가 경복을 입은 사람 앞에서 두 손목이 묶인 채 끌려가고 있었다. 나는 입을 딱 벌린 채 몇 걸음 그쪽으로 걷다가 이내 멈춰 섰다.

나를 보여주면 안 될 것 같았다. 더 정확히는 내가 아무런 도움도 못 되는 사람임을 알려주고 싶지 않았다. 그것은 어린 가슴에 미련으로나마 아직은 남아 있는 그 자그마한 희망마저 무참히 짓밟는 것 같아서…. 눈 줄 곳이 없어 나는 멀거니 하늘을 바라보았다.

　그 하늘이 나를 비웃고 있었다. 너도 묶인 거라고, 절대 빠져나올 수 없게 칭칭….

[후기]

　『서기골 로반』은 「망명북한작가국제Pen센터」를 이끌고 있는 두 분 탈북작가의 작품집이다. 김정애씨는 Pen센터 현 이사장이고 이지명씨는 현 편집국장이며 전 이사장을 지낸 분이다. 두 분 다 북한에서 작가연맹원으로 활동했던 분들이고 남한에서 새로이 등단해 작품 활동을 하고 있다.

　『서기골 로반』은 두 분의 작품집이다. 우리가 미처 알지 못한 북한의 진솔한 이야기가 잔잔하고도 아름답게 때로는 안타깝게 총 10편의 단편소설 속에 담겨져 있다. 정권의 난맥상, 가난, 굶주림, 죽음 그리고 탈북… 이런 삶을 살아가는 북한 주민들 속에서 그래도 인간으로의 '복귀'를 갈망하는, 결국 '인간의 향기'를 뿜어내는 사람의 삶을 포착해내는 이 작품들은 독자들로 하여금 가슴 뭉클하게 하는 적잖은 감동이 있다.

『서기골 로반』은 소설의 공간 배경이 상당히 넓다. 북한, 중국, 남한이라는 3개 지역에 걸쳐 있다. 탈북과정과 연계되어 있을 텐데, 전형적인 난민의 공간이다.

가난, 굶주림, 죽음 그리고 폭정에 의하여 뿌리 뽑혀진 삶을 어떻게든 추슬러 보고자 이들 소설의 주인공들은 압록강, 두만강을 건너 중국으로 들어간다. 그러나 중국에서도 이들의 삶은 여전히 불안정하고 쫓기는 신세다. 가난과 굶주림은 사라졌다 하더라도.

그 불안과 쫓김 신세를 해소하기 위하여 다시 몸을 일으켜 이들이 찾아온 곳이 남한이다. 그러나 남한에 들어와 정착하고서도 이들 속의 어떤 껄끄러움은 여전히 남는다. 북에 두고 온 가족들에 대한 죄책감, 그리움, 회환 등등… 이들의 난민의식은 완전히는 해소되지 않는다.

탈북자가의 작품이라는 점에서 일종의 '난민소설'이라고 하여도 좋을 것 같다. 그러나 레마르크의 『개선문』 같은 난민소설과는 달리 그 전체적인 기조가 결코 어둡지 않다. 오히려 어둠을 뚫고 나오는 밝음, 긍정성의 기조가 짙다. 가난, 굶주림, 죽음 그리고 무엇보다 정권의 폭압을 뚫고 나와 여기에 살아 있다는 데에서 오는 희망과 긍지라고나 할까.

가난과 굶주림 폭정은 끝나지 않았고 난민의 삶은 이어지겠지만 이에 굴하지 않는 탈북주민들의 희망과 긍지가 이 소설집 속에 담겨져 있다. 이 희망과 긍지는 북한에 남아있는 가족과 북한주민들에게 우선 용기를 주겠지만 남한주민들에게도 적잖은 희망과 용기, 그리고 생각들을 줄 게 틀림없다.

희망과 용기 다 소중하다. 생각들은 더욱 중요하다.

탈북자 관련 많은 책들이 있지만, 이 책 『서기골 로반』은 특별히 보편성이라는 관점에서 매우 좋은 작품이다. 호주머니에 별 부담이 안 된다면 누구나 꼭 읽어보기를 권하고 싶은 책이다.

향원 신혜성 옹 작품

향원 신혜성은 이스라엘 성화 대전에서 수상한 분입니다. 초기에는 기독교적 세계관을 작품에 담는 작업에 열중하였고, 이후 한국의 자연에 심취하여 이를 유화폭에 담는 작업을 하였습니다. 우리의 자연이 성(聖) 속에 깃든 모습과 탈북자의 고행의 길이 겹치는 듯합니다.

---

* 이 책은 익명의 6·25참전전쟁영웅님의 후원을 받아 제작되었습니다.